O FEITIÇO DO BEIJO

Rachel Hawkins

O FEITIÇO DO BEIJO

Tradução
Isabela Sampaio

Copyright © 2022 by Rachel Hawkins
Copyright da tradução © 2024 by Editora Globo S.A.

Publicado mediante acordo com a autora, c/o BAROR INTERNATIONAL, INC., Armonk, New York, U.S.A.

Os direitos morais do autor foram assegurados. Todos os direitos reservados. Nenhuma parte desta edição pode ser utilizada ou reproduzida — em qualquer meio ou forma, seja mecânico ou eletrônico, fotocópia, gravação etc. — nem apropriada ou estocada em sistema de banco de dados sem a expressa autorização da editora.

Título original: *The Kiss Curse*

Editora responsável **Paula Drummond**
Editora de produção **Agatha Machado**
Assistentes editoriais **Giselle Brito e Mariana Gonçalves**
Preparação de texto **Paula Prata**
Revisão **Luiza Miceli**
Diagramação **Carolinne de Oliveira**
Projeto gráfico original **Laboratório Secreto**
Design de capa **Renata Zucchini**

Texto fixado conforme as regras do Acordo Ortográfico da Língua Portuguesa (Decreto Legislativo nº 54, de 1995)

CIP-BRASIL. CATALOGAÇÃO NA PUBLICAÇÃO
SINDICATO NACIONAL DOS EDITORES DE LIVROS, RJ

H325f
    Hawkins, Rachel, 1979-
        O feitiço do beijo / Rachel Hawkins ; tradução Isabela Sampaio. - 1. ed. - Rio de Janeiro : Globo Alt, 2025.

        Tradução de: The kiss curse
        ISBN 978-65-5226-043-7

        1. Romance americano. I. Sampaio, Isabela. II. Título.

25-96181   CDD: 813
                                       CDU: 82-31(73)

Meri Gleice Rodrigues de Souza - Bibliotecária - CRB-7/6439

1ª edição, 2025

Direitos de edição em língua portuguesa para o Brasil adquiridos por Editora Globo S.A.
R. Marquês de Pombal, 25
20.230-240 – Rio de Janeiro – RJ – Brasil
www.globolivros.com.br

Para Merlin e Bosworth. Que bom que vocês não sabem falar.

PRÓLOGO
TREZE ANOS ATRÁS, PENHAVEN COLLEGE...

Considerando que o feitiço dizia "Transforme esta folha em outra coisa" e Gwynnevere Jones tinha, de fato, *transformado aquela folha em outra coisa*, parecia extremamente injusto que todo mundo estivesse gritando com ela naquele momento.

Tá, não estavam exatamente gritando *com ela*, era mais uma gritaria *generalizada*, e sim, beleza, *talvez* agora a folha estivesse parecendo uma espécie de dinossaurinho, com os dentes pontiagudos cravados no bico fino da bota da professora, mas por acaso o feitiço tinha sido específico?

Não!

E por acaso todos os outros alunos fizeram uns trecos totalmente sem graça, tipo uma caneta ou uma folha levemente maior?

Sim!

O feitiço de Gwyn calhou de ser o único que teve esse efeito de locomoção superbacana, motivo pelo qual todo mundo deveria estar lhe agradecendo e dizendo como ela era uma bruxa irada, em vez de dizer coisas do tipo "Para com isso!" e "Que porra é essa?".

Sinceramente, era nisso que Gwyn acreditava!

É por esse motivo, pensou ela, enquanto tentava mais uma vez reunir poder suficiente para reverter a criatura voraz ao status de folha de carvalho, *que eu nem queria vir para cá*.

A Penhaven College, em Graves Glen, na Geórgia, lecionava tanto para alunos comuns quanto para bruxos, e as aulas de bruxaria eram secretas e escondidas de todas as pessoas que simplesmente achavam que os alunos que iam para os prédios mais esquisitos do campus estavam fazendo cursos esotéricos de Folclore ou algo do tipo. Criação Avançada de Sebes, talvez.

Gwyn havia crescido em Graves Glen, mas nunca tinha lhe passado pela cabeça que teria que frequentar a Penhaven. Sua mãe era descolada demais para isso, pensara, bem menos tradicional do que a maioria das bruxas — ou mães, por sinal. Gwyn presumia que acabaria em alguma faculdade bem comum, tomando cerveja em copos vermelhos de plástico e praticando magia por conta própria.

Mas não. *Naquele* assunto específico, sua mãe decidira seguir à risca e insistira que ela fosse para a Penhaven.

Elaine, a mãe de Gwyn, era a pessoa menos tradicional que Gwyn conhecia. Criou a filha sozinha e ganhava a vida vendendo sais de banho e chás especiais em festivais e feiras medievais, além da leitura de cartas de tarô na aconchegante cozinha do chalé onde moravam. Gwyn amava aquela vida e achava que seguiria os passos da mãe, fazendo suas próprias coisinhas, mas aí, perto do fim do ensino médio, a Penhaven surgira como uma pedra no meio do caminho.

"Vai ser bom para você", dissera Elaine à filha, os cabelos loiros brilhando à luz do sol que entrava na cozinha e os olhos bondosos que a faziam parecer uma santa, ou, ainda pior, Stevie Nicks — porque como alguém teria coragem de dizer não a Stevie Nicks?

Foi assim que Gwyn tinha ido parar na Penhaven, inscrita em matérias como Velas para Rituais e Fases da Lua.

E Conversão Simples de Formas, uma matéria que já a deixava com o pé atrás por parecer ser um tipo de matemática.

— Senhorita! Jones! — gritou a professora, e Gwyn balançou a cabeça, sem deixar de tentar reunir o máximo de magia possível. Mas era difícil, visto que ela havia feito um esforço gigantesco, magicamente falando, para transformar a folha na coisa que agora mastigava com afinco a bota da dra. Arbuthnot que, há que se admitir, era um arraso.

Você não tem que se exibir o tempo todo, sabe?

Vivi, a prima de Gwyn, não estava ali na sala de aula — ainda lhe restavam mais dois anos de ensino médio antes que Elaine, sem sombra de dúvida, a forçasse a ter o mesmo destino. Mas Gwyn sabia que Vivi lhe diria exatamente isso naquela situação, e, só de pensar, ela fez uma careta, tentando se concentrar mais.

As mãos de Gwyn estavam abertas sobre a mesa à sua frente, cuja superfície tremia de leve, e as pontas do longo cabelo roxo descansavam perto das palmas.

A decisão de transformar o vermelho de sempre em um tom de ametista escuro tinha acontecido num rompante de rebeldia antes do início das aulas, mas claro que a mãe tinha se limitado a sorrir e a acariciar sua nuca, dizendo que combinava com ela.

Esse era o problema de ter uma Mãe Maneira.

— Tá conseguindo?

Gwyn se desconcentrou por breves segundos quando sua colega de laboratório, uma garota bonita chamada Morgan, se aproximou arregalando os olhos escuros.

— Sim — respondeu Gwyn, obrigando-se a sorrir, embora sem dúvida *não* estivesse perto de conseguir. — Quase lá!

Graças à deusa, a criatura tinha largado a bota da dra. Arbuthnot.

Só que, no momento, parecia estar olhando com certa avidez para o cachecol que pendia do pescoço dela, e Gwyn cerrou os dentes, cravando ainda mais as unhas azuis brilhantes na superfície da mesa. Ela *não* ia entrar para a história como a primeira aluna da Penhaven College a fazer com que um professor fosse comido por acidente.

Certo: quando lançara o feitiço, ela havia encostado as mãos na folha e pensado com todas as forças que ela precisava *mudar*. Não tinha dado nenhuma instrução mais direta que isso. Talvez fosse esse o problema?

Gwyn levantou a cabeça e se concentrou na cena na frente da sala de aula.

Não havia janelas ali, tudo era iluminado por arandelas nas paredes, as pesadas mesas de madeira atrás das quais os alunos se sentavam ficavam numa plataforma levemente elevada, quase como se estivessem numa sala de cirurgia vitoriana ou algo do tipo.

Na frente da sala, a dra. Arbuthnot ficava atrás de um púlpito de madeira antiquado. Bem, era onde normalmente ficava. Naquele momento, ela estava na frente do púlpito, agarrada à borda enquanto disparava rajadas de luz azul com a ponta dos dedos em direção à coisa que estava agachada e rosnando aos seus pés.

Mas o monstrinho de folha de Gwyn, espertamente, desviava pra lá e pra cá, e se ela não estivesse preocupada com o risco de ser expulsa ou queimada na fogueira — se é que ainda faziam esse tipo de coisa —, quase dava para dizer que sentia... orgulho daquele carinha.

Assim como Gwyn, ele era aguerrido.

A dra. Arbuthnot era capaz de dizimar a criatura com um simples feitiço, mas ela queria que Gwyn tivesse condições de controlá-la ou, melhor ainda, transformá-la de volta em folha. Afinal, esse era o objetivo daquela aula, e Gwyn estava determinada a acertar.

Por mais que não quisesse frequentar a Penhaven College, ela não ia virar a Fracassada da Turma nem morta.

Determinada, levantou as mãos concentrando-se na criatura e já sentiu que começava a mudar.

Começava a se transformar.

Quase lá.

Ela flexionou os dedos assim que a criatura de folha virou a cabeça na sua direção.

Ao mesmo tempo, a porta da sala se abriu, batendo com força na parede.

Gwyn não prestou atenção nisso, manteve o olhar fixo na frente da sala, o poder aumentando, e então...

Sem mais nem menos, um clarão invadiu a sala, trazendo um cheiro que a fez se lembrar de fogueiras e noites de outono. Lá no púlpito, a dra. Arbuthnot de repente se endireitou, e então Gwyn viu partículas de fumaça e detritos flamejantes — pedaços de folhas em chamas — voando em direção ao teto.

Gwyn largou os braços, boquiaberta. Merda.

Merda.

De alguma maneira, ela havia exagerado. Tinha aplicado poder demais ao feitiço e, em vez de transformar a coisa de volta em folha, simplesmente... a destruíra.

E depois ouviu Morgan suspirar enquanto a dra. Arbuthnot olhava para a porta.

Gwyn seguiu o olhar.

Havia um garoto ali.

Não, um homem. Mais velho que Gwyn, mas não muito, com cabelos escuros desgrenhados e olhos azuis brilhantes, mesmo à distância. Estava todo vestido de preto, com as mãos ainda erguidas em direção à frente da sala, e Gwyn não teve dúvida de que, fosse quem fosse, os antepassados do cara com certeza já haviam encarado a ponta de uma guilhotina.

Ninguém que nunca tenha oprimido uns camponeses seria capaz de ter maçãs do rosto como aquelas.

— Penhallow — disse a dra. Arbuthnot, arrumando o cachecol, e Gwyn imediatamente ficou mais atenta.

Já era de se esperar. A família Penhallow basicamente governava a cidade, embora sequer morasse ali. Um dos seus ancestrais havia fundado Graves Glen — e a própria faculdade —, então, de vez em quando, um Penhallow se dignava a se juntar aos humildes cidadãos da terra natal de Gwyn para passar um verão ou algo do tipo.

— Está todo mundo bem? — perguntou ele, dando uma olhada na sala de aula enquanto afastava o cabelo do rosto.

Gwyn chegou a abrir a boca para lhe dizer que todos estavam *mais* do que bem, que ela estava prestes a retomar as rédeas da situação e que fazer um feitiço básico de explodir as coisas não era tão impressionante assim, mas a dra. Arbuthnot foi mais rápida.

— Agora estamos bem, sim. Obrigada, Penhallow.

— Estava passando por aqui — explicou ele — e ouvi o alvoroço. Achei que poderia ajudar, então...

— Não temos medalhas nem biscoitos para dar — interrompeu Gwyn, flexionando os dedos. — E você nem ajudou de verdade. Só explodiu a criatura. *Eu* poderia ter feito isso.

Penhallow olhou para ela com uma sobrancelha arqueada.

— Então por que não fez? — questionou, e antes que ela pudesse responder, ele já tinha se retirado, fechando a porta atrás de si.

Na frente da sala, a dra. Arbuthnot limpou resquícios de cinzas da saia comprida e reajustou os óculos.

— Conversaremos depois da aula, srta. Jones — disse ela, e Gwyn revirou os olhos enquanto assentia com a cabeça.

Ela e a dra. Arbuthnot conversavam depois da aula pelo menos uma vez por semana. Até o fim do período, provavelmente Gwyn teria que começar a pagar o aluguel do escritório dela ou algo assim.

Ao seu lado, Morgan ainda olhava para a porta com um misto de desejo e melancolia.

— Aquele ali era Llewellyn Penhallow — disse com um suspiro sonhador, e Gwyn bufou enquanto recolhia seus pertences.

— *Llewellyn* — repetiu ela, porque um nome daqueles nem exigia muito esforço, a piada já vinha pronta. Repeti-lo era suficiente.

Morgan lhe deu uma cotovelada enquanto arrumava o cabelo atrás da orelha com a outra mão.

— Ah, admite, ele é bonitinho — insistiu ela, e Gwyn pôs a bolsa no ombro, olhando de relance para a porta.

— Bonitinho, talvez — disse, dando de ombros. — Babaca, sem sombra de dúvida. Provavelmente carrega a palavra "Excelentíssimo" antes do nome.

— Bom, você não vai ter a oportunidade de descobrir — disse Morgan, começando a recolher os livros. — Ouvi dizer que ele nem vai terminar o semestre aqui. Parece que o pai o chamou de volta ao País de Gales por conta de alguma questão de família.

Levando em conta que os Penhallow eram uma linhagem de bruxos bem antiga e bem poderosa, Gwyn imaginou que "questão de família" podia significar um monte de coisas diferentes, provavelmente nenhuma delas boa.

Não que ela se importasse.

Não, no momento, a principal preocupação de Gwyn era falar com a dra. Arbuthnot, dar um jeito de não chegar atrasada na aula seguinte, que ficava do outro lado do campus, e ajudar a mãe no Templo das Tentações, a loja que elas tinham no centro de Graves Glen.

Enquanto se dirigia para a frente da sala de aula, onde a dra. Arbuthnot a aguardava com um olhar de reprovação, Gwyn dedicou apenas mais um pensamento ao Excelentíssimo Llewellyn Penhallow.

Nunca mais vou ter que ver aquele babaca de novo, graças à deusa.

CAPÍTULO 1

— **Se eu gritar "toma!"** quando pegarmos o fantasma, você vai entender que é para ser irônico, né?

Gwyn sussurrou as palavras enquanto seguia furtivamente a prima, Vivi, em meio ao bosque escuro. O luar iluminava o céu azul-marinho, e a bolinha de luz que Vivi tinha conjurado flutuava alegremente acima delas. O ar do início de setembro estava surpreendentemente frio e exalava frescor, com um toque de fumaça fazendo cócegas no nariz de Gwyn.

Uma boa noite para caçar fantasmas, sem dúvida.

Mas talvez não fosse uma noite tão boa assim para piadinhas, porque Vivi olhou por cima do ombro e semicerrou os olhos castanhos.

— Gwynnevere.

— Que foi? — protestou Gwyn. — É isso ou alguma referência aos *Caça-fantasmas* que, sinceramente, seria meio datada.

— Por que será que estou com a sensação de que você não está levando isso a sério?

Gwyn, que usava um suéter preto com vários fantasminhas brancos, olhou para Vivi com o semblante mais sério possível.

— Não consigo imaginar por que você acharia isso.

Como já esperava, a expressão séria de Vivi deu lugar a um sorriso carinhoso e um revirar de olhos.

— Tá bom. Eu aceito o seu "toma!" irônico.

— Obrigada — disse Gwyn, reajustando a bolsa de couro transversal. Como aquela era sua primeira caçada a fantasmas, tinha revirado o Templo das Tentações em busca de qualquer coisa que pudesse ser útil, mas a loja atendia basicamente a turistas, não a bruxos de verdade.

Isso significava que, no momento, Gwyn tinha uma bolsa cheia de cristais, algumas velas em frascos e uma bolsinha de veludo com os sais de banho que a mãe fazia especialmente para vender na loja.

Vivi voltou a olhar para ela quando as velas bateram nos cristais.

— Eu falei que não precisava trazer nada — disse. — Isso aqui está mais para uma missão de apuração de fatos.

— E eu entendi, Vivi, mas só vi uma unidade de fantasma em toda a minha vida, e foi superassustador, então peço desculpas por querer estar preparada.

— Com sais de banho de camomila e lavanda?

— A parte importante é o sal.

Quando Vivi parou novamente e arqueou as sobrancelhas, Gwyn agitou a mão.

— Tipo nas séries, sabe?

— Nas séries?

— Aquelas em que caras bonitos caçam fantasmas e vivem dizendo coisas do tipo — ela baixou a voz num tom grave e rouco — "Vamos ter que fazer um círculo de sal ao redor do perímetro" ou algo assim. Por isso… — Gwyn deu um tapinha na bolsa. — Sal.

— Nós somos bruxas, Gwyn — lembrou Vivi. — Talvez não seja a melhor ideia seguir dicas da TV.

— Não somos bruxas *caça-fantasmas* — argumentou Gwyn, desviando de um galho grande ao se embrenharem na floresta. — E essa série ficou no ar por uns, tipo, vinte anos. Aposto que eles acertaram em *alguma coisa*.

Vivi refletiu sobre o comentário e, por fim, deu de ombros.

— Mal não deve fazer.

O vento agitava as folhas acima delas, chicoteando e afastando o longo cabelo ruivo de Gwyn do rosto enquanto ela dava passos maiores para tentar acompanhar a prima.

— Sabe, se *eu* tivesse um marido gostoso, pode ter certeza de que eu arrumaria mais razões para ficar em casa e menos razões para me embrenhar em florestas assombradas.

Vivi deu uma risada discreta ao ouvir aquilo.

— Convidei o Rhys para vir com a gente, mas ele está atolado de trabalho e tentando deixar tudo organizado antes da nossa viagem.

Gwyn emitiu um som que indicava concordância e ignorou a pontadinha que sentiu no peito ao imaginar Vivi longe. Era ridículo — ela só ia passar umas semanas fora numa viagem para ver um ritual de magia qualquer em que Vivi tinha interesse no País de Gales, terra natal de Rhys —, mas seria o maior período que Gwyn passaria longe da prima na vida delas. E como a mãe de Gwyn, Elaine, também estava fora, em um retiro de bruxaria no Arizona, isso significava que Gwyn ia ficar cem por cento sozinha.

O que não tinha problema nenhum. Ela era adulta, afinal, e conseguia dar conta do recado sem...

Lá no alto, uma coruja piou e Gwyn deu um gritinho, aproximando-se de Vivi.

Em seguida, a bruxa limpou a garganta, empinou o peito e seguiu em frente.

— E aí, sua primeira grande viagem ao país dele... como estamos nos sentindo?

O sorriso de Vivi era quase mais radiante do que seu feitiço de luz.

— Vai ser *incrível*. O Rhys vai me levar para Snowdonia, pertinho de onde o irmão dele mora, e...

— O Irmão Cuzão ou o Irmão Lobisomem?

Vivi lançou outro olhar para Gwyn.

— Na verdade, eles se chamam Wells e Bowen, e, pela última vez, o Bowen não é um lobisomem, ele só... não costuma fazer a barba com muita frequência.

— Não sei, não, Vivi, parece muito uma desculpa que um lobisomem daria — disse Gwyn, contornando um amontoado de folhas.

Vivi riu da brincadeira e balançou a cabeça.

— De qualquer maneira, é, o Bowen. O Wells ainda mora no vilarejo em que eles cresceram, então com certeza vamos dar uma passadinha por lá para visitá-lo também.

— Bacana. De repente você pode perguntar a ele o que era mais importante do que ir ao casamento do irmão.

Vivi grunhiu.

— Tá, Gwyn, falando sério. Isso não me incomodou! Nem o Rhys se incomodou.

— Bom, eu me incomodei — retrucou Gwyn, voltando a se irritar com o assunto.

Vivi tinha se casado no verão, uma festa pequena em Graves Glen, no mesmo campo onde ela havia conhecido Rhys anos antes. Tinha sido uma cerimônia bem simples e bonita, até mesmo Gwyn ficara com os olhos levemente marejados — não que um dia ela fosse admitir —, e, embora tenha ficado alarmada com os pelos faciais de Bowen e com o fato de parecer que realmente ia morrer se tivesse que sorrir, pelo menos ele tinha aparecido.

O pai de Rhys e o outro irmão, por outro lado, não tinham dado as caras.

Gwyn não conseguia conceber a ideia de não estar presente no dia do casamento de Vivi, e não era como se Wells não tivesse sido convidado. Ele fora, sim. Rhys tinha até falado com o irmão alguns dias antes da cerimônia, mas, no dia D, ele não aparecera.

Nenhuma desculpa, nada. Simplesmente não deu as caras.

Que tipo de irmão era aquele?

Mas, pensando bem, pelo que Gwyn se lembrava da brevíssima interação que tivera com Llewellyn Penhallow, não deveria ter ficado tão surpresa.

— O Rhys disse que é o jeito dele mesmo — continuou Vivi. — O pai não quis vir, então ele também não veio. Ele é... sei lá, leal, acho. E acho que o bar ocupa muito do tempo dele.

Gwyn ainda achava bem bizarro que Llewellyn Penhallow, praticamente uma celebridade pelo poder que demonstrara como bruxo naquele semestre que havia passado na Penhaven, administrasse um *bar* no País de Gales, em vez de desempenhar alguma Parada Impressionante relacionada a bruxaria, mas ela nunca havia se importado a ponto de questionar os motivos por trás daquilo.

— Meu trabalho também ocupa muito do meu tempo! — disse ela, cruzando os braços. — Outro dia eu estava organizando os grimórios na área privativa do Templo das Tentações e, de repente, me peguei pensando: "Taí, *grimório* é um nome estranho, de onde será que veio?". Quando me dei conta, estava com, tipo, umas doze abas da Wikipédia abertas e já estava escuro lá fora.

Vivi sorriu e balançou a cabeça enquanto se arrastava ladeira acima. Gwyn a seguia.

— Mas, mesmo assim, eu fui ao seu casamento — acrescentou ela, e Vivi estendeu o braço, acariciando a mão de Gwyn.

— E eu sou grata por isso. Assim como sou grata por você ter vindo fazer isso comigo.

Gwyn estava tão absorta na própria indignação que quase esqueceu onde estava e o que elas estavam fazendo.

Ah, é. Caça ao fantasma. Floresta assustadora.

— Vai ver não tem fantasma nenhum aqui — sugeriu Gwyn, torcendo muito, muito mesmo para que fosse o caso. Tinha planos para aquela noite, planos que envolviam experimentar um novo chá que havia encomendado e tomar um banho obscenamente demorado. Planos que de forma alguma envolviam caminhar pela floresta tarde da noite só porque Vivi tinha entreouvido alguns alunos da faculdade falando sobre luzes e barulhos estranhos naquela área do bosque.

— Provavelmente são só uns jovens com lanternas, bebendo cerveja e tomando péssimas decisões amorosas — comentou Gwyn, olhando ao redor com a boca meio seca. Mesmo com a ajuda do feitiço de luz de Vivi, a escuridão era intensa, pesada. Ela teve a sensação de que, fora daquele círculo acolhedor de luz, qualquer coisa poderia estar à espreita observando-a, como se as árvores tivessem mil olhos, e um calafrio a fez puxar as mangas do suéter para cobrir as mãos.

— Talvez — reconheceu Vivi, pisando em um amontoado de folhas com a ponta da bota. — Mas é nossa responsabilidade para com a cidade ter certeza de que não é nada mais do que isso.

Gwyn não era uma grande fã da palavra "responsabilidade", mas tinha que admitir que a prima estava certa: era a magia das mulheres Jones que alimentava Graves Glen, e isso significava que, se houvesse alguma lambança mágica em andamento, caberia a ela e a Vivi pôr um ponto final nessa história.

Gwyn entrelaçou o braço no da prima e a puxou para perto.

— Odeio quando você está certa. É uma das suas qualidades mais detestáveis.

Vivi sorriu para ela.

— O Rhys diz a mesma coisa.

— Um dos raros tópicos em que eu e o seu marido concordamos — retrucou Gwyn com um suspiro, e Vivi lhe deu uma batidinha com o quadril, sem deixar de sorrir, enquanto a luz que pairava sobre elas iluminava intensamente seu rosto.

Com intensidade até demais, Gwyn de repente percebeu.

Porque não era mais a única luz ao redor delas.

Gwyn virou a cabeça lentamente, ainda de braços dados com Vivi, enquanto registrava a imagem da... coisa que flutuava pela floresta na direção delas.

O único fantasma que Gwyn tinha visto antes definitivamente parecia uma pessoa. Brilhava e flutuava como o que quer que fosse aquilo, mas definitivamente lembrava uma pessoa. Aquilo era diferente. Era quase como uma nuvem, avançando em movimentos ondulatórios e emitindo uma estranha luz verde, e a magia que saía dali...

Gwyn começou a tremer ainda mais, a ponto de quase ranger os dentes. Ela sempre tinha sido mais sensível à magia do que Vivi ou Elaine, capaz de sentir sua presença antes das duas. Aquela coisa a surpreendera chegando de fininho, mas, agora que estava ali, ela sabia que havia algo de errado com o que quer que a tivesse criado.

E muito errado mesmo.

Gwyn enfiou a mão na bolsa enquanto Vivi se aproximava, franzindo as sobrancelhas.

— Eu nunca vi nada assim na vida — comentou, estendendo o braço em direção à coisa.

— Vivi, que tal não botar a mão na bolha assustadora? — sugeriu Gwyn, afastando as velas e os cristais e roçando os dedos na bolsinha de veludo com os sais de banho.

Vivi continuou se aproximando da coisa, a mão ainda estendida.

— Eu e o Rhys passamos um tempão pesquisando sobre maldições ano passado e não encontramos nada nem remotamente parecido com isso — prosseguiu. — Não sei nem dizer do que é feito.

— Dos meus pesadelos e um pouquinho de gel de cabelo? — arriscou Gwyn, finalmente conseguindo pegar um punhado de sal. — Enfim, é alguma coisa ruim e eu a odeio, então *abaixa*.

CAPÍTULO 2

— **Espera!**
Gwyn deu meia-volta e viu três figuras paradas nos limites do brilho da bolha, com um verde doentio iluminando os rostos. Ainda estava com a mão cheia de sal, preparada para atirá-lo, quando Vivi disse:
— Sam?
Uma jovem de cabelo azul-turquesa deu um passo à frente, a bolha refletindo nos óculos. Então, Gwyn a reconheceu. Era uma bruxa da faculdade que também trabalhava no Café Caldeirão, a cafeteria na rua da loja de Gwyn. A garota ao lado dela, mais baixa e com longos cabelos pretos presos para trás em uma trança, também trabalhava lá, como Gwyn logo lembrou. Ela não sabia quem era o terceiro membro daquele grupo, mas parecia estar com tanto medo quanto as outras duas, a julgar pelos olhos escuros arregalados.
No entanto, Vivi claramente os conhecia e, à medida que se aproximava, todos eles se encolheram um pouco.
— O que vocês três estão fazendo aqui? — perguntou, antes de se virar para Gwyn e informar: — Estes são Sam, Cait e Parker. Estão na minha turma de História da Magia na Penhaven. E *geralmente* são bons alunos que com certeza não se enfiariam na floresta para brincar com magia perigosa.

— Tá, eu sei que a situação parece feia — disse Sam. — E é verdade que as coisas... não estão saindo como planejado, mas juro que esse feitiço é inofensivo.

— Na verdade, foi ideia minha, dra. Jones — arriscou Cait. — Todos nós estamos na turma de Conversão Simples de Formas da dra. Arbuthnot nesse semestre, e ela estava nos ensinando a transformar uma coisa em outra, tipo uma folha em outra coisa qualquer, sabe?

Gwyn se segurou, mal e porcamente, para não revirar os olhos. Os bruxos acadêmicos não largavam o osso, né? Por que se dar ao trabalho de explorar algo novo e inovador em termos de bruxaria quando se podia dar as mesmas aulas chatas ano após ano?

— Enfim — continuou Cait —, acabei me dando conta de que o Halloween está logo ali, e pensei que de repente a gente podia usar magia para, sabe como é, melhorar um pouco as coisas. Para os turistas.

— E aí vocês resolveram criar um fantasma? — perguntou Vivi, franzindo a testa e cruzando os braços.

Gwyn tentou imitar a pose, na esperança de passar uma imagem tão severa e autoritária quanto Vivi, mas sabia que, *provavelmente*, o suéter com fantasminhas não colaborava muito.

— Não é um fantasma! — insistiu Sam. — Sério, é só um pouquinho de purpurina, cola e água misturadas com magia para *parecer* um fantasma. — Então, ela apontou com a cabeça para o terceiro membro do grupinho. — Na verdade, foi ideia de Parker. Elu é muito bom nesse tipo de coisa.

Parker se envaideceu de leve, jogando os cachos castanhos para trás.

— Não é tão difícil — disse. — É só...

— Negativo! — Vivi levantou a mão, interrompendo Parker.

— Pode parecer inofensivo, mas é exatamente por isso que *não* fazemos magia de verdade para os turistas. O pessoal das minhas turmas de não bruxos passou a semana inteira falando dessa coisa que brilha na floresta. Nós deveríamos ser um pouco mais discretos.

Os três bruxos ficaram meio cabisbaixos ao ouvirem aquilo, e Gwyn percebeu que Cait estava prestes a argumentar. Sinceramente, ela entendia a frustração. Qual era o sentido de ter magia se não podiam nem se divertir um pouquinho com ela?

Mas Gwyn sabia que precisava apoiar a prima, então se aproximou de Vivi e disse:

— A Vivi tem razão, pessoal. Vai por mim, quando a magia *parece* divertida e nada séria, o tiro pode muito bem sair pela culatra. E, caso queiram experimentar com esse tipo de coisa, precisam contar com a supervisão de um bruxo mais experiente.

Afinal de contas, ela e Vivi tinham tido Elaine.

Mas Sam se limitou a balançar a cabeça, desanimada.

— Dra. Jones, a senhora sabe como a faculdade é rígida. Tem um monte de regras sobre quando e onde se deve fazer magia. A gente nunca tem a chance de simplesmente... improvisar. Experimentar coisas novas.

— Pois é, mas essas regras existem por um motivo, e digo isso como alguém que tem como princípio odiar regras — retrucou Gwyn, e então olhou de relance para Vivi.

Vivi *amava* regras. Regras eram sua coisa favorita.

Mas Vivi estava encarando o trio de bruxos com ar reflexivo.

— Acho que a faculdade é meio formal em relação a esse tipo de coisa — disse ela lentamente. — E parte do desenvolvimento das habilidades vem mesmo da prática...

Em seguida, virou-se para Gwyn, que fechou a cara.

— Não me olha com essa cara pensativa — disse ela, e Vivi franziu a testa.

— Eu não faço cara pensativa.

— Faz, sim! Você está me olhando com cara pensativa neste exato momento, e não estou gostando nada disso!

— Só estava aqui pensando... — Vivi começou a dizer, e Gwyn apontou para ela.

— Viu só?

Vivi a ignorou e seguiu em frente:

— ... que talvez isso também faça parte da nossa responsabilidade agora. Para com a cidade. Sermos mentoras de jovens bruxos. Dar a eles um espaço seguro para experimentarem magia que não tenha ligação com a faculdade.

Ali estava aquela palavra de novo, e Gwyn estava prestes a lembrar a Vivi que elas já tinham um monte de responsabilidades — Gwyn tinha a loja, Vivi tinha dois empregos *e* o Halloween era no mês seguinte, o que significava que as coisas iam ficar ainda mais agitadas. E agora ela ainda queria organizar uma espécie de Colônia de Férias para Bruxos Bebês?

Mas aí Gwyn olhou por cima do ombro de Vivi e percebeu que Sam, Cait e Parker estavam radiantes com a ideia, encarando-as com olhos de cachorro pidão, e, ao olhar de novo para o "fantasma", ela teve que admitir que era uma magia bem impressionante. O efeito luminescente por si só já era difícil de criar, mais difícil ainda de manter, e o grupo tinha conseguido.

Além do mais, ela tinha que admitir que a ideia de ser uma Elaine para uma nova geração de bruxos meio que era divertida.

— Tudo bem — disse Gwyn com um suspiro. — Mas só porque eu acho que seus chefes lá da faculdade iam pirar com isso.

Vivi balançou a cabeça com um sorriso e depois se virou para os alunos.

— Então tá, eu e a Gwyn vamos trabalhar com vocês, se quiserem começar a experimentar feitiços. *Mas.* Nada de se esconder na floresta à noite e *nem pensar* em "improvisar" sem falar com uma de nós primeiro, ok?

Os três assentiram tão depressa que era um milagre nenhuma cabeça ter se desprendido, e Vivi esfregou as mãos, claramente satisfeita consigo mesma.

— Então, agora só falta nos livrarmos disso — disse, apontando para a bolha flutuante, e Parker franziu a testa.

— Pois é. É... meio que por isso que a gente estava aqui. Não sabemos direito como *des*fazê-lo.

Gwyn virou-se para a massa cintilante, significativamente menos assustadora agora que ela sabia do que era feita e quem a tinha criado.

Sem pensar muito, enfiou a mão na bolsa e voltou a pegar um punhado de sal.

Vivi franziu a testa.

— Gwyn, não sei...

— Ah, fala sério — retrucou Gwyn. — Mal não vai fazer!

E, com aquele pronunciamento extremamente infeliz, ela jogou o sal.

— Por acaso alguém já te disse que você é um tantinho impulsiva, Gwynnevere?

Enquanto esfregava o cabelo molhado com uma toalha, Gwyn olhou feio para Rhys, o marido de Vivi, do outro lado da mesa. Ao voltar para o chalé, ela tomara um banho de vinte minutos, mas ainda se sentia lambuzada de gosma de fantasma. Como era possível que algo tecnicamente feito de cola, purpurina e magia fosse tão nojento ao explodir?

Provavelmente não existia no mundo chuveiro forte o suficiente para fazê-la se sentir limpa de novo, um sentimento que Vivi claramente compartilhava, já que ainda não tinha saído do banheiro do andar de cima.

— Na verdade, já disseram, sim — respondeu Gwyn a Rhys. — Professores, vários ex-namorados e um juiz de trânsito particularmente maldoso. E agora você.

— Que bela lista para se fazer parte — disse Rhys, aproximando-se da bancada onde uma chaleira elétrica borbulhava.

Naquele momento, Vivi apareceu vestindo um dos robes de Elaine, o cabelo molhado deixando manchas na seda azul-pavão.

— Tenho a impressão de que esse foi o primeiro de vários banhos que vou tomar essa noite — disse, e Rhys sorriu para ela, entregando-lhe uma caneca de chá.

— Contanto que eu possa participar de pelo menos um, não vejo nenhum problema, meu amor.

Vivi sorriu em resposta, aproximando-se dele, e, enquanto eles se abraçavam, Gwyn revirou os olhos. Estava feliz pelos dois, de verdade, e só a deusa sabia o que eles tinham enfrentado até chegarem ao "felizes para sempre", mas, sinceramente, *limites* precisavam ser estabelecidos.

— Eu estou bem aqui — disse. — Sem a menor vontade de ser informada sobre esses detalhes!

— Ei — retrucou Vivi, apontando um dedo para Gwyn. — Você sabe quantas vezes eu já tive que ficar no sofá vendo você se pegando muito sério com alguém enquanto eu fingia mexer no celular? Isso aqui é vingança.

— É justo — admitiu Gwyn, se dando conta de quanto tempo fazia que não pegava ninguém. Meses, na verdade.

Que deprimente.

Rhys riu e deu um beijo rápido na testa de Vivi antes de voltar ao chá, e Vivi sentou-se de frente para Gwyn, do outro lado da mesa. Nos últimos tempos, aquele normalmente vinha sendo o lugar onde todos se reuniam, por mais que Vivi tivesse seu próprio apartamento em cima da loja no centro da cidade, onde ela e Rhys estavam moravam. Tecnicamente, Rhys tinha a casa de sua família no alto da montanha, mas, como o lugar parecia ter saído de um filme do Tim Burton, geralmente ninguém ia para lá.

Rhys voltou para a mesa e entregou uma caneca a Gwyn. Como ele tinha usado sua mistura de chá favorita, ela resolveu perdoá-lo por tê-la feito pensar em sexo no chuveiro.

— Preciso dizer que gosto da ideia de sairmos para fazer coisas de bruxas enquanto você fica aqui fazendo chá — comentou Gwyn, soprando o topo da caneca enquanto seu gato,

Seu Miaurício, subia na mesa. Gwyn havia tentado enxotá-lo dali ao longo dos anos, mas a caminha confortabilíssima que ocupava o centro do ambiente era a prova de quem tinha vencido a disputa.

Voltando-se para Gwyn, ele piscou os olhos amarelos-esverdeados, que se destacavam no pelo preto, enquanto Rhys ria pelo nariz e enchia sua caneca de água quente.

— Conheço meus pontos fortes — disse, antes de se sentar ao lado da esposa. — E, explosão de feitiços à parte, parece que vocês tiveram uma noite produtiva — prosseguiu Rhys. — Chegaram à fonte dos rumores sobre fantasmas, botaram juízo na cabeça de jovens locais...

— Foi tudo graças à Vivi — garantiu Gwyn. — Ela fez a cara pensativa para mim e não tive como resistir.

— Eu não faço cara pensativa nenhuma — refutou Vivi, mas Rhys sorriu e balançou a cabeça.

— Com toda certeza faz, meu amor. De todas as caras que você faz, essa é uma das minhas favoritas. É mais ou menos assim.

Rhys franziu bem de leve as sobrancelhas e assumiu um olhar distante. Com a mão livre, Gwyn deu um tapa na mesa.

— É isso! Caramba, igualzinho.

Vivi fechou a cara e alternou o olhar entre os dois.

— Sabe, era muito melhor para mim quando vocês dois não se gostavam.

— Eu sempre gostei da Gwyn — protestou Rhys, e Gwyn deu de ombros.

— Eu não gostava de você.

— *Cuzão* — disse Seu Miaurício em tom sonolento no meio da mesa, e Rhys olhou feio para o gato.

— Imagino que ainda não tenham conseguido reverter o feitiço da fala, né? — perguntou ele a Gwyn, que deu de ombros.

— Não é muito uma prioridade.

Graças a uma lambança mágica no ano anterior, Seu Miaurício conseguia falar. No fim das contas, os gatos pensavam em pouca coisa além de comida e xingamentos, mas Gwyn já tinha se acostumado.

Ela se inclinou para a frente para fazer carinho no Miaurício e, fazendo jus ao nome, ele miou e ronronou de alegria enquanto Gwyn passava a mão por suas costas. Do outro lado da mesa, Rhys levou a mão à nuca de Vivi e ela se inclinou de leve ao toque, provavelmente sem se dar conta.

Gwyn voltou a sentir lá no fundo do estômago aquela estranha sensação que *não* podia ser ciúme, desejo ou algo do tipo, porque eram sentimentos que ela com certeza não tinha.

Mas era... alguma coisa, e ela não estava gostando nada daquilo.

Para se distrair da possibilidade de sentir sentimentos, Gwyn pegou o potinho de mel de lavanda no outro lado da mesa, acrescentou mais um pouco ao chá e perguntou:

— Então quer dizer que a grande viagem logo vem aí, né?

— Pois é — disse Rhys —, e você não vai se surpreender nem um pouquinho ao descobrir que a Vivi já tem uma lista mais do que completa de coisas para levar. Já eu, por outro lado...

— Talvez a gente não devesse ir.

Vivi disse essas palavras com hesitação, alternando o olhar entre Rhys e Gwyn.

— É que... a noite de hoje me fez lembrar que, agora que nossa magia está alimentando a cidade, nós temos...

— Vivi, se você disser a palavra "responsabilidades" de novo essa noite, eu vou criar outra bolha fantasma só para explodi-la em você mais uma vez.

— Bom, mas nós *temos* mesmo — disse Vivi. — E o Halloween está chegando.

— Daqui a mais de um mês — lembrou Gwyn.

Rhys pegou a mão da esposa e assentiu com a cabeça.

— E nós vamos voltar a tempo.

— *E* a merecidíssima lua de mel de vocês já foi adiada demais.

— Também tem isso — concordou Rhys, apontando para Gwyn. — Além do mais, já faz séculos que você quer fazer essa viagem.

Vivi mordeu o lábio inferior, pensativa.

— Seria bem útil para a minha pesquisa.

— Vai lá — Gwyn a incentivou. — Vai ficar tudo bem por aqui. A loja está indo de vento em popa. As coisas praticamente se vendem sozinhas nessa época do ano, de qualquer maneira, e, verdade seja dita, estou doida para ter um tempinho só para mim.

As duas afirmações eram mentiras — a loja não estava indo tão bem assim no momento, apesar de estarem perto do Halloween. E a verdade era que Gwyn era levemente alérgica a ficar sozinha, mas abriu seu sorriso mais radiante para a prima.

— Além disso, eu quero lembrancinhas. Bandeirinhas galesas, quem sabe um dragão de pelúcia... aaah, e se você encontrar o irmão do Rhys, pode dar um chute na bunda dele por mim!

— Qual irmão? — perguntou Rhys, depois levantou a mão. — Quer dizer, eu chuto qualquer um deles com prazer, só preciso garantir que vou ter calculado a estratégia de defesa apropriada para depois que eles se levantarem.

— Ela está falando do Wells — disse Vivi, finalmente sorrindo um pouco. — Ainda está com ranço dele por causa do casamento.

Rhys fez uma careta.

— *Eu* não estou com ranço dele por causa do casamento, e olha que era *meu* casamento. E meu irmão, aliás.

Gwyn deu de ombros.

— Não adianta tentar entender os meus ranços, Rhys. Eu sou taurina.

Ela nem se deu ao trabalho de acrescentar que o ranço que sentia por Wells Penhallow vinha de muito antes do casamento, que tinha começado lá nos tempos de faculdade, mas se uma garota tinha direito a alimentar rancores, podia também guardar certos segredos.

— Justo — respondeu Rhys. — Bandeira galesa, dragão de pelúcia, irmão emasculado, tudo a seu dispor quando voltarmos.

Vivi finalmente riu, encostando brevemente a cabeça no ombro de Rhys.

— Tá, não consigo vencer quando vocês dois se juntam — disse ela. — Vocês têm razão. Está tudo bem, a cidade vai ficar bem e com toda certeza a gente vai para o País de Gales, como planejado.

—Aleluia! — disse Rhys com um suspiro, recostando-se na cadeira, e Gwyn sorriu, estendendo o braço por cima da mesa para apertar a mão de Vivi.

— Olha só, nós já lidamos com uma cidade inteira amaldiçoada, um gato falante e agora com a explosão de um fantasma e demos conta do recado. O que de pior poderia acontecer?

CAPÍTULO 3

Quando a porta do Corvo e Coroa se abriu, Wells se permitiu acreditar — estupidamente — que poderia ser um cliente entrando.

Afinal de contas, era uma noite chuvosa, o clima estava frio e ventoso, típico de meados de setembro naquele cantinho do País de Gales, e o bar estava quente. Aconchegante, até. O fogo crepitava alegremente na lareira, havia madeira escura e antiga por toda parte e, o mais importante, álcool para quem tivesse saído na chuva numa noite fria de outono.

Bastante álcool, já que era raro Wells ter a chance de servir alguma bebida naquele lugar.

Então, ao ouvir a porta ranger e a chuva bater na lateral do prédio enquanto alguém entrava, ele correu para a frente das torneiras, preparado para encher uma caneca ou servir uma dose, o que fosse necessário.

A figura à porta murmurou baixinho e tirou um sobretudo com capuz. Em seguida, uma versão mais velha de Wells o encarou.

Droga.

No fim das contas, não era um cliente, só seu próprio pai.

Simon Penhallow não costumava visitar o vilarejo de Dweniniaid, preferia os confins de sua mansão um tanto quanto sinistra nos arredores da cidade. Na verdade, Wells sabia muito bem que o pai só tinha ido ao Corvo e Coroa duas vezes nos treze anos desde que ele assumira o comando do negócio.

A primeira vez tinha sido no primeiro dia de Wells como dono do bar, e só ficara o tempo suficiente para resmungar, olhar de relance ao redor, acenar com a cabeça em um gesto que podia ser interpretado como aprovação na família Penhallow e se retirar pisando firme.

A segunda vez fora no ano anterior, depois de Rhys, irmão mais novo de Wells, ter informado ao pai que a magia dos Penhallow, que antes alimentava a cidadezinha de Graves Glen, na Geórgia, já não existia mais, desbancada por um poderoso coven de bruxas.

Uma dessas bruxas era agora esposa de Rhys, algo que Simon não aceitara particularmente bem. Em seu íntimo, Wells achava que se estabelecer com uma mulher que parecia suficientemente sensata — tirando a parte de ter se apaixonado por seu irmão idiota — era a melhor coisa que poderia ter acontecido na vida de Rhys, mas era melhor guardar a opinião para si mesmo.

Então, enquanto Wells observava o pai desenrolar o cachecol e o pendurar ao lado do casaco, sua decepção por não se tratar de um cliente pagante começou a se transformar lentamente em outra coisa.

Suspeita.

O que será que poderia ter feito Simon deixar seus livros, seus feitiços e suas várias artimanhas numa noite como aquela?

— Boa noite — disse Wells, já procurando atrás do balcão a garrafa da única marca de uísque que o pai se dignava a beber. Ele sempre mantinha a bebida em estoque, para o caso de um momento como aquele chegar, e, como fazia quase um ano que não acontecia, a garrafa estava bem empoeirada quando Wells a encontrou, e ele teve que limpá-la sorrateiramente com o pano úmido pendurado na cintura da calça.

— Por aqui a noite não parece tão boa assim — comentou Simon, olhando ao redor enquanto se sentava ao balcão.

— A chuva deve estar prendendo todo mundo em casa — disse Wells, e a explicação soou completamente ridícula até para ele mesmo. Desde quando uma *chuva* impedia alguém de ir a um bar no País de Gales? Em todo o Reino Unido, aliás?

Mas o pai deixou passar a mentira e assentiu distraidamente com a cabeça enquanto aceitava o copo que Wells tinha lhe servido. Em seguida, para o choque absoluto de Wells, tomou a bebida em um gole só.

Quando ele bateu o copo no balcão com um aceno de cabeça e um ríspido "Mais um", Wells obedeceu, depois pegou um copo para si e se serviu também. O que quer que tenha deixado o pai com aquele humor, logo se tornaria problema de Wells também.

Assim era a vida do filho mais velho.

Rhys, o irmão caçula, lhe dizia que ele secretamente adorava ser o braço direito do pai e, por mais que Wells tentasse nunca dar crédito a Rhys se pudesse evitar, precisava admitir que houve uma época de sua vida em que isso... não era totalmente mentira.

No fim das contas, tinha sido fácil ser o Filho Favorito. Rhys tinha como missão de vida irritar o pai, e Bowen, o irmão do meio, sempre pareceu funcionar separadamente de todos eles, uma ilha em si mesmo. Então, sim, Wells gostava de ser o destinatário natural do olhar severo do pai quando havia alguma coisa para fazer, alguma responsabilidade a assumir.

Mas, depois de trinta e quatro anos daquilo, sendo os últimos treze à frente daquele bar terrivelmente malsucedido, Wells tinha que admitir que estava meio cansado de toda essa história de filho diligente.

E ainda assim...

Ali estava ele, servindo uísque ao pai enquanto aguardava instruções do que precisava ser feito.

Caramba, ele era um caso perdido.

Simon bebeu o segundo copo de uísque mais devagar, olhando para o fogo antes de virar o rosto para Wells. As sombras brincavam por sua estrutura óssea severa, fazendo-o parecer mais sinistro do que de fato era.

— É sempre assim — disse Simon, gesticulando com a mão ao redor do bar para o caso de Wells não ter entendido o que ele queria dizer. — Vazio. Não é?

Por um instante, Wells pensou em mentir outra vez, insistir que era por causa da tempestade ou talvez que havia algum jogo importante passando na TV — a deusa era testemunha de que o pai não faria a menor ideia de se *isso* era verdade ou não —, e que era por isso que não havia ninguém no bar.

Em vez disso, largou o pano em cima do balcão com um som molhado e o envolveu com as duas mãos.

— Na verdade, como você apareceu por aqui, até que a noite está agitada.

Seu pai fez aquele som que ficava entre um grunhido e uma bufada, um ruído que, vindo dele, podia ser considerado uma risada. Wells tinha se ouvido emitir o mesmo som outro dia, falando ao telefone com Rhys, e não sabia bem qual dos dois tinha ficado mais horrorizado.

— Então o bar que meu tataravô abriu é um fracasso, e a cidade que meu tio-bisavô fundou não tem mais uma gota da magia dos Penhallow.

Simon ergueu o copo em uma espécie de brinde irônico, mas como Wells não sabia, até aquele momento, que o pai sequer entendia o conceito de ironia, o gesto foi um pouco alarmante.

— O objetivo do bar nunca foi lucro — lembrou ao pai.

O Corvo e Coroa tinha sido construído no local do primeiro assentamento dos bruxos Penhallow em Dweniniaid, e ainda havia uma centelha daquela magia antiga por ali, magia de que Wells cuidava como um jardineiro com uma plantação de batatas cada vez menor.

Seus antepassados esperavam que a construção de um bar no local mantivesse essa magia forte, já que a terra se alimentava da energia de todas as pessoas que bebiam, riam, brigavam e cantavam num bar de um vilarejo. E, no início, era assim mesmo.

Mas agora, por mais que Wells lançasse feitiços diariamente, dava para sentir a pequena centelha de magia se apagar aos poucos, como uma vela num vendaval.

— Eu sei disso — retrucou Simon com um suspiro, endireitando-se discretamente enquanto parte da melancolia deixava seu rosto. — É só que... é como se tudo estivesse se esvaindo. Nós criamos raízes aqui, fizemos o mesmo nos Estados Unidos, e no que tudo isso deu? Em um bar vazio e... e *nisso*.

Agitando a mão, Simon conjurou uma fumaça cinzenta em forma oval que pouco a pouco foi ficando maior e mais nítida, transformando-se em algo parecido com um espelho.

Wells soube imediatamente que estava vendo Graves Glen. Só tinha estado lá uma vez, no verão em que frequentara as aulas tradicionais da Penhaven College, mas, apesar de já fazer treze anos, pouca coisa havia mudado. Ainda era um lugarzinho sereno e pitoresco, escondido entre as agradáveis montanhas azuis da Geórgia, com uma antiquada rua principal que percorria o centro da cidade e postes de luz que lançavam um brilho suave sobre todas as coisas.

Wells sentiu uma pontada dolorosa no peito com aquela imagem. Só tinha passado um semestre em Graves Glen, apenas seis meses, mas nunca tinha esquecido o lugar. Gostava de lá. Mais do que isso, gostava de *si mesmo* lá. Em Graves Glen, o nome Penhallow despertava admiração e interesse, não medo. Lá, ele havia praticado sua magia de forma ativa, em vez de apenas canalizá-la passivamente por meio desse lugar. Mas o tio Colin, administrador do bar até então, havia morrido, e era importante que um bruxo Penhallow fosse o guardião da chama, por assim dizer. Assim, de alguma forma, os anos foram se passando enquanto ele seguia encalhado no mesmo lugar.

Wells afastou aqueles pensamentos melancólicos e se concentrou na imagem à sua frente.

Já era fim de tarde em Graves Glen, então as ruas estavam relativamente movimentadas, cheias de gente aproveitando o dia de outono perfeito e dourado. No meio de tudo aquilo, Wells avistou uma vitrine vibrante e uma enorme bruxa de papel machê sorrindo para ele. As luzes roxas e brilhantes acima dela diziam...

— Abracadabra às nove, Fechacadabra às seis — leu cuidadosamente, e o olhar fulminante do pai quase incendiou o restinho de uísque que ainda tinha no copo.

— Foi nisso que se transformou o sonho de Gryffud — disse Simon com amargura. — Esse lugar, que um dia já foi um refúgio para os nossos, um centro de... de aprendizado e de erudição, de aperfeiçoamento da nossa arte, agora é administrado por essas mulheres que vendem lembrancinhas baratas de Halloween e fazem trocadilhos ridículos.

Com mais um gesto de Simon, a imagem desapareceu.

Em se tratando de trocadilhos, Wells não considerou aquele *particularmente* terrível, só que, como o pai já estava pegando a garrafa de uísque para se servir mais uma dose por conta própria, ele julgou que seria melhor não tocar no assunto.

Em vez disso, começou a dizer:

— Graves Glen... — Mas, ao reparar no olhar de Simon, mudou rapidamente para galês. — *Glynn Bedd* — corrigiu-se — não está completamente livre dos Penhallow. Rhys ainda está lá.

Simon lhe lançou um olhar que dizia *exatamente* o que achava disso, e Wells levantou as mãos na defensiva.

— Só estou dizendo. Ainda não fomos completamente expulsos.

Simon bufou e afastou o copo meio cheio.

— Quando seu irmão casou com aquela tal de Jones, ele se tornou um deles. Não se engane, garoto, ele preferiu a família dela à nossa. Os Penhallow são coisa do passado em Glynn Bedd, assim como, aparentemente, também somos coisa do passado em Dweniniaid.

Simon soltou outro suspiro enquanto um trovão soava no céu lá fora. Se o pai continuasse naquele humor, o maldito vilarejo logo estaria debaixo d'água.

De repente, a ideia de passar dias atrás daquele balcão enquanto a chuva não parava de cair e ninguém aparecia no bar se tornou quase insuportável. Wells ocupava seu tempo lendo sobre feitiçaria e reforçando as runas e os feitiços que preservavam a centelha original da magia dos Penhallow, mas não havia muito mais o que fazer.

Wells voltou a pensar na sensação que o invadiu quando Simon conjurou a imagem de Graves Glen.

Não era bem saudade, mas não estava muito longe disso, e, de repente, seu coração começou a bater mais rápido, a mente acelerou e as palavras pareceram escapulir da boca antes que ele tivesse tempo de refletir sobre elas.

— E se eu fosse para Glynn Bedd?

CAPÍTULO 4

Wells teve o cuidado de manter a expressão neutra e a voz calma, mas, no segundo em que disse aquilo, soube que era exatamente o que queria fazer, onde queria estar.

Finalmente uma chance de ser útil *e* sair daquele lugar tedioso.

Simon o olhou por baixo das espessas sobrancelhas grisalhas, o rosto impassível, e Wells não pôde deixar de se debruçar sobre o balcão.

— Eu sei que o bar é uma tradição de família, mas talvez esteja na hora de tentarmos uma coisa nova, hein? Eu podia... podia abrir algum tipo de loja lá na cidade. Algo para bruxos sérios, não essas bobagens para turistas. Posso garantir que nosso nome seja lembrado por lá, por mais que nossa magia não esteja presente.

Simon absorveu a ideia enquanto girava o copo nas mãos.

— Há mais de cem anos temos um Penhallow à frente do Corvo e Coroa — comentou ele, em tom ríspido. — Vê-lo fechado...

— Pai, olha só a situação ao nosso redor. O bar está fechado em espírito, se não em nome. Nem todos os feitiços do mundo vão dar conta de manter esse último resquício de magia para sempre. Não com o lugar vazio desse jeito.

Wells estendeu a mão, segurou o braço do pai e lhe deu uma leve sacudida.

— Me deixa cuidar disso. Me deixa ajudar.

— É verdade que Glynn Bedd é o legado mais importante da família — admitiu Simon a contragosto. — E não posso confiar no seu irmão por lá. — Ele olhou para Wells e, pela primeira vez, havia um verdadeiro indício de ternura no rosto do pai. — Eu sempre pude confiar em você para fazer o que é melhor para a família.

— E é o que eu vou fazer — prometeu Wells.

Era isso que Rhys e Bowen nunca tinham entendido em relação ao pai. Sim, ele era rígido e emocionalmente distante, mas os amava à sua maneira. Eram seus filhos, e família importava mais para Simon do que qualquer outra coisa. Que outra razão ele teria para se preocupar tanto com aquele bar miserável ou com uma cidadezinha nas montanhas da Geórgia?

A razão era que ambos tinham sido construídos pela família, e isso significava que Simon considerava seu dever protegê-los.

Wells tinha tomado conta do bar por mais de uma década, e agora faria o mesmo por Graves Glen.

Com mais um suspiro, Simon afastou o braço da mão do filho.

— Você é um bom garoto, Llewellyn — disse, e então tirou do dedo um grande anel de prata.

Wells nunca tinha visto o pai sem aquele anel específico, o que tinha uma pedra de um roxo profundo no centro, quase preto, e dragões dos Penhallow gravados de ambos os lados.

Simon pôs o anel na palma da mão de Wells e apoiou a outra mão no ombro do filho enquanto o puxava para perto.

— Tudo bem. Vá para Glynn Bedd. Proteja nosso legado por lá.

Em seguida, chocando Wells ainda mais, o pai lhe deu um breve abraço.

— Vou sentir saudades, filho — disse, e Wells foi surpreendido por um leve nó na garganta.

— Também vou sentir saudades, pai.

O pai lhe deu um tapinha firme nas costas e se endireitou.

— Muito bem.

— Muito bem — repetiu Wells, e então, com um aceno de cabeça, seu pai se dirigiu para a saída. Quando a porta se abriu, Wells percebeu que já não chovia mais.

Teoricamente, o bar ainda deveria continuar aberto por mais uma hora, mas ele trancou a porta atrás de Simon e apagou as luzes principais.

Partiria no dia seguinte, bem cedo, mas passou mais um tempo limpando as mesas e empilhando as cadeiras enquanto pensava: "Até que enfim, porra."

Várias ideias já começavam a pipocar na cabeça dele, e nenhuma envolvia servir uma caneca de chope novamente. Naquele breve vislumbre que tivera da cidade, ele tinha visto o que parecia ser uma vitrine vazia, e já imaginava o que poderia fazer com aquele espaço.

O oposto do que quer que a família da esposa de Rhys fazia, com certeza. Cada um com seus gostos, claro, mas certamente havia espaço para algo um pouco mais elegante, um pouco mais *real*. Um lugar onde os bruxos da faculdade pudessem se reunir, discutir feitiços e técnicas. Um lugar que garantisse que o nome Penhallow ainda fosse associado à magia na cidade, independentemente de quem detivesse o poder que fluía por dela.

Ao abrir uma portinha atrás do balcão, Wells estava tão imerso na fantasia de sua nova vida que só se deu conta de que não estava sozinho quando já estava a meio caminho da escada para o porão que havia transformado em apartamento.

Os pelos da nuca se eriçaram e ele sentiu uma magia pesada no ar. Quem quer que estivesse lá embaixo também era bruxo.

Um bruxo poderoso.

— Quem está aí? — perguntou, enquanto começava a preparar os dedos ao lado do corpo. Já fazia um bom tempo que não lançava aquele tipo de feitiço, mas, felizmente, a memória não o deixou na mão. — O que raios está fazendo no meu bar?

Estava prestes a levantar a mão e soltar o feitiço de atordoamento que havia preparado quando, de repente, uma luz se acendeu, fazendo-o semicerrar os olhos. O feitiço se dissipou no ar assim que ele viu um sorriso familiar do outro lado do recinto.

— Esse não é o melhor jeito de receber alguém, irmão.

Bowen estava estirado na cama de Wells, com uma das mãos ainda estendida após conjurar o feitiço de luz, e o que parecia ser uma tonelada de barba no rosto. Wells sentiu, como muitas vezes acontecia na presença dos irmãos, aquela onda familiar de irritação e afeto.

— Eu poderia ter matado você — disse ele, acendendo as luzes enquanto o feitiço do irmão se desfazia.

— Poderia — concordou Bowen, dando de ombros. — Mas não matou.

Já fazia mais de um ano que Wells não via o irmão, e Bowen claramente tinha usado esse tempo para ficar mais peludo *e* mais irritante. A parte dos pelos dava para entender — Bowen havia passado os últimos anos fazendo uma espécie de pesquisa mágica nas montanhas. Provavelmente a barba era um requisito para esse tipo de coisa.

— Como foi que você chegou aqui sem que eu ou o pai te víssemos? — perguntou Wells, cruzando os braços.

Bowen grunhiu.

— Magia.

— Hum — Wells se limitou a dizer, antes de olhar para baixo e franzir a testa. — Tira essa porcaria dessas botas da minha cama — ordenou ele, dando um tapa nos pés de Bowen, que abriu um sorrisinho, baixando as pernas e se sentando na beirada da cama.

Só então Wells notou que o irmão mais novo parecia cansado e meio pálido. Wells não sabia exatamente o que Bowen fazia lá no meio do mato, mas, fosse o que fosse, era evidente que estava começando a pesar.

— Quer beber alguma coisa? — perguntou, mas Bowen recusou com um aceno de mão.

— Não. Não vou ficar por muito tempo. Tenho que ir para a casa mais cedo ou mais tarde, só que... — Após uma pausa, soltou um longo suspiro. — Ainda não estava preparado.

Wells sabia que o relacionamento dos irmãos com Simon era muito diferente do dele, mas, na sua opinião, era meio ridículo que eles agissem como se conversar com o pai fosse um feito extraordinário. Afinal de contas, era algo que ele fazia quase todo dia, e, pensando bem, talvez fosse uma daquelas coisas para as quais é necessário desenvolver tolerância.

Tipo exercício físico. Ou veneno.

— Como você está? — perguntou ele a Bowen enquanto atravessava o cômodo em direção ao carrinho de bebidas que havia instalado ali e se servia de um dedinho de uísque. Estava bem longe de ser tão boa quanto a marca favorita do pai, mas o calor defumado ajudava a aliviar a tensão nos ombros, espantando parte do frio que ainda restava.

— Bem — foi a única resposta de Bowen. De vez em quando, Wells se perguntava como era possível que ele fosse o único entre os irmãos que sabia usar a quantidade certa de palavras numa frase. Rhys falava demais e Bowen, de menos.

Então, Bowen virou a cabeça em direção à escada.

— Ouvi dizer que você vai para Glynn Bedd.

— Ah, então quer dizer que você entra às escondidas *e* fica bisbilhotando a conversa alheia. Que lindo — disse Wells. Como Bowen se limitou a encará-lo, ele cedeu com um aceno de cabeça. — Sim. Alguém da família precisa ficar por lá, agora que fomos magicamente expulsos, por assim dizer.

— O Rhys está lá.

— A lealdade do Rhys está... comprometida. Ou pelo menos é o que o pai acha.

Bowen esfregou o queixo e assentiu.

— Faz sentido. Ele está de quatro por ela.

— Visto que eles estão casados, seria de se esperar mesmo.

Inclinando a cabeça, Bowen observou Wells por um instante e depois perguntou:

— Por que você não foi? No casamento?

Wells ainda sentia uma pontada de culpa por isso. Ele queria ter ido, tinha planejado ir, mas, no fim das contas, seguira os passos de Simon. Rhys não tinha levado a mal, então provavelmente tinha sido melhor assim.

Mesmo assim, ele ainda se sentia meio merda.

— Não consegui uma brecha para sair daqui — limitou-se a dizer, e Bowen deu de ombros outra vez, daquele seu jeito lacônico.

— Bom, agora vocês vão morar na mesma cidade, então acho que vão poder se ver bastante.

É.

Wells ainda não tinha parado para pensar em como Rhys encararia a presença dele em Graves Glen. Os dois até que se davam bem, só que Rhys não confiava no pai, e Wells duvidava que o irmão fosse acreditar que sua mudança para lá era por livre e espontânea vontade. Rhys tinha a tendência de sempre pensar o pior dos dois.

Wells lidaria com aquilo depois. Por enquanto, limitou-se a sorrir para Bowen e se encostar na parede.

— Exatamente. Tempo de sobra para nutrir laços fraternais.

— E o pai simplesmente deixou você ir? — perguntou Bowen, franzindo a testa.

Wells bufou e bebeu o resto do uísque.

— Você fala como se ele estivesse me mantendo prisioneiro aqui.

Bowen não respondeu, mas a cara que fez ao olhar em volta do quartinho de Wells — que, tudo bem, ele admitia que talvez tivesse uma leve energia de cela — já dizia tudo.

— Eu que escolhi ficar aqui — lembrou Wells, apontando para Bowen com o copo na mão. — Assim como você escolheu fazer seja lá o que ele quer que você faça lá nas montanhas e o

Rhys escolheu... bom, o Rhys escolheu meter o pé daqui, basicamente, mas a questão é que eu fiquei porque quis. E agora quero ir para Graves Glen.

Rhys teria insistido no assunto, mas Bowen, abençoado fosse, se deu por convencido, assentindo enquanto se levantava da cama batendo as mãos nas coxas.

— É justo. Manter você encalhado aqui é um desperdício de um bom bruxo.

— Obrigado — respondeu Wells, porque sabia que, vindo do irmão, aquilo era praticamente uma bajulação.

— Vou deixar você em paz, então — disse Bowen, seguindo em direção à escada.

— Até que enfim — brincou Wells, e teve a impressão de ter visto um leve sorriso por baixo daquela barba toda.

De repente, Bowen parou e se virou para observar Wells antes de dizer:

— Toma cuidado. Lá em Glynn Bedd.

Wells arqueou as sobrancelhas.

— Por quê? Corro o risco de ser soterrado por uma pilha de doces e máscaras cafonas de Halloween?

Bowen reagiu com um som que poderia ter sido uma risada.

— É sempre uma possibilidade. Mas não, é que... sempre que acontece uma transferência mágica de poder, como a que aconteceu por lá no ano passado, as coisas podem ficar esquisitas.

Wells esperou um instante, mas, como viu que o irmão não ia dizer mais nada, perguntou:

—Será que você poderia desenvolver o raciocínio? Ou esse estilo enigmático é algo que você aprendeu com as ovelhas?

Bowen grunhiu outra vez e girou os ombros.

— Só fica ligado. Lugares como aquele ficam vulneráveis por um tempo. Começam a atrair magias bizarras, como se fossem ímãs. E, com a proximidade do Samhain, é algo a se pensar.

— Eu... — Wells começou a dizer, mas, antes que pudesse terminar a frase, Bowen já tinha desaparecido.

CAPÍTULO 5

A casa dos Penhallow, mais acima na montanha de onde ficava o aconchegante chalé de Gwyn, era, em uma descrição generosa, meio estranha.

Em uma descrição menos generosa — e generosidade raramente era um talento de Gwyn —, parecia que um fã obcecado pelo passeio da Mansão Mal-Assombrada da Disney tinha decidido recriá-lo em sua própria casa. Havia veludo, havia papel de parede antiquado, havia candelabros pesados de ferro e chifres, sem falar nos quadros de antepassados que já tinham morrido há um tempão, carrancudos por trás de séculos de sujeira.

O lugar era um verdadeiro pesadelo, e Gwyn não culpava Vivi e Rhys por escolherem morar no apartamento de Vivi no centro, por mais que o imóvel coubesse facilmente na cozinha daquela casa.

No entanto, ela precisava admitir que, se a ideia era fazer uma despedida de solteira com o tema bruxaria, a casa dos Penhallow era absurdamente perfeita.

— Será que exagerei na lavanda?

Gwyn tirou os olhos de sua própria mistura de sais de banho e viu a noiva, Amanda, segurando um saquinho de tule que *realmente* parecia roxo demais. Mas ela se limitou a sorrir e balançar a cabeça.

— Esse papo de exagero não existe — disse Gwyn alegremente, acrescentando mais uma colher de alecrim aos seus sais. — Essa é a graça desse tipo de projeto.

— É verdade, e por acaso a lavanda não tem princípios relaxantes? — perguntou Leigh, a madrinha, naquele momento sentada à esquerda de Gwyn com um chapéu brilhante de bruxa levemente torto enquanto apontava para Amanda. — Amiga, você está precisando.

As outras mulheres riram e Amanda deu de ombros animadamente antes de virar o resto do vinho e colocar o cálice na enorme mesa de carvalho da sala de jantar. Também estava com um chapéu de bruxa todo cheio de glitter, mas Gwyn tinha acrescentado um véu preto de tule e uma faixa que proclamava Amanda a "BRUXA-CHEFE".

Não que Amanda fosse, de fato, bruxa. As seis mulheres reunidas ao redor da mesa de jantar dos Penhallow eram completamente normais — e presumiam que Gwyn também fosse. Mas, em Graves Glen...

As despedidas de solteira — e festas de aniversário, festas de fim de ano e um evento meio estranho relacionado com aposentadoria — tinham sido uma das ideias mais brilhantes de Gwyn para ganhar um dinheirinho extra para a loja. Fazia sentido mergulhar de cabeça na vibe de Halloween da cidade, que parecia durar cada vez mais tempo, então por que não tirar proveito disso?

— E aí, o que vamos fazer depois disso? — perguntou Amanda, apoiando o queixo na mão. — Tabuleiro Ouija?

Gwyn reprimiu um arrepio enquanto amarrava seu saquinho de sais de banho com uma fitinha.

— Pensei em fazermos uma leitura de tarô — comentou. — O Ouija tem uma energia mais pesada.

— É verdade — disse Mel, outra madrinha, com um aceno de cabeça. — Ninguém faz filme de terror sobre cartas de tarô, Amanda.

As outras mulheres concordaram com murmúrios, enquanto Gwyn se levantava da mesa e seguia em direção ao aparador, onde havia colocado aperitivos e, como peça central, um imenso caldeirão cheio de um líquido verde-néon que parecia perigoso e ligeiramente tóxico, mas que na verdade não passava de uma mistura de suco de fruta, champanhe, um pouco de vodca e muito corante. Até o momento, tinha sido um grande sucesso, tanto que Gwyn estava contente por já ter providenciado uma alternativa para aquelas mulheres voltarem para casa sem precisarem dirigir naquela noite.

Na verdade, ao olhar para elas, risonhas com seus cálices de plástico, rostos rosados e vozes cada vez mais altas, ela se perguntou se não deveria deixar o tarô de lado e deixá-las só batendo papo. As cartas nunca eram tão claras quando se lia para uma pessoa alcoolizada, e a última coisa que Gwyn queria era acidentalmente estragar o clima tirando a carta da Morte para alguém que ia se casar em duas semanas.

Nada de tarô, então, decidiu ela enquanto mexia o ponche.

— Meninas, o que acham de cristais? — perguntou, mas, ao se virar, percebeu que ninguém estava olhando para ela.

Todas olhavam fixamente para a porta da sala de jantar, ou, mais especificamente, para o homem parado na soleira.

Não dava para culpá-las.

Ele era alto, com cabelos escuros que formavam ondas ao redor da gola de um casaco de lã azul-marinho e uma barba bem-aparada que acentuava os ângulos bem-definidos do rosto. Segurava uma grande bolsa de couro e observava a cena à sua frente com uma expressão que ficava entre cautelosa e confusa. Gwyn semicerrou os olhos. Ele estava mais velho e a barba a havia confundido por um segundo, mas ela sabia exatamente para quem estava olhando.

— Ele é um... stripper? — uma das mulheres tentou sussurrar, mas, como seu sangue devia conter uns 60% de álcool naquele momento, estava mais para um grito.

— Ele não tem muita cara de stripper, não — alguém respondeu, e o homem continuou a olhar ao redor da mesa até finalmente se concentrar em Mel, a única madrinha que havia optado por um acessório de cabeça mais tradicional de despedidas de solteira e, em vez de chapéu de bruxa, estava usando uma tiara rosa-choque com dois pênis de plástico balançando feito antenas sobre os cabelos loiros.

Gwyn viu os olhos do homem seguindo aqueles pênis por um segundo antes de ele finalmente desviar o olhar e notar sua presença.

Então, ele fechou ainda mais a cara.

— Posso saber o que está acontecendo aqui?

A voz era áspera, com um sotaque que lembrava os tons cadenciados de Rhys, mas um pouco mais carregado e mais grave do que treze anos antes.

Gwyn cruzou os braços.

— Festa — respondeu sucintamente.

E, como havia previsto — como havia *esperado* —, a postura dele ficou ainda mais rígida.

— Esta aqui é a casa dos Penhallow — disse ele, estufando o peito enquanto voltava a olhar para a tiara de Mel.

— É mesmo — retrucou ela. — Mas nós estamos usando a casa hoje à noite.

O homem encarou Gwyn outra vez, franzindo as sobrancelhas.

— Com a permissão de quem? — perguntou, e Gwyn abriu um sorrisinho, encostando-se no aparador.

— Bom, em primeiro lugar, "permissão" não é uma das minhas palavras favoritas. Em segundo lugar, não acho que seja da sua conta, mas o Rhys liberou a casa para a gente hoje à noite.

Ele suavizou o semblante assim que ouviu o nome do irmão, mas, antes que pudesse dizer qualquer coisa, Gwyn apontou e falou:

— Meninas, esse é Llewellyn Penhallow — anunciou para as madrinhas. — Irmão do Rhys. Que, por sinal, não foi ao casamento do Rhys e da Vivi.

As madrinhas arfaram baixinho, mas Gwyn não olhou para elas ao se aproximar de Llewellyn.

Àquela altura, o rosto dele já havia se transformado numa carranca.

— Não que seja da sua conta, mas eu tive motivos para não poder vir ao casamento.

— Como eu fui a principal madrinha, era *extremamente* da minha conta — rebateu Gwyn, e Llewellyn franziu a testa.

— Você é a prima da Vivienne. Gwyn.

— A própria — respondeu, se perguntando se ele se lembrava dos tempos de Penhaven. Eles só tinham se visto aquela única vez e, naquela época, seu cabelo estava roxo. Além disso, ele parecia mais interessado em constrangê-la do que qualquer outra coisa.

— Estamos invadindo a propriedade? — perguntou Amanda, que parecia um pouco mais sóbria e muito menos feliz do que minutos antes. Gwyn olhou feio para Wells.

— Não — disse, forçando um sorriso e voltando ao modo anfitriã perfeita. — Não, nós temos permissão do proprietário para estarmos aqui, isso é só... só um mal-entendido de família. Sabe como é. O Llewellyn já está de saída, não é mesmo?

— Na verdade, não estou, não, visto que aqui é minha casa.

Muito bem, aquela situação já estava beirando o ridículo. O clima alegre e divertido da despedida de solteira estava se dissipando rapidamente, as mulheres cochichavam entre si enquanto olhavam de Gwyn para Wells, e ela tinha quase certeza de que podia dizer adeus a qualquer futura festa do tipo se não cortasse o mal pela raiz *imediatamente*.

— Vamos conversar lá na outra sala! — disse Gwyn com uma animação forçada, e então, segurando o braço de Wells, praticamente o arrastou dali.

Não foi tarefa fácil, visto que ele era surpreendentemente robusto, mas Gwyn era determinada, uma força imparável que nunca cedia a um objeto imóvel.

— Olha só — disse ela em voz baixa ao chegarem à sala de estar, sob um candelabro pavoroso feito de chifres. — Se você não quer a gente aqui, então pode se acertar com o Rhys depois. Mas agora me deixa falar um pouquinho de astrologia com essas mulheres, quem sabe ensinar sobre as fases da lua, e depois mandá-las para casa bem felizes e mediante a um belo pagamento, ok?

Wells a encarou com um olhar altivo, provavelmente por ser sua expressão padrão, e depois voltou a olhar para a festa.

— Você costuma fazer isso? Dar... esse tipo de festa?

Ele perguntou aquilo como se a tivesse flagrado gerindo uma espécie de bordel/cassino na sala de jantar de sua família, e Gwyn cerrou os dentes.

— Vai por mim, não vai ter mais nenhuma se você não achar outro lugar para ficar nesse show de horrores em forma de casa enquanto eu encerro as atividades aqui.

Então, foi a vez dele de cerrar os dentes.

— Meu pai construiu essa casa. Tudo aqui foi feito com a magia dele ou trazido da nossa casa no País de Gales.

— Estou com a impressão de que você está se gabando disso? Definitivamente não é algo digno de se gabar.

Três rugas se aprofundaram na testa dele e, em seguida, ele apertou o dorso do nariz, fechando os olhos e respirando fundo.

— Eu estava preparado para lidar com o Rhys — murmurou para si. — Como é que isso consegue ser pior?

Então, levantando a cabeça, ele lhe lançou um olhar severo.

— Tudo bem — disse. — Pode terminar a sua festa, eu vou deixar vocês em paz. Mas que essa seja a última festa nessa casa.

Em seguida, deu meia-volta e seguiu em direção à escada. Gwyn não resistiu e acabou falando:

— Quer dizer, não vai ter mais festa enquanto você estiver aqui de visita, mas, assim que voltar para o País de Gales, tudo pode acontecer!

Wells parou de andar e se virou para ela. Na penumbra, Gwyn percebeu que ele era quase idêntico ao retrato na parede atrás dele. Tirando a peruca empoada e trocando o culote por uma calça jeans escura, podia basicamente ser o mesmo homem.

— Não estou de visita, srta. Jones — disse ele, e Gwyn duvidou que o antepassado aristocrático na parede ali atrás fosse capaz de soar tão frio, ou que qualquer coisa naquela casa fosse mais assustadora do que aquela declaração. — Estou me mudando para Graves Glen. Permanentemente.

CAPÍTULO 6

— **Só posso presumir** que você veio até aqui para acabar com a minha vida.

Wells tinha acordado mais tarde que o habitual: os efeitos das viagens mágicas não eram tão pesados quanto um jet lag, mas ainda assim eram perceptíveis. Ele tinha acabado de se servir de uma caneca de chá mais do que necessária, pela qual estava bastante grato no momento.

Após um gole fortificante, ele se virou de frente para Rhys.

O irmão mais novo estava na porta entre a cozinha e a sala, com as mãos nos bolsos de um belo casaco e o meio sorriso de sempre, mas um olhar desconfiado.

Já fazia quase um ano que Wells não via Rhys e havia algumas diferenças nele, embora sutis. Ele parecia mais à vontade consigo mesmo, um pouco mais firme. Sem dúvida era obra de Vivienne Jones, e Wells se sentia grato por isso, por mais que fosse meio surreal que agora Rhys fosse o mais equilibrado dos três.

Apoiando a mão na bancada atrás de si, Wells levantou a caneca e tomou outro gole antes de responder:

— Acabar com a vida do meu irmão mais novo *está*, sim, na lista, mas tem pelo menos mais umas dez coisas antes dessa. Você vai ter tempo para se preparar com calma.

Rhys bufou em resposta, entrou na cozinha e se encostou na geladeira.

— Por acaso o primeiro passo era Fazer Gwyn Jones Perder as Estribeiras? Porque esse já dá pra riscar da lista, cara.

Wells franziu a testa e olhou de relance para a sala de jantar.

Aquilo havia sido... uma surpresa. *Ela* havia sido uma surpresa. Ele sabia alguma coisa a respeito de Gwyn por causa de Rhys, mas não estava preparado para encontrar um furacão em forma de mulher bonita, ainda mais num momento em que ainda estava desorientado por conta da viagem.

Não havia mais nenhum sinal dela ou da festa na casa. Gwyn tinha limpado tudo direitinho antes de ir embora na noite anterior, mas ele desconfiava que ainda iria encontrar vestígios de purpurina e lavanda nos tapetes por um bom tempo.

— Não, isso foi um empecilho no *verdadeiro* passo número um, que era Entrar na Porra da Casa da Minha Família e Não a Encontrar Cheia de Estranhos.

Rhys levantou um dos ombros.

— O engraçado é que se você tivesse feito um *pré*-passo que envolvesse, sei lá, me dar qualquer tipo de aviso de que estava vindo para cá, tudo isso poderia ter sido evitado. Você poderia ter chegado completamente tranquilo e ter acendido uma vela para a foto do pai ou o que quer que você faça quando chega num lugar novo, e *eu* não teria sido obrigado a presenciar minha encantadora esposa ser acordada por um telefonema que parecia envolver as palavras "arrogante" e "completo babaca".

— Em seguida, ele deu uma piscadela para Wells. — Foi assim que eu soube que ela estava falando de você.

Wells tinha trinta e quatro anos, por isso provavelmente era inapropriado pensar se havia algo ao alcance que poderia jogar no irmão, mas é difícil mudar velhos hábitos. Por fim, contentou-se com um gesto obsceno com a mão livre, e Rhys deu um sorrisinho antes de se afastar da geladeira e parar na frente de Wells, cruzando os braços.

— Sério, Wells — disse ele, e, apesar de Rhys quase nunca ser minimamente sério, Wells teve que admitir que, naquele momento, era isso que o irmão estava. — Pelo que a Gwyn contou, você veio para ficar de vez. Por quê?

— O bar estava às moscas e não fazia mais muito sentido continuar por lá. Eu queria... sei lá, uma mudança de cenário, acho. Fazia sentido voltar para cá.

Não era mentira, por mais que não fosse toda a verdade, e Rhys passou um tempão o observando.

Wells ficou alarmado ao se dar conta de que não fazia ideia do que o irmão estava pensando. Estava acostumado com as gracinhas e as respostas rápidas de Rhys, as piadas e os desvios, mas era evidente que o último ano o mudara, se ele realmente estava refletindo sobre o que queria dizer.

E então, o que disse foi:

— Seu desgraçado.

Wells arregalou os olhos.

— Como é que é?

— Foi o pai que mandou você para cá — disse Rhys, apontando para ele. — Porque ele não aguenta a ideia de não mandarmos mais na cidade. Então, agora, precisa garantir uma presença familiar aqui, e a Deusa sabe que não tem como ser eu. Por isso, ele enviou você, o favorito, para salvar o dia.

Aquilo doeu um pouco, embora Wells tivesse que admitir que compreendia por que Rhys tinha chegado àquela conclusão. Afinal de contas, ele era o filho leal. O obediente.

— Na verdade, foi ideia minha — retrucou Wells, mantendo a voz calma enquanto tomava mais um gole de chá.

Rhys inclinou a cabeça e contraiu os lábios.

— Ideia sua — repetiu. — Sair do País de Gales e vir morar numa cidadezinha na Geórgia.

— É isso aí — disse Wells, colocando a caneca de volta na bancada. — Acredite se quiser, mas de vez em quando eu *tenho* opiniões próprias, e já estava cansado de gerenciar um bar que ninguém se dava ao trabalho de frequentar. E por acaso eu *também* sou um bruxo muito talentoso, e *talvez* eu quisesse usar essas habilidades. Talvez eu quisesse fazer algo a mais com a minha vida. Talvez...

— Nossa, vai começar a cantar agora?

Dessa vez, Wells jogou mesmo algo no irmão, mas, como era só uma colher de chá, ela bateu na geladeira sem fazer nenhum estrago enquanto Rhys ria e levantava as mãos.

— É justo — disse ele, e ali estava o Rhys que Wells conhecia: demorava a se irritar, mas deixava pra lá rapidinho. — Mas, falando sério, se você vai mesmo morar aqui, será que dá pra tentar não fazer minha nova família querer sua cabeça numa bandeja? Acabei de conseguir fazer a Gwyn me chamar pelo meu nome, em vez de algum xingamento.

— Queria ter ficado sabendo disso ontem. Assim, eu e a srta. Jones poderíamos ter nos conectado através da única coisa que aparentemente temos em comum.

Não que Wells achasse que isso teria funcionado. Talvez ele tivesse sido... bem, não um *babaca*, mas não estava em seu melhor humor na noite anterior. E aquela mulher pareceu irradiar antipatia por Wells no instante em que ele havia entrado pela porta, o que o deixara meio desconcertado com a situação toda. Desconhecidas na casa dele, o cheiro enjoativo de lavanda e alecrim misturado com vodca e suco de frutas, os chapéus pontudos... tinha sido coisa demais para processar.

Um lembrete de que aquela não era mais a cidade da sua família.

Mas isso ia mudar, e não demoraria muito. Gwyn Jones podia ficar com suas bobagens de Halloween, com sua versão de bruxaria de shopping americano. Havia lugar para ele ali também, e ele ia conquistá-lo.

Rhys franziu a testa e inclinou a cabeça para o lado.

— Eu nunca tinha percebido que você também fazia cara pensativa, Wells — disse ele, e Wells fechou a cara.

— O que raios você quer dizer com isso?

Rhys balançou a cabeça, encerrando o assunto.

— Deixa pra lá. Então, imagino que você esteja planejando morar aqui, certo?

— Isso é um problema?

— Não — respondeu Rhys, e então estremeceu de leve.

— Eu com toda certeza não quero morar aqui, e se eu perguntasse à Vivi, acho até que ela pediria o divórcio. A Mansão Mal-Assombrada é toda sua.

Wells sentiu vontade de retrucar, mas tinha que admitir que a casa era um pouquinho mais… gótica do que se lembrava.

Show de horrores, como Gwyn dissera na noite anterior, o que Wells achara pesado demais.

Ainda assim, talvez precisasse redecorar um pouco, se pretendia fazer daquele lugar a sua casa.

— Que bom — disse Wells. Depois, deu meia-volta e pôs a caneca na pia. — Você mora no centro, né? Em cima da loja da Gwyn?

Quando Rhys assentiu, Wells abriu um sorriso e lutou contra o impulso de esfregar as mãos.

— Excelente. Preciso de uma carona para aquele lado.

Meia hora depois, ele estava na rua principal, encarando o prédio que tinha visto quando estava no bar. Estava de fato vazio e, de acordo com a placa na vitrine, disponível para aluguel.

Estava meio caindo aos pedaços, os vidros sujos, o toldo cedendo, mas tinha potencial ali. Wells percebia isso. E, ao contrário da maioria dos empresários, ele *literalmente* tinha truques na manga.

Havia um monte de gente circulando pela área e o céu estava azul-claro, com apenas algumas nuvens fofinhas flutuando lentamente. Uma brisa agitava as bandeirinhas pretas e alaranjadas que já decoravam a rua e, à distância, as montanhas começavam a exibir um toque de laranja e vermelho em meio ao verde.

Só de estar ali, Wells já sentiu o humor melhorar.

Era isso. Era ali que deveria estar.

Na mão esquerda, o anel do pai pesava e, distraído, ele esfregou o aro de prata com o polegar antes de tirar o celular do bolso e ligar para o número que estava na placa.

Tinha acabado de digitar o primeiro número quando ouviu uma gargalhada do outro lado da rua.

Ao se virar, ele viu o que parecia ser uma grande bruxa mecânica surgir na porta do Templo das Tentações e mexer a cabeça para a frente e para trás com movimentos bruscos.

Ela caiu e deslizou pela calçada, ainda às gargalhadas, e Wells avistou três pessoas, uma delas com um cabelo violentamente turquesa, tentando pôr a bruxa no lugar certo.

Logo atrás, com o cabelo ruivo esvoaçando, estava Gwyn.

Estava tão concentrada em orientar as outras três pessoas sobre o lugar correto onde colocar a bruxa que nem notou a presença dele, o que lhe deu a chance de observá-la.

Ao vê-la dessa forma, sem a camada da irritação, a embriaguez mágica e o cansaço que turvavam sua mente na noite anterior, Wells percebeu como ela era bonita. Ah, ele já tinha notado na véspera, só que de um jeito distante, uma simples constatação. "Essa mulher bonita não gosta de mim."

Naquele momento, porém, ela estava sorrindo, e começou a gargalhar enquanto a garota de cabelo turquesa imitava a bruxa com movimentos robóticos e tudo mais. Quando deu por si, Wells já estava sorrindo também.

E, claro, foi nesse exato momento que Gwyn o viu.

O sorriso dela desapareceu quase que no mesmo instante e ela fez sombra nos olhos com a mão, claramente se perguntando o que raios ele estava fazendo ali, em frente àquele prédio.

Bem, pensou Wells, virando-se e voltando a digitar o número, *em breve ela vai descobrir.*

CAPÍTULO 7

O **Excelentíssimo Llewellyn Penhallow** estava aprontando alguma coisa.

Já fazia quase uma semana que tinha chegado à cidade e, embora Gwyn não tivesse falado com ele, o tinha visto várias vezes entrando e saindo do prédio em frente ao Templo das Tentações. Às vezes, ele carregava caixas, e uma vez Gwyn teve quase certeza de tê-lo visto arrastando uma armadura para dentro antes de a porta da frente se fechar, mas as janelas estavam forradas com papel e não havia nenhum sinal do lado de fora que indicasse o que podia estar acontecendo lá dentro.

Rhys jurava que não fazia a menor ideia do que o irmão estava tramando.

"Ele está cheio de mistério", dissera a Gwyn numa noite em que ela havia ido jantar na casa de Rhys e Vivi. "Provavelmente está montando algum tipo de museu dos nossos antepassados ou algo assim. Eu não me preocuparia com isso."

E Gwyn *não* estava preocupada.

Estava só... curiosa.

Afinal de contas, Wells já era vizinho dela. Outro dia, passara por ele na estrada que subia a montanha, ela na sua caminhonete vermelha, restaurada com carinho ao longo dos anos, e ele num novo BMW cem por cento ridículo, aparentemente recém--comprado.

Boa sorte com esse carro no inverno, pensara Gwyn, acenando de modo quase imperceptível enquanto ele fazia uma careta por trás do volante, quase como se soubesse o que ela estava pensando.

Só que, se ele tinha mesmo alugado o espaço do outro lado da rua, isso significava que os dois *também* seriam vizinhos de trabalho, o que, verdade seja dita, era muito mais proximidade do que ela gostaria de ter com Wells.

E além do mais: como uma das principais bruxas da cidade, não era importante que ela tivesse uma ideia do que os outros bruxos estavam fazendo no território *dela*? Não era, usando a palavra favorita de Vivi, sua *responsabilidade*?

Pois bem, Gwyn sabia que podia usar magia para descobrir exatamente o que Wells estava fazendo, mas a questão era que uma bruxa precisava ter *princípios*, e, para ela, usar magia para espionar alguém era meio... questionável.

O que significava que ela teria que esperar. E, como Gwyn *odiava* esperar, estava a semana inteira de péssimo humor. Para completar, ainda tinha que ir à Penhaven College em pleno sábado.

O resultado foi que seu mau humor atingiu níveis nucleares.

— Isso me parece algo que você poderia ter feito sozinha — ela comentou com Vivi enquanto as duas caminhavam em direção à biblioteca. Estava fazendo sol, não havia nenhuma nuvem no céu e as folhas já estavam começando a mudar de cor. Se Gwyn não fosse basicamente alérgica à Penhaven, poderia ter admitido que... estava até bem bonita. Idílica, até, com todos aqueles tijolos vermelhos e gramados verdes.

— Preciso da sua ajuda — insistiu Vivi. — Senão vou acabar escolhendo algo acadêmico demais ou chato demais. Você vai saber que tipo de histórias os visitantes de fato vão achar interessantes.

As duas estavam envolvidas em uma missão para o Conselho de Turismo de Graves Glen. Quando a principal atividade econômica da sua cidade é o Halloween, é importante explorar o tema até dizer chega, e isso significava que havia três eventos oficiais durante o mês de outubro, começando com o que antes era conhecido como o Dia do Fundador.

Tratava-se de uma celebração dedicada a Gryffud Penhallow, o homem que fundara a cidade e — não que os habitantes não bruxos de Graves Glen soubessem — estabelecera as linhas de ley mágicas que davam poder a Graves Glen. Só que, no ano anterior, Vivi e Rhys descobriram que, na verdade, Gryffud tinha roubado magia da ancestral de Vivi e Gwyn, Aelwyd Jones, matando-a no processo. Desnecessário dizer que, depois disso, todo mundo perdeu qualquer apreço por Gryffud, por isso Vivi e Rhys conseguiram convencer a prefeita da cidade a fazer algo "um pouco menos patriarcal".

Esse ano aconteceria o primeiro Encontro Anual de Graves Glen, no dia treze, e giraria em torno da história da cidade (e da venda de produtos para os turistas). Uma semana depois, viria o Festival de Outono, que estava mais para uma espécie de carnaval com fantasias e comidas (e venda de produtos para os turistas).

Por fim, é claro, onze dias depois *disso*, acontecia o Halloween propriamente dito, com casas mal-assombradas, labirintos de milharal e guloseimas (e venda do *máximo* de produtos para os turistas).

Outubro sempre fora um mês agitado para Gwyn e Vivi, mas, naquele ano, elas ainda estavam no comitê de planejamento comandado pela prefeita, Jane Ellis. Jane também era a ex de Gwyn, mas, como o término das duas não tinha sido tão ruim, Gwyn havia deixado Vivi convencê-la a entrar no comitê também. Só que Gwyn achava que isso implicaria em participar de uma ou outra reunião no fim do dia, e não em vasculhar uma biblioteca empoeirada em pleno sábado.

— A gente nem precisa encontrar uma história real e oficial sobre a cidade — lembrou Gwyn. — Basta inventar alguma coisa. "Um fato interessante sobre Graves Glen é que a cidade sofreu uma breve invasão de morcegos em 1976". "Graves Glen é a maior produtora de jujubas de uva do mundo". "Todo mês de março, os cidadãos de Graves Glen competem entre si nos Jogos Vorazes".

Vivi riu e deu um tapinha no braço de Gwyn.

— Não. A Jane me pediu especificamente para encontrar fatos *reais* e interessantes nos arquivos da Penhaven, agora que não vamos mais falar de Gryffud. E estou torcendo para encontrar umas fotos antigas legais da época em que a faculdade foi fundada. Esse é o primeiro Encontro de Graves Glen, então queremos caprichar.

Com um suspiro, Gwyn jogou o cabelo para trás dos ombros.

— E você está se sentindo culpada porque não vai estar aqui durante o EGG, então está se esforçando ainda mais.

— Você sabe que a Jane quer muito que as pessoas parem de chamar o evento assim, mas sim, exatamente.

Gwyn sorriu e esbarrou o ombro no de Vivi.

— Tudo bem. Mas então, quando a gente terminar aqui, você me paga um almoço.

— Fechado.

Elas já tinham quase chegado aos degraus da biblioteca quando Gwyn viu um borrão turquesa pelo canto do olho.

Sam vinha contornando a biblioteca, com Cait e Parker logo atrás, e Gwyn percebeu que o trio estava praticamente perseguindo a dra. Arbuthnot.

— O que é que ela está fazendo aqui em pleno sábado? — perguntou Gwyn, e Vivi suspirou, cruzando os braços.

— Ela quase mora no próprio escritório.

Aos olhos de Gwyn, a mulher não envelhecia nunca, continuava tão bonita, imponente e aterrorizante quanto era treze anos antes. Enquanto Gwyn a observava, a dra. Arbuthnot se deteve, cachecóis esvoaçando ao redor dela quando se virou para o trio de bruxos.

— Pela última vez — disse ela, e sua voz ecoou até os degraus da biblioteca. — A tarefa era muito simples. Vocês três obviamente escolheram deixá-la mais complicada do que o necessário, e é por isso que agora estão pedindo uma extensão de prazo.

— Não estamos *complicando* — retrucou Sam, com um leve tom de súplica na voz. — Só queremos que fique... sofisticado.

— Evoluído — acrescentou Parker, e Cait assentiu.

— Isso, com um pouquinho mais de tempo, podemos entregar algo *realmente*...

— O que vocês vão me entregar — interrompeu a dra. Arbuthnot — é o que eu pedi. Na segunda-feira, sem falta.

Com isso, ela deu meia-volta e foi embora, olhando de relance na direção de Gwyn e Vivi.

— Vivienne — disse, acenando com a cabeça para Vivi, que retribuiu o aceno. — Gwynnevere.

Talvez Gwyn estivesse imaginando coisas, mas tinha quase certeza de que a temperatura caiu pelo menos uns dez graus quando a dra. Arbuthnot olhou para ela. Mesmo assim, forçou um aceno de reconhecimento.

A poucos metros dali, Sam, Cait e Parker estavam com um ar desanimado, cabeças juntas enquanto cochichavam entre si. Vivi suspirou outra vez.

— São talentosos — comentou. — Trabalhei com os três algumas vezes lá no meu escritório nas últimas semanas. Mas a dra. Arbuthnot está certa. Esse grupinho complica as coisas mais do que o necessário só para se exibir.

— Ou talvez — retrucou Gwyn — os feitiços que a dra. Arbuthnot passa sejam chatos e certinhos demais, e eles só queiram ser um pouco mais criativos.

Vivi lançou um olhar sarcástico para Gwyn e arqueou a sobrancelha.

— *Oooooou* — disse ela, prolongando a palavra — pode ser que alguém aqui esteja projetando um pouquinho, não?

Gwyn fechou a cara para a prima, mas não discutiu. Passara todos os seus anos na Penhaven se rebelando contra as regras, as exigências e aquela lógica de "fazemos as coisas assim porque é assim que fazemos" que a deixava maluca. E, sim, talvez isso significasse que ela fazia besteira de vez em quando, mas pelo menos *tentava*.

Assim como aqueles jovens estavam tentando.

Argh, ela teria que ser responsável, claramente.

— Acho que você vai ter que lidar com os arquivos sozinha hoje à tarde — avisou Gwyn a Vivi e, resmungando para si mesma, aproximou-se dos jovens bruxos.

Os três levantaram a cabeça conforme ela se aproximava, com expressões esperançosas. Ok, até que foi bem fofo. Eram jovens bonzinhos. Bruxos talentosos que só precisavam de um pouco de orientação da bruxa certa, uma bruxa que já tivesse pisado na bola tanto quanto eles, uma bruxa que os entendesse e que compreendesse o que eles estavam tentando fazer.

— E aí — disse ela, botando as mãos na cintura —, qual é o feitiço que vocês têm que fazer?

Três horas depois, Gwyn se viu, a contragosto, respeitando a dra. Arbuthnot.

O feitiço que Sam, Cait e Parker tinham que fazer era realmente simples e direto ao ponto. Envolvia criar uma ilusão básica para mudar a própria aparência, mas sem exageros. Cabelo castanho em vez de loiro, crescer alguns centímetros, esse tipo de coisa.

Gwyn concordava que era bem chato, e achou que a ideia deles — turbinar o feitiço para dar resultados bem maiores — era ótima.

Mas isso foi antes de ter que descobrir como consertar um nariz virado de cabeça para baixo, como exatamente se livrar de cinco cotovelos a mais, *por que* o feitiço tinha criado cinco cotovelos a mais, para início de conversa, e se seu cabelo ficaria verde para sempre.

Ainda havia fumaça no ar quando Gwyn respirou fundo e se olhou no espelho pendurado sobre o sofá, na sala de estar da sua casa.

O cabelo tinha voltado ao ruivo, graças à deusa, e, ao se voltar para Parker, viu que o cabelo antes castanho agora estava loiro-areia, mas o nariz voltara direitinho ao lugar certo.

Os cotovelos de Sam também voltaram a ser só dois, o cabelo turquesa estava preto, os olhos ficaram um pouco mais arredondados e o nariz, mais fino.

Cait estava olhando as próprias unhas de testa franzida, mas só porque tinha tentado pintá-las de vermelho e, em vez disso, estavam roxas.

— Tá — disse Gwyn lentamente enquanto se levantava. — Isso foi... bom, não vou mentir, foi horrível e me fez perder pelo menos cinco anos de vida, *mas* acho que conseguimos e vocês estão prontos para segunda-feira. E aprendemos uma lição valiosa sobre feitiços que encontramos na internet, não é mesmo?

Gwyn limpou as mãos na parte de trás da calça e olhou ao redor da sala. O chamuscado no tapete era lamentável, e Seu Miaurício provavelmente nunca mais desceria a escada de novo, mas pelo menos o fogo tinha sido contido, certo?

Não era motivo de orgulho?

— Quando será que você pode nos ajudar de novo? — perguntou Sam, levantando-se ao lado de Parker e Cait. Gwyn riu e balançou a cabeça.

— Sinceramente, Bruxinhos, é melhor vocês ouvirem a Vivi e a dra. Arbuthnot. Eu sinto que a ajuda delas vai render boas notas e feitiços seguros para vocês, além de... bem menos cotovelos, sério.

Mas os três balançaram a cabeça.

— De jeito nenhum — insistiu Parker. — Você realmente nos ouviu. Deixou a gente *tentar* fazer algo legal.

— E aí, quando ferramos com tudo, tipo, tudo *mesmo*, você nos ajudou a consertar! — acrescentou Cait, se balançando para a frente e para trás. — Você total é nossa Glinda, a Bruxa Boa, e precisamos de você.

— Isso! — afirmou Sam, pegando o braço de Gwyn e a sacudindo de leve. — Seja nossa Glinda!

— Eu não fico bem de rosa e faz *pelo menos* seis meses que não viajo de bolha — disse Gwyn, mas ali estavam aqueles olhinhos de cachorro pidão outra vez e, verdade seja dita, mesmo com a fumaça, o fogo, os cotovelos e tudo mais, tinha sido bom ajudar o trio. Permitir que eles praticassem magia sem lhes dizer que era exagerada, esquisita ou avançada demais.

Talvez tenha sido por isso que se pegou dizendo algo idiota, do tipo:

— Tá, tudo bem. Podemos tentar de novo na semana que vem.

CAPÍTULO 8

— **Eu não paro** de tirar o Cinco de Espadas.

Gwyn estava sentada numa mesa nos fundos do Cafofo da Sidra, um novo restaurante em Graves Glen que tinha aberto no último verão. O espaço tinha rapidamente se tornado um dos seus refúgios favoritos e parecia um lugar seguro para levar os Bruxinhos para a segunda aula de magia.

Ela suspeitava que o trio estivesse meio decepcionado, sem dúvida esperavam algo um pouco mais místico do que um estabelecimento que servia chili de abóbora e algo que se chamava Purê Macbeth, mas, depois de sábado, Gwyn decidira que talvez precisassem começar um pouco mais devagar e com uma magia que pudesse ser feita em público com segurança.

Assim surgira a aula de tarô.

E se ela tinha dado um jeito de fazer a aula girar em torno de "Vejam se conseguem descobrir, sei lá, o que Wells Penhallow está construindo do outro lado da rua", paciência.

Gwyn havia prometido a si mesma que não ia usar magia para descobrir qual era o projeto de Wells, mas já fazia mais de uma semana que ele estava envolvido naquilo, e a curiosidade finalmente estava começando a falar mais alto.

Além do mais, usar a magia dos *outros* não era tão ruim, né?

Naquele instante, Gwyn pôs seu Hambúrguer Cabo de Vassoura na mesa e deu um tapinha na carta diante de Parker.

— E o que isso significa para você?

Parker suspirou e inclinou a cabeça para trás enquanto Cait se aproximava e dizia:

— Você sabe essa. — Então, olhou para Gwyn. — Elu total sabe essa, Glinda.

— Não tem resposta certa ou errada — Gwyn lembrou a Parker. — É uma questão de intuição.

Parker franziu a testa, pensando.

— Espadas são ar. Ar é pensamento, intelecto.

— Boa — disse Gwyn, assentindo com a cabeça. — E?

— Os cincos estão no meio do baralho, então, conflito...

Sam começou a cantar "Bad Blood", o que fez Cait cair na risada, e Gwyn revirou os olhos, mas sorriu para o trio. Eram ótimas pessoas. Os três estavam dando uma ajudinha na loja como uma espécie de pagamento pelas aulas, e Gwyn entendeu o que Vivi quis dizer sobre serem bruxos talentosos.

— Continue se esforçando — disse Gwyn, limpando as mãos no guardanapo — enquanto eu vou pegar uma sidra.

Sam saiu da frente para que Gwyn pudesse passar e, enquanto ela seguia em direção ao bar, já dava para ouvir o trio debatendo sobre qual carta era pior, a Torre ou a Morte.

O Cafofo da Sidra estava cheio para uma noite de quarta, e Gwyn viu vários rostos conhecidos. Sally, uma cliente fiel da loja, estava no bar com o marido, e lá também estava Nathan, amigo de Elaine.

Em uma mesa no canto, Gwyn avistou Jane, que estava ali com a noiva, Lorna. As duas trocaram o mesmo aceno meio sem jeito que faziam toda vez que se esbarravam. O que, levando em conta que Graves Glen não era uma cidade muito grande, acontecia com uma certa frequência.

Não tinha sido um término ruim, e Gwyn genuinamente gostava de Lorna e estava feliz por Jane, mas isso acabava sendo um lembrete de que sua vida amorosa estava meio que morta havia quase um ano.

Depois de Jane, ela até tinha saído com algumas pessoas. Tivera uns encontros com Daniel, o cara que administrava o Café Caldeirão, e Vivi a apresentara para uma de suas colegas que dava aula de história, Beth, mas também não tinha dado em nada. Verdade seja dita, ela culpava Vivi e Rhys. Ver a prima tão feliz, com alguém tão... *perfeito* para ela tinha deixado Gwyn mais seletiva. Não queria apenas alguém para ter conversas casuais e sexo selvagem. Queria... bem, ela nem sabia o quê.

Queria olhar nos olhos de alguém e saber o que a pessoa estava pensando. Estar em uma sala cheia de gente e saber que aquela pessoa era *dela*. Não só gostar de alguém, mas gostar de quem se era ao lado dessa pessoa.

Gwyn balançou a cabeça discretamente.

Sim, ela estava toda sentimental do nada e a culpa era inteiramente de Vivi e de Rhys.

O que ela precisava era de uma sidra com um nome ridículo e voltar para seus alunos, então, seguiu em frente e pediu algo chamado A Maçã Envenenada da Rainha Má.

Gwyn tinha acabado de pegar o copo quando avistou uma figura conhecida se aproximando.

Wells segurava uma garrafa de cerveja simples, em vez de uma daquelas sidras artesanais, e, em um mar de camisetas e calças jeans, o cara estava de calça de alfaiataria, camisa de botão e, pelo amor da deusa, um *colete*.

Não, não era um colete, corrigiu-se ela à medida que ele se aproximava. Aquilo era um *justilho*. Com certeza era assim que ele chamava aquela peça de roupa.

Com a cabeça claramente no mundo da lua, Wells só pareceu ter visto Gwyn quando já estava praticamente em cima dela e, quando a notou, levou um susto.

— Srta. Jones.

— Excelentíssimo Llewellyn Penhallow — respondeu ela, e ele contraiu os lábios.

A questão era justamente aquela, sabe? Era fácil demais provocá-lo e divertido demais para parar.

— O que te traz ao Cafofo da Sidra? — perguntou ela. — Você parece mais do tipo que frequenta o... sei lá, Château do Champagne.

Gwyn achou que ele tinha quase esboçado um sorriso, mas, se foi o caso, o impulso passou rapidinho.

— Sem dúvida você tem muitas opiniões sobre mim, levando em conta que só nos conhecemos há duas semanas e você passou talvez uns cinco minutos na minha companhia.

Gwyn abriu um sorrisinho e cruzou os braços.

— Nós não nos conhecemos há duas semanas — retrucou, e ele franziu a testa, sem entender nada.

— O quê? Não, tenho certeza de que nunca nos vimos antes. Eu teria me...

Wells percorreu brevemente o rosto de Gwyn com os olhos, e ela se viu tomada por uma súbita pontada de percepção, um calorzinho subindo a espinha.

Ok, não, disse ela ao próprio corpo traiçoeiro. *Eu sei que ainda agora estava pensando em como ando negligenciando você ultimamente, mas, por favor, contenha-se.*

Ele era bonito, Gwyn podia até admitir. E tinha olhos bem agradáveis, e ela sempre gostou de homens com barba, mas ele ainda era *Llewellyn Penhallow*, um cara totalmente esnobe que não comparecia a casamentos.

Ele tomou um gole da cerveja e balançou a cabeça.

— Se você diz que já nos vimos antes, talvez seja verdade, mas eu com certeza não lembro.

— Talvez a ficha caia um dia — sugeriu ela, dando de ombros, e ali estavam aqueles lábios contraídos outra vez, aqueles olhos severos, aquela rigidez quase imperceptível na postura.

— Pois é. Prazer em ver você de novo — disse ele, por mais que estivesse claro que não havia prazer nenhum ali. — Agora, se me der licença, só passei aqui para uma bebida rápida. Ainda tenho que trabalhar hoje à noite.

— Ah, claro — disse Gwyn, do jeito mais casual possível, enquanto ele passava por ela. — Achei mesmo que tinha te visto naquele prédio encardido do outro lado da rua. No que você está trabalhando?

Ela achou que tivesse sido sutil, mas, por outro lado, Gwyn nunca tinha sido a *rainha* da sutileza, e, a julgar pelo sorriso presunçoso que se abriu no rosto de Wells, estava bem claro que ela havia falhado mais uma vez.

— Talvez a ficha caia um dia — retrucou ele, e, se Gwyn não estivesse tão furiosa, talvez até tivesse ficado meio impressionada.

Então, ele se virou e olhou para o outro lado do restaurante, franzindo a testa.

— Aqueles são os seus funcionários? Acho que reconheço a de cabelo azul.

— Não são funcionários, são *aprendizes* — ela o corrigiu. — Agora que a magia da família *Jones* comanda essa cidade, a gente começou a trabalhar com alguns dos bruxos mais novos, ensinando feitiços e orientando as práticas. Imagino que você considere tudo isso uma palhaçada envolvendo chapéus de bruxa de plástico, mas, acredite ou não, estamos mesmo fazendo coisas sérias com a magia por aqui.

— Hum. Bem, no momento, eles estão colocando cartas de tarô na testa com toda a seriedade do mundo — disse ele, e Gwyn se virou bruscamente.

Sim, Cait estava lambendo o verso de uma carta de tarô e colando-a na própria testa, enquanto Parker e Sam a ajudavam a adivinhar qual era.

Que maravilha.

— Na verdade, aquela é uma nova técnica de leitura que eles estão experimentando — retrucou Gwyn de cabeça erguida. — Acho que ainda não chegou ao País de Gales.

— Hum — repetiu ele, e então, ao se afastar, Gwyn captou o mais sutil dos sorrisos.

— Boa noite, srta. Jones.

Gwyn nem se dignou a encerrar a conversa com um *grand finale*; voltou logo para a mesa e tirou a carta da Imperatriz da testa de Cait.

— Sério mesmo? — perguntou ela ao grupo, e Cait deu de ombros sem remorso.

— Você estava demorando mil anos e a gente se entediou. — Então, ela se virou no banco e olhou para Wells. — Eu nunca o tinha visto de perto. Ele é gato.

— Não é nada — mentiu Gwyn, enquanto Parker murmurava:

— Muito gato.

Por sua vez, Sam acrescentou:

— Quer dizer, aquela família tem genes bons, precisamos reconhecer.

— A beleza dele — Gwyn lembrou ao trio — não vem ao caso. O que vocês deveriam estar fazendo é descobrir o que *ele* está aprontando.

Ela olhou para as cartas ainda espalhadas na mesa. O Cinco de Espadas continuava ali. Assim como o Seis de Espadas. Não era de surpreender, já que essa carta geralmente indicava que algo estava sendo tramado.

Havia uma terceira carta meio coberta pelo guardanapo de Parker, e Gwyn afastou o papel.

Era a carta dos Amantes.

— Já tirei essa carta umas nove vezes seguidas — comentou Parker, apontando com a cabeça. — Chegamos até a embaralhar o baralho antes de voltar a tirá-las, mas toda vez sai essa!

Gwyn pegou a carta junto com as outras e as enfiou de volta no baralho rapidinho, fazendo de tudo para não pensar naquele momento esquisito de antes, quando Wells olhou para ela — olhou *de verdade* — e ela sentiu... o que quer que fosse aquilo.

— Essa aula claramente foi um fracasso — disse aos bruxos. — Então acho que vamos ter que esperar e descobrir o que ele está tramando por lá da maneira tradicional.

Não precisaria esperar muito.

CAPÍTULO 9

Na manhã seguinte, Gwyn chegou cedo à loja. Estava esperando uma nova remessa de chás e queria abrir tudo assim que chegasse, principalmente para poder escolher quais levaria para provar em casa. Na verdade, estava tão concentrada nos Pensamentos sobre Chás que, a princípio, nem se deu conta.

Foi só quando destrancou a porta do Templo das Tentações e um reflexo brilhou em sua visão periférica que ela se virou e viu.

E, mesmo vendo, ainda não tinha certeza se acreditava no que estava diante de seus olhos.

Na verdade, mesmo depois de atravessar a rua e parar na frente do edifício, olhando para cima, não parecia real.

No dia anterior, a vitrine em frente ao Templo das Tentações estava completamente vazia, o vidro coberto de papel pardo, a tinta azul-escura descascando ao redor da porta.

No momento, a tinta estava fresca e impecável, um verde tão escuro que quase parecia preto, e a vitrine exibia uma série de cristais e amuletos sobre um veludo de mesma cor.

Acima da porta, havia uma elegante placa de madeira com um corvo que usava uma coroa e, em letras cursivas discretas, três palavras:

ARTEFATOS MÁGICOS PENHALLOW'S

— Ah, mas nem fodendo — murmurou Gwyn, abrindo a porta com força.

Não havia nenhum grasnado ali, apenas o leve tilintar de um sino, e, quando Gwyn passou pela porta, foi recebida por uma onda de sálvia, louro e couro antigo na loja que Wells Penhallow tinha montado *bem em frente à dela*.

Luzes fracas envoltas em cúpulas de vidro colorido lançavam um brilho quente sobre tudo e, por mais que lá fora estivesse claro e ensolarado, de repente Gwyn sentiu que se abrisse a porta naquele exato momento, veria um dia cinzento e tempestuoso. A sensação imediata era de entrar no lugar mais acolhedor do mundo. Não era muita sorte estar segura e aquecida ali dentro?

Ela ficou parada por um momento, tentando se situar.

Era um feitiço. Só podia ser um feitiço que fazia quem quer que entrasse na loja se sentir subitamente grato por estar ali, querendo se perder em meio às prateleiras de livros e quinquilharias, afundar em uma das poltronas de couro perto da... lareira?

Aquele desgraçado tinha literalmente uma *lareira crepitante*.

— Bem-vinda à Penhallow's, como posso... ah.

Gwyn se virou para olhar o desgraçado em questão, enquanto a expressão no rosto dele já passava de Dono de Loja Charmoso para Bruxo Rabugento. Era muito injusto que os dois estilos lhe caíssem tão bem, mas isso, pensou Gwyn, era tanto a bênção quanto a maldição de ter uma ótima estrutura óssea.

Além disso, no momento ele também parecia menos intimidante. Em vez do colete antiquado, estava usando um suéter cinza de aparência macia, uma calça jeans desbotada na medida certa e, apesar de o cabelo não ser tão despojado quanto o de Rhys, ainda caía muito bem sobre os olhos azuis.

Não que ela estivesse reparando em nada daquilo.

— O que é isso aqui? — perguntou Gwyn, e ele se debruçou no balcão, entrelaçando os dedos com um suspiro.

— Por acaso existe alguma nova palavra americana que signifique "loja" e que eu não conheça? Porque eu tinha quase certeza de que esse termo em específico significava a mesma coisa tanto na sua terra quanto na minha.

O irmão dele teria feito aquele comentário com um sorrisinho sabichão, mas Wells se limitou a olhar para ela como se já estivesse entediado com toda aquela conversa, e já que Gwyn sabia muito bem que era a pessoa menos entediante *do mundo*, aquilo era particularmente irritante.

O que provavelmente tinha sido a intenção dele.

— Ah, a parte do "é uma loja" eu já entendi. A questão é que é uma loja bem na frente da *minha* e que claramente vende o mesmo tipo de coisa.

Wells arqueou as sobrancelhas e olhou ao redor de forma dramática.

— Ah, é? Por acaso eu comprei abóboras de plástico em algum lugar e esqueci?

Gwyn revirou os olhos e se aproximou do balcão, batendo firme os saltos das botas no chão de madeira.

— Você sabe o que eu quero dizer. Isso aqui é uma loja de bruxaria. Eu tenho uma loja de bruxaria. Você está invadindo meu território.

— É agora que a gente estala os dedos e começa uma batalha de dança?

Droga, essa piada até que foi boa.

Mas Gwyn se recusou a lhe dar o gostinho de ver até mesmo o mais sutil dos sorrisos, então pôs as mãos na cintura e ergueu o queixo.

— Só estou dizendo que foi bem babaca da sua parte chegar na cidade e imediatamente se tornar concorrência.

Ainda mais porque ela mal estava conseguindo manter a loja ultimamente. Não que fosse contar isso a ele. Mas as contas do Templo das Tentações definitivamente tendiam mais para o vermelho que para o azul, e um lugar como aquele — aconchegante, elegante, vagamente misterioso — não ia ajudar em nada. Wells se endireitou e cruzou os braços.

— Eu acho que essa cidade consegue acolher mais de uma loja de "bruxaria", srta. Jones. Especialmente se considerarmos que vamos vender itens bem diferentes para consumidores bem diferentes.

— Não existem consumidores diferentes — argumentou Gwyn. — Vai por mim. A gente tem os turistas e, de vez em quando, um morador local em busca de sais de banho. E só.

— Sais de banho, é? — Wells arqueou a sobrancelha e, em seguida, deu um tapinha nos bolsos. — Eu devia anotar isso.

Gwyn nunca se considerou uma mulher violenta, mas talvez, só *talveeeez*, esse cara merecesse uma boa pancada na cabeça com um dos luxuosos grimórios de couro no balcão atrás dele.

— Além do mais — acrescentou ela, apontando um dedo com a unha pintada de verde para ele —, eu não vendo produtos mágicos de verdade na minha loja porque é perigoso. Ninguém que venha passar o Halloween aqui precisa acidentalmente sair com uma... uma Pedra Viajante ou com um grimório que realmente funcione. É assim que acabamos tendo zumbis, Excelentíssimo. Por acaso você quer zumbis?

Wells franziu a testa e curvou os cantos da boca para baixo.

— Em primeiro lugar, não me chame assim, e, em segundo lugar, nada aqui dentro é mágico de verdade. Eu não sou completamente idiota, sabia?

Gwyn olhou ao redor. Os livros nas prateleiras perto da porta pareciam antigos, mas quando ela pôs suas antenas mentais em ação, não sentiu nenhuma energia mágica ali. O mesmo valia para as joias na vitrine e as varinhas nas caixas de madeira atrás do vidro no balcão da frente.

— Só porque esses itens não são feitos de plástico, não significa que sejam artefatos verdadeiros — disse ele, indo para trás do balcão até a caixa registradora antiga. — Estou simplesmente oferecendo uma experiência um pouco mais... refinada.

— Eu vou refinar sua experiência — rebateu Gwyn, antes de franzir a testa. — Tá, isso não fez o menor sentido, e, por mais que eu me arrependa um pouquinho das palavras, eu *não* me arrependo da intenção por trás delas. Você poderia ter aberto... sei lá. Uma loja de roupas de tweed. Uma loja que só vendesse relógios de bolso inflacionados. Bandanas & Cia. Você não tinha um bar lá no País de Gales, cacete? Você poderia ter aberto outro! Mas não, você abriu *isso aqui*, e fez de propósito para ser um babaca.

— Você já parou para pensar que nem tudo que as pessoas fazem gira em torno de você, srta. Jones? — Como Gwyn nem se deu ao trabalho de responder, Wells revirou os olhos e levantou uma de suas elegantes mãos. — Primeiro — disse ele, contando no dedo indicador —, eu não tenho nenhuma roupa de tweed. Nem um relógio de bolso, inclusive. Segundo, eu só usei bandana uma vez na vida e, pode acreditar, é uma experiência que não vai se repetir. E terceiro, sim, eu administrava um bar e não gostava muito disso.

— Não gostava porque tinha que interagir com as pessoas e, por isso, fingir ser uma pessoa também, em vez de um androide movido a chá e desdém?

Ele fechou a cara, o que Gwyn considerou uma vitória.

— Enfim — prosseguiu Wells —, eu abri essa loja porque acho que é algo de que essa cidade precisa. Independentemente do que tenha se tornado, Graves Glen surgiu como um refúgio para bruxos e usuários de magia, e seria bom preservar um pouco dessa história em vez de cobrir tudo com caramelo, canela e desenhos de gatos pretos.

Gwyn caiu na gargalhada e bateu no balcão com força suficiente para balançar um pote de vidro cheio de penas pretas.

— Tá. Então a motivação é a arrogância. Saquei.

— A motivação é a tradição — rebateu ele, e ela se virou, acenando para ele com a mão por cima do ombro.

— Vai se convencendo disso aí, Excelentíssimo. E depois me avisa quantas pessoas vão querer gastar... — Ela parou perto da porta para checar o preço na contracapa de um dos grimórios. — Cem dólares por uma coisa que podem comprar no Templo das Tentações por vinte.

Ela jogou o grimório de volta na mesa, já se sentindo um pouco... bem, talvez não fosse muito *educado* dizer "convencida", mas definitivamente um pouco melhor. Aquela loja era linda, sim, sofisticada e meio fantasmagórica, e com certeza atrairia muita gente, mas não tinha como ele lucrar muito. Não com aquele tipo de produto.

Olhando por cima do ombro para Wells, Gwyn já estava sorrindo.

Só que...

Ele também estava.

— Veremos, srta. Jones — retrucou Wells, e o sorriso dele se alargou no momento em que Gwyn virou a cara. — Veremos.

CAPÍTULO 10

Wells não sabia se já existira algo que ele amasse mais do que o som do sino na porta de sua loja tocando.

E, nos dias seguintes, ouviu esse som favorito muitas, muitas vezes.

Ele não sabia se era a atmosfera da loja que atraía as pessoas — que as fazia *voltar* — ou se era a proximidade do mês de outubro, mas, de qualquer maneira, a Penhallow's Artefatos Mágicos começou com o pé direito.

Os primeiros a aparecerem foram os professores da Penhaven, sem dúvida curiosos com o novo Penhallow na cidade. Depois, no fim de semana, vieram os turistas, encantados com a lareira, com as poltronas de couro e as pinturas de paisagens galesas penduradas nas paredes. Mas as pessoas não vinham só para olhar: também compravam.

Wells já tivera que encomendar uma nova remessa de grimórios de couro e as bolas de cristal já estavam quase acabando. Reparou que as velas também eram populares, bem como os chás.

Ao perceber isso, Wells começou a preparar seus próprios chás na loja, oferecendo-os de bom grado e sem nenhum custo a quem estivesse batendo papo ao redor da lareira. Quanto mais relaxadas as pessoas estavam, quanto mais paparicadas se sentiam, maior a chance de ficarem por mais tempo, e isso significava que geralmente batiam os olhos em alguma coisa que queriam comprar.

Wells logo se deu conta de que era como ele *esperava* que seria estar no comando de um bar. Sorrisos amistosos, apertos de mão calorosos na saída.

E, caramba, ele era *bom* naquilo.

Sabia disso porque, depois da primeira semana, Gwyn aparecera outra vez na loja, olhando feio para ele.

"Você está servindo chá aqui?", perguntara ela. "E de graça?"

Naquele dia, ela estava de rosa-choque, tão rosa quanto a mecha que tinha pintado no cabelo vermelho, e Wells passara muito mais tempo do que deveria pensando naquela mecha cor-de-rosa depois, tentando entender por que sentira o impulso de enrolá-la num dos dedos.

No entanto, ele se limitara a responder:

"Eu sei que os americanos têm naturalmente um pé atrás com o chá britânico, mas não sabia que servir chá de graça era um problema."

Ela murmurara algo ameaçador antes de sair furiosa da loja, e Wells decidira encomendar mais bules de chá.

Então era sábado, o que significava que a loja estava agradavelmente cheia, com pessoas batendo papo e dando uma olhadinha nos produtos. Wells estava cheio de si quando o sino da porta tocou mais uma vez.

Ele abriu o seu melhor sorriso, mas, ao se virar, viu que era um daqueles jovens que frequentavam a loja de Gwyn. Uma de suas "aprendizes", presumiu, a garota que sempre prendia o cabelo escuro numa trança.

Ela estava usando uma camiseta branca com o desenho de um gato preto e, na parte de baixo, as palavras "Sejam Trevosas, Bruxas!". Quando ela se virou, ele leu a estampa das costas: TEMPLO DAS TENTAÇÕES, GRAVES GLEN, GEÓRGIA.

Inteligente. Bem óbvio, mas era uma lembrancinha decente.

A garota fez questão de mostrar que estava dando uma olhada nos produtos, e Wells cruzou os braços, se balançando levemente nos calcanhares enquanto a observava vagar pela loja, pegar um baralho de tarô, olhar para as cartas com cara de desinteresse e devolvê-lo ao lugar.

Logo depois, caminhou devagarinho em direção aos grimórios e literalmente bocejou, dando tapinhas na boca com a mão.

Wells arqueou a sobrancelha.

Ele estava à espera de um confronto, mas, se isso era o melhor que Gwyn era capaz de fazer, sinceramente estava meio decepcionado.

A porta se abriu de novo e ele reconheceu outra pessoa da faculdade, a que tinha o cabelo castanho cacheado e um piercing no nariz que brilhava sob a luz suave da Penhallow's.

— Encontrou alguma coisa? — perguntou, mais alto do que o necessário, e a garota deu um suspiro exagerado.

— Não, tudo aqui parece tão... — Ela lançou um olhar para Wells. — Chato.

Ele quase sorriu, quase mesmo.

Então, a outra pessoa disse:

— Quer dizer, a gente viu um GATO FALANTE no TEMPLO DAS TENTAÇÕES. Depois disso, tudo parece chato!

As palavras ecoaram pela loja e, dessa vez, Wells não conseguiu conter uma bufada de desdém.

Francamente.

Então quer dizer que tudo o que Gwyn tinha eram adolescentes que iam à loja dele, fingiam tédio e depois anunciavam uma mentira óbvia? Como se seus clientes pudessem ser tão facilmente...

— Espera, sério?

Wells se virou.

Uma jovem bruxa ia se aproximando da dupla, uma mulher que Wells já começava a considerar uma de suas clientes fiéis. Era aluna de pós-graduação da Penhaven e aparecia quase toda tarde para tomar um chá, bater um papo e, na maioria das vezes, comprar um novo cristal. Wells chegara até a lhe vender um dos bules de chá quando ela pedira.

Agora ela estava com os... *minions* de Gwyn, olhando para alguma coisa no celular de um dos dois. Com uma risada de surpresa, ela olhou para a porta, em direção ao Templo das Tentações do outro lado da rua.

— Tá, isso eu preciso ver.

O sino tocou de novo, mas, dessa vez, Wells não gostou nada do som, nada mesmo.

Nem das muitas vezes que o ouviu a seguir, à medida que, pouco a pouco, todas as pessoas da Penhallow começavam a se levantar e a seguir primeiro em direção à dupla na porta, e depois, inevitavelmente, para o outro lado da rua.

Até que, por fim, só restaram os três na loja, dois deles cheios de si.

— Não tem como ela ter um gato falante — afirmou Wells.

— Não é um feitiço que se possa fazer.

Se bem que, ao dizer aquilo, Wells não tinha tanta certeza. Era só um feitiço que ele nunca tinha *visto* alguém fazer. Mas, depois daquele sermão que Gwyn lhe dera sobre não fazer magia de verdade para os turistas, certamente ela não quebraria a própria regra.

Você quebraria? Se achasse que ela estava vencendo?

Quando deu por si, Wells já estava do lado de fora da loja, encarando uma multidão reunida em frente ao Templo das Tentações. Havia literalmente uma fila saindo pela porta, e ele teve que contorná-la, pedindo desculpas um monte de vezes até entrar na loja e ver...

Uma porra de um gato falante.

— Feliz Halloweeeeeeeen!

Houve suspiros, risadas e exclamações da multidão enquanto Gwyn Jones, completamente paramentada de bruxa, com chapéu e tudo, abraçava um gato preto rechonchudo, que também usava um chapeuzinho e uma bandana laranja bem elegante.

Um gato que, mais uma vez, abriu a boca e exclamou:

— Feliz Halloweeeeeeeen!

Em seguida, virou a cabeça para Gwyn e perguntou:
— Petiscos?

A multidão também amou aquilo e, enquanto Gwyn fazia carinho nele e sussurrava alguma coisa, alguém perguntou:
— Como foi que você o treinou para fazer isso?

Gwyn sorriu e fez um leve carinho no queixo do gato.
— Uma bruxa nunca revela seus feitiços! — respondeu ela. Em seguida, dando uma piscadela, acrescentou: — Nem onde compra adereços ridiculamente caros.

Todo mundo começou a rir e Wells olhou ao redor, impressionado.

Ele não tinha dúvida de que o gato era real, de que a *magia* era real, mas expor algo assim às pessoas e dizer que era de mentira era suficiente para que acreditassem.

A alternativa era bizarra demais.

Como se ele já não estivesse impressionado — contra a sua vontade — o suficiente, Gwyn anunciou:
— Cada compra inclui uma foto ou um vídeo grátis com o Seu Miaurício! Não se esqueçam de usar a hashtag Templo das Tentações!

Diabólico.

Absolutamente maquiavélico.

E, assim que os olhos dela encontraram brevemente os dele e as covinhas surgiram junto com um sorriso de quem dizia "Vai se foder", Wells se deu conta de que nunca tinha se sentido tão atraído por uma mulher em toda a sua vida.

Bem, que baita inconveniência.

CAPÍTULO 11

— **Exatamente até quando** essa guerra entre você e meu irmão vai continuar?

Gwyn estava sentada à mesa da cozinha com Rhys e Vivi, no seu tradicional jantar semanal. Às vezes era na casa deles, outras vezes, em um restaurante, mas na maioria das vezes era no chalé, e aquela noite não era exceção. E se por acaso Gwyn se sentia um *pouquinho* culpada ao pensar em Wells comendo sozinho naquele casarão no alto da rua, ela se forçava a lembrar que, no dia anterior, descobrira que ele tinha solicitado uma licença para vender bebidas alcoólicas, o que significava que, em breve, aquela loja chique e idiota começaria a servir bebidas, provavelmente de graça. Talvez nem Seu Miaurício fosse capaz de competir com álcool gratuito.

— Até eu vencer — respondeu a Rhys, esticando-se para pegar mais sal.

Rhys grunhiu e inclinou a cabeça para trás.

— Apaputaquepariu.

— O quê? — perguntou Vivi, e o marido suspirou, endireitando-se de novo.

— Foi exatamente o que o Wells disse quando eu fiz a mesma pergunta para ele.

Saboreando seu vinho, Gwyn escondeu o sorriso atrás da taça.

Os negócios nunca estiveram melhores no Templo das Tentações. Seu Miaurício só aparece aos sábados, mas já era o suficiente. Vídeos dele começaram a se espalhar pelas redes sociais e as pessoas que apareciam na loja só para vê-lo inevitavelmente acabavam comprando algumas coisas também. As vendas pelo site também aumentaram, e ela contratara oficialmente Cait e Parker para ajudar com isso.

Wells Penhallow era um pé no saco, mas não dava para negar que competir com ele tinha sido bom para os negócios.

— Então é melhor ele tirar o cavalinho da chuva — disse Vivi, reabastecendo a sua própria taça. — A Gwyn não vai perder.

Rhys olhou para ela, surpreso.

—Achei que fôssemos objetores de consciência nessa história.

— Você pode objetar o quanto quiser — retrucou ela. Em seguida, ergueu a taça e fez tintim com Gwyn. — Eu sou Time Gwyn até o fim.

— É isso aí! — respondeu Gwyn, e Rhys alternou o olhar entre as duas antes de puxar a própria taça para perto de si.

— Eu acho o Wells um cretino noventa por cento do tempo, mas não consigo brindar ao fracasso dele. — Ele fez uma careta.

— É essa a sensação do amor fraterno?

Vivi ignorou o comentário e se virou para Gwyn.

— Nossa viagem é daqui a pouquíssimo. Vocês dois vão ficar bem enquanto a gente estiver fora, certo? Quer dizer, tudo isso não passa de uma competição amigável. Não vai levar a... sei lá, maldições e fantasmas vingativos?

— Só como exemplo — acrescentou Rhys sarcasticamente, e Gwyn fez que não.

— Podem nos deixar sem supervisão, eu garanto. Além disso, eu vou estar ocupada demais ensinando o Seu Miaurício novas frases de efeito apropriadas para as festas de fim de ano. Levei *uma eternidade* para ensiná-lo a falar Feliz Halloween, mas, agora que ele sabe que ganha petiscos depois, não para de dizer a frase.

Como se quisesse provar que Gwyn estava certa, Seu Miaurício chegou todo faceiro naquele momento.

— Halloweeeeeen feliz feliz halloweeeeeen petiscospetiscos cuzão?

— Bem, isso vale pelo menos umas mil curtidas — comentou Rhys, e Gwyn suspirou enquanto se abaixava para dar um pouco da própria comida para o Seu Miaurício.

— Estamos trabalhando nisso.

Ao lado da taça, o celular de Gwyn começou a vibrar e, ao pegá-lo, ela viu que era ligação da sua mãe.

— É a Elaine — disse, apontando para Rhys e Vivi. — *Não* contem que explorei o neto dela para ganhar dinheiro.

No dia seguinte, o movimento estava bem baixo no Templo das Tentações — e se Gwyn espiava pela janela de vez em quando para ver se as coisas *também* estavam paradas na Penhallow's, e daí?

Mas Gwyn não via problema naquilo. A loja tinha faturado mais no fim de semana do que em todo o mês anterior, e ela precisava repor o estoque. Além disso, os Bruxinhos queriam mais aulas de tarô, então, quando uma cliente apareceu perto da hora de fechar, Gwyn quase foi pega de surpresa.

A garota era vagamente familiar, o que significava que provavelmente era moradora da cidade, mas com certeza não era bruxa. Se fosse, Gwyn teria sentido.

— Oi! — disse ela alegremente. — Posso ajudar?

A garota se aproximou do balcão e seus longos cabelos loiros roçaram no vidro.

— Eu estava interessada no tarô...

Ah. O carro-chefe de Gwyn.

— Bem, hoje é o seu dia de sorte, porque temos um monte de baralhos. Que tipo de vibe você está procurando? O clássico Rider-Waite, algo mais contemporâneo...

Gwyn se abaixou para pegar um dos seus baralhos favoritos para vender aos humanos e, no instante em que fez isso, sentiu.

Havia uma espécie de eletricidade no ar, um leve chiado que fazia seu cabelo parecer arrepiado.

Ela se endireitou, as cartas ainda na mão, e tentou se concentrar naquela sensação. Não vinha da garota. Ou não *exatamente* dela, mas...

— Está tudo bem?

Gwyn olhou para a garota, que esperava o baralho de tarô, e bateu os olhos no pescoço dela.

Havia uma pedra num cordão de couro pendurado ali. Era só um pedaço de quartzo, nada particularmente especial, mas algo devia ter sido feito àquela pedra, porque estava praticamente pulsando com magia, o que fez Gwyn ranger os dentes.

Ela forçou um sorriso ao pôr o baralho no vidro do balcão.

— Que colar maneiro!

A garota retribuiu o sorriso e levou os dedos ao cristal.

— Obrigada. Comprei ali.

Em seguida, apontou para a janela.

Para a Penhallow's.

Agora, Gwyn já não precisava mais forçar o sorriso.

Ah, peguei você, Excelentíssimo.

Debochando das abóboras de plástico e dos desenhos de gatos enquanto vendia artefatos carregados de magia para pessoas normais. Ela ia esfregar aquilo na cara dele com tanta força que talvez ele ficasse *sem* cara, no fim das contas.

Mas, antes, precisava cumprir seu Dever de Bruxa.

Gwyn olhou ao redor, inclinou-se para a frente e falou baixinho:

— Tá, não costumo fazer isso para amuletos que não foram comprados aqui, só que esse é tão bonito que preciso pelo menos oferecer.

Os olhos da garota brilharam enquanto Gwyn declamava um monte de palavras que ela sabia que iam colar — "lua cheia", "sal", "purificação", "energizado" — e, de repente, já estava com o cristal na sala dos fundos, posicionado num pratinho de prata.

Ela pôs a palma da mão sobre o cristal, respirou fundo e se concentrou.

Pouco depois, sentiu o quartzo reagir sob sua mão e, com um leve chiado, uma runa surgiu à sua frente, oscilando como fumaça. Gwyn soltou um suspiro de alívio. Nada de sério ou assustador, só um feitiço básico de clareza. *Segure esta pedra, concentre-se em um problema e você saberá o que fazer, o caminho se abrirá à sua frente.*

Por um segundo, ela até cogitou deixar o cristal encantado. Os normaizinhos não mereciam um pouco de clareza?

Mas, não, havia regras para esse tipo de coisas e, embora Gwyn odiasse com todas as forças seguir regras, desfez o feitiço com algumas palavras murmuradas e umas gotas de água coletada de um riacho sob a lua cheia.

Quando terminou, o cristal estava paradinho na palma da sua mão, tão bonito quanto antes, mas sem nenhum resquício de magia.

Satisfeita, Gwyn devolveu o colar para a garota com um sorrisão de orelha a orelha e um cupom de dez por cento de desconto para a próxima visita ao Templo das Tentações.

Como aquela era a última cliente e já estava na hora de fechar, Gwyn a acompanhou até a porta e depois a trancou. Em poucos minutos, organizou a loja, pegou o dinheiro do caixa e o guardou na sala dos fundos. Por fim, já na rua fresca e iluminada pelo luar, com o vento bagunçando seus cabelos, ela correu em direção à Penhallow's.

Gwyn passara os quinze minutos anteriores planejando exatamente como ia confrontar Wells sobre o fato de ele vender magia real, e pensara que talvez pudesse começar com algo apropriadamente dramático. Abrir a porta de supetão, apontar o dedo, quem sabe um belo "J'accuse!" para dar um toque de elegância.

Afinal, ela havia esperado treze anos para dar o troco em Llewellyn Penhallow; não era hora de ser sutil.

Mas, ao pegar a maçaneta, a porta não abriu. Na verdade, estava teimosamente trancada, o que significava que, em vez de irromper ali como um glorioso e virtuoso turbilhão de justiça, ela meio que sacudiu a porta de um jeito patético e deu batidinhas com as unhas no vidro enquanto ele a encarava de cara feia do outro lado do balcão.

— Estamos fechados! — disse ele, e Gwyn aproximou a cara do vidro, embaçando-o só para irritá-lo.

— Preciso falar com você! — respondeu ela. Wells ficou parado por um momento, tamborilando os dedos no balcão, até finalmente ir destrancar a porta.

— Pois não?

Claro que ele não a deixou entrar.

Claro que ficou parado na porta, pairando sobre ela e a encarando com aquele nariz comprido empinado.

E claro que Gwyn o empurrou para o lado e adentrou a penumbra da loja com uma das mãos no bolso do casaco.

— Você — disse ela, apontando para Wells com a mão livre — fez besteira.

Gwyn não queria ter soado *tão* alegre, mas foi mais forte do que ela. Aquela situação era boa demais para não saboreá-la.

Wells franziu as sobrancelhas e cruzou os braços com firmeza.

— O quê?

— Você vendeu um cristal enfeitiçado para uma humana.

— Não vendi droga nenhuma.

— Ô, se vendeu — retrucou Gwyn. — Um quartzo abençoado com uma runa de clareza. Não é um feitiço ruim, graças à deusa, mas *poderia* ter sido. É por isso que temos que ter muito cuidado com o que vendemos.

Wells foi ao balcão e pegou um grande livro de couro preto, abrindo-o e folheando-o.

Gwyn o olhou e foi a sua vez de franzir as sobrancelhas.

— O que é isso?

— Todos os itens vendidos na loja aparecem neste registro de contabilidade — respondeu Wells, sem erguer os olhos. — Então, se eu realmente vendi um quartzo hoje, vai estar aqui.

— Você sabe que temos computadores para esse tipo de coisa, né? Aplicativos para controlar o estoque pelo celular? Sou super a favor de usar magia, mas há que se admitir que, de vez em quando, a tecnologia é melhor do que a gente.

Wells ignorou o comentário e deslizou o dedo por uma das páginas de pergaminho creme.

Era, Gwyn teve que admitir, um belo dedo ligado a uma excelente mão. Comprido, elegante, mas ainda masculino, com um anel de sinete brilhando discretamente sob a luz fraca da loja.

E também teve que admitir, mais uma vez, que Wells sem dúvida estava mandando bem com todo aquele... estilo que tentava emplacar. Proprietário de uma elegante loja de bruxaria, a camisa branca de botão impecavelmente passada, o colete azul-marinho destacando a cintura esbelta e os ombros largos.

Garota, você está secando ninguém menos que Llewellyn Penhallow, *por favor, se controla.*

Era por isso que ela precisava arrumar mais encontros. Estava há tanto tempo sozinha que já estava começando a admirar *coletes*, cacete.

Gwyn limpou a garganta, afastou-se do balcão e foi olhar pela janela da frente. Sua lojinha brilhava alegremente na noite; a vitrine talvez não fosse tão sofisticada quanto a da Penhallow's — talvez a vassoura gigante fosse um pouquinho demais —, mas era fofa à sua maneira. Única.

Dela.

— Aqui está.

A voz de Wells estava surpreendentemente neutra, e Gwyn se virou na mesma hora, marchando até o balcão e se inclinando sobre o ombro dele para conferir.

— A-há! — exclamou ela, triunfante, pousando o dedo nas palavras "Quartzo (Runa de Clareza)".

— Não faz sentido — murmurou Wells para si mesmo, folheando o livro. — Tudo o que vendi até agora era completamente inofensivo; como esse *único* item passou despercebido?

— Talvez você não tenha conferido direito — disse Gwyn, inclinando-se para mais perto e ignorando o quanto ele estava cheiroso. —Talvez você tenha sido... *irresponsável*.

Ela completou a palavra estremecendo de forma dramática e mexendo as sobrancelhas sugestivamente. Por sua vez, Wells fechou o livro com tanta força que o cabelo dela voou para trás.

— Recebi uma nova remessa há dois dias — comentou ele, afastando-se e seguindo até a porta atrás do balcão. — Achei que não tivesse colocado nada nas prateleiras ainda, mas devo ter me enganado. Ou a pedra foi posta lá por acidente.

— É por isso que você precisa de mais uma pessoa trabalhando aqui — falou Gwyn enquanto ele abria a porta. — Você debocha dos meus Bruxinhos, mas...

— Eu dou conta sozinho — retrucou ele, desaparecendo pela escadaria escura.

CAPÍTULO 12

Wells não sabia por que esperava que Gwyn fosse embora tranquilamente, mas, ao ouvir o som das suas botas descendo atrás dele a escadaria do porão, mal conseguiu conter um suspiro.

— Não preciso da sua ajuda — avisou enquanto acendia as luzes.

Se é que dava para chamar de luzes. O espaço inteiro tinha, talvez, quatro arandelas de metal presas às paredes, mantendo o ambiente numa espécie de penumbra perpétua.

— Está na cara que precisa — retrucou ela. Wells ouviu um leve chiado seguido de um estalido, e então um globo de luz flutuou por cima do ombro dele, subindo lentamente as prateleiras à sua frente.

Gwyn surgiu ao lado dele e inclinou a cabeça para cima enquanto olhava a seleção de caixas nas estantes. A luz que ela havia conjurado lançava um brilho quente sobre seu rosto e sobre o longo cabelo vermelho que lhe cobria as costas, e ele se obrigou a desviar o olhar.

Seria um pouco mais fácil continuar irritado com Gwyn se ela não fosse absurdamente bonita.

Desde o momento dela com o gato, com aquele *sorriso* e o maldito *atrevimento* — será que ele sempre tinha gostado de mulheres atrevidas? Era novidade? Será que alguém o amaldiçoara, como tinha acontecido com Rhys? — ele vinha pensando nela. E, naquele momento, estar tão perto dela parecia uma forma especial de tortura.

Para piorar a situação, ele claramente tinha feito uma cagada colossal.

Wells tomara cuidado, caramba. Sim, havia alguns itens mágicos na loja. Ele queria ter alguns à mão para o caso de a Penhallow's um dia se tornar o tipo de lugar onde fosse possível — com discrição e segurança, claro — comprar coisas do gênero.

Só que aí ele tinha vendido uma pedra enfeitiçada para uma humana, e isso era uma trapalhada das feias.

— É tão difícil assim encontrar uma caixa? — questionou Gwyn, e Wells se virou, apontando para a quantidade absurda de caixas empilhadas nas estantes.

Gwyn revirou os olhos e deu um passo à frente, o som daquelas malditas botas fazendo Wells ranger os dentes.

De irritação, claro.

Nada mais.

— Essa aqui está um pouquinho para fora da pilha — comentou ela, ficando na ponta dos pés. — Será que é essa?

Gwyn puxou a caixa, mas não a alcançava direito, então Wells fez um som de frustração e se aproximou.

— Deixa comigo.

— Eu consigo — insistiu ela, puxando a borda da caixa, e Wells bufou, pousando a mão ao lado da dela. Gwyn era alta, só que ele era mais, e conseguia segurar a caixa com mais firmeza do que ela.

— Já está na cara que você *não* consegue — disse ele, puxando a caixa, e ela fechou a cara para ele, contraindo mais os dedos e puxando com vontade.

— Bem, se você não tivesse essas porcarias mágicas perigosas largadas por aqui...

— Um cristal com uma runa muito básica mal configura...

— Magia é magia, Excelentíssimo.

— Já falei para não me chamar assim. Eu não entendo nem *por que* você me chama assim.

De repente, eles estavam bem perto um do outro, ambos segurando a borda da caixa, os peitos se tocando, a barra da saia dela roçando os joelhos dele. Gwyn estava levemente corada, os lábios entreabertos, e Wells lembrou a si mesmo que aquilo era fruto da raiva, que os lábios estavam entreabertos para insultá-lo, sem dúvida. Só que, por alguma razão, parecia difícil se lembrar daquilo no momento.

Nenhum dos dois puxava mais a caixa.

Estavam simplesmente ali, parados, um encarando o outro.

Uma reação humana básica e estúpida. Ela era bonita, eles estavam bem perto, respirando com dificuldade e olhando nos olhos um do outro. É claro que, de repente, Wells se viu pensando em outros motivos para estarem tão próximos, em outras coisas que eles poderiam estar fazendo em vez de discutir.

Só que... aquele aspecto de sua vida meio que tinha passado os últimos anos desligado, e sentir esse tipo de coisa ressurgir com força pela última mulher em quem deveria estar interessado era bem desconcertante.

— Gwyn — disse Wells, e seus olhos reencontraram os dele. Por acaso ela estivera olhando para os lábios dele? Será que Gwynnevere Jones estivera olhando para sua boca enquanto pensava nas mesmas obscenidades que ele?

Wells viu no rosto de Gwyn a mesma confusão que ele estava sentindo, e ela balançou a cabeça, quase como se estivesse tentando afastar aqueles sentimentos.

Em seguida, ela agarrou a borda da caixa e a puxou.

A caixa continuou presa, mas uma das pontas rasgou e algo voou direto no peito de Wells.

Uma nuvem rosa e brilhante pareceu envolver os dois e um cheiro doce de baunilha impregnou o ar. Entrou pela boca e invadiu os pulmões de Wells enquanto ele piscava os olhos para se livrar dos fragmentos de purpurina que flutuavam ao redor.

Gwyn também estava coberta por uma camada de pó rosa e cintilante e olhava para Wells com seus olhos verdes vívidos. Se ele achava que queria beijá-la antes, não chegava nem perto do que estava sentindo no momento.

Era como se beijá-la fosse uma questão de vida ou morte. De repente, beijar Gwyn Jones era a única coisa que importava no mundo, e quando ela deu um passo cambaleante na direção dele, as pupilas enormes enquanto lambia o lábio inferior, Wells seguiu o movimento com olhos famintos.

As mãos dela estavam no peito dele, os dedos enroscados na camisa. Em seguida, sabe-se lá como, sua mão foi parar no rosto dela, e ele olhava para Gwyn enquanto sentia o próprio coração prestes a escapulir do peito.

É um feitiço do amor, seu idiota, gritou seu último neurônio sensato. Ele nunca tinha lidado com esse tipo de feitiço, só sabia que talvez existisse, mas não havia dúvida de que se tratava disso. Aquela claramente era a caixa de onde tinha vindo o cristal, a única caixa em toda a maldita loja que de fato continha magia, e agora ele estava pagando o preço de sua arrogância.

Não que ele se importasse com isso, não com ela o encarando daquele jeito.

— Wells — murmurou Gwyn, e ele percebeu que ela nunca o havia chamado pelo nome antes. Era sempre o terrível *Excelentíssimo*. Nunca Wells.

Ele gostou de ouvir o próprio nome saindo dos lábios dela. Queria prová-lo na sua língua. Queria mergulhar as mãos naquele lindo cabelo vermelho e sentir o corpo dela no dele. Queria...

Porra, ele simplesmente *queria*.

— Isso é péssimo — ele lhe disse enquanto baixava o rosto na direção do dela.

— Mais do que péssimo — concordou ela. No segundo seguinte, já estava na ponta dos pés, com os lábios nos dele.

***

Gwyn estava familiarizada com a luxúria. Na verdade, era uma das suas sensações favoritas. Aquela onda de calor que se sente ao ver o desejo nos olhos da pessoa, como o nosso próprio desejo cresce para se igualar ao dela. O frio na barriga, o coração disparado, aquele arrepio que percorre a espinha... tudo isso era bem incrível, e ela corria atrás dessa sensação sempre que a oportunidade se apresentava.

Mas beijar Wells Penhallow no porão da loja dele estava em outro patamar.

É porque vocês dois foram enfeitiçados com magia sexual, Gwyn tentou lembrar a si mesma enquanto roçava o corpo no dele, abraçando seu pescoço enquanto as mãos dele acariciavam suas costas, suas costelas, puxando-a para ainda mais perto.

Não parecia um primeiro beijo. Era bom demais, confiante demais e, mais uma vez, Gwyn tentou se convencer de que era tudo graças à magia, porque certamente um homem chamado Llewellyn não podia beijar daquele jeito sem algum tipo de intervenção mágica.

Ele levou a mão ao rosto dela outra vez, aquela linda mão que ela havia observado antes, o polegar acariciando sua mandíbula e acendendo faíscas onde quer que tocasse.

Quando aquele toque começou a subir, roçando um ponto logo abaixo da sua orelha, Gwyn teve quase certeza de que chegou a dar uma gemidinha.

Aquilo era novidade.

Wells reagiu ao som com um ruído baixinho vindo do fundo da garganta, e ela sentiu o efeito daquele rugido por toda parte, os joelhos chegaram a fraquejar.

Sem interromper o beijo, ela se virou para que ele ficasse de costas para a estante e o empurrou com tanta força que algo acima deles chacoalhou, mas, sinceramente, o móvel inteiro podia ter desabado em cima dos dois que Gwyn nem teria notado.

Não com a mão de Wells na sua nuca, a prata fria do anel contra a sua pele ardente, não com a língua dele roçando na dela, o que lhe permitia sentir o gosto de frutas cítricas com açúcar do chá que ele tinha tomado. Não enquanto dava para sentir o corpo dele por trás do tecido da calça, duro só para ela.

Desejando-a.

Por causa de um feitiço.

Por fim, aquela voz começou a cortar um pouco do barato da situação.

Um feitiço.

Uma porcaria de um feitiço do amor que tinha caído em cima deles porque estavam batendo boca, como *sempre* faziam, então claramente era o feitiço do amor mais poderoso que já existira, e, pelas tetas de Rhiannon, ela estava agarrada a um homem de quem nem sequer *gostava* por causa de um banho de *pó sexual* cor-de-rosa.

Conforme recuperava o juízo, Gwyn interrompeu o beijo e recuou tão rapidamente que acabou esbarrando na estante às suas costas. Dessa vez, algo caiu mesmo lá de cima — um pequeno suporte de vela votiva —, e o som do vidro se estilhaçando pareceu trazê-los de volta à realidade.

Wells ainda estava ofegante, o rosto sujo de pó rosa, os olhos arregalados e o cabelo desgrenhado.

Fui eu que causei essa reação, pensou Gwyn, quase admirada, e então balançou a cabeça, puxando a barra do vestido para ajeitá-lo.

— Isso — disse ela, sem fôlego, passando a mão pelo cabelo para afastá-lo do rosto.

Nem precisou terminar a frase. Wells já estava se endireitando e puxando as lapelas do colete.

— Com toda certeza — disse ele, concordando com algo que ela nem tinha chegado a dizer.

— E aquilo ali — acrescentou ela, apontando para a caixa que ainda cambaleava na prateleira.

— Vou queimar — respondeu ele. — Salgar a terra.

Gwyn reagiu com um breve aceno de cabeça e depois deu meia-volta, torcendo para que as pernas não estivessem trêmulas demais para subir os degraus.

E não olhou para trás.

CAPÍTULO 13

O ar frio da noite foi um alívio quando Gwyn voltou para a rua. Ainda sentia o corpo fervendo, como se queimasse de dentro para fora, um incêndio que nem mil banhos frios conseguiriam apagar.

Sua caminhonete estava estacionada no mesmo lugar de sempre, em frente ao Templo das Tentações, só que Gwyn passou direto. Em vez disso, entrou no pequeno beco ao lado da loja, sentindo os dedos ainda trêmulos ao lançar um feitiço rápido na porta lateral que dava acesso ao apartamento de Vivi.

Quando a prima abriu a porta, Gwyn percebeu que a completa confusão que estava sentindo devia estar estampada no rosto, porque Vivi, que já tinha visto muita coisa vinda de Gwyn, arregalou os olhos e murmurou um termo em galês que ela nunca tinha visto a prima usar antes.

— Caramba, o que foi que provocou *essa* reaç... ah.

Rhys surgiu por trás da esposa e Gwyn apontou para ele.

— Sai — ordenou. — Eu e a Vivi temos... assuntos de coven.

— Normalmente essa é a desculpa que vocês usam quando querem tomar um vinho e falar sobre coisas que não querem que eu ouça, e, pelo estado em que você se encontra no momento, Gwynnevere, me parece justo.

Rhys deu um beijo rápido na têmpora de Vivi e pegou o casaco pendurado perto da porta. Ao passar por Gwyn, lhe lançou mais um olhar intrigado, mas, felizmente, não fez perguntas.

Enquanto os passos dele desapareciam escada abaixo, Vivi puxou Gwyn para dentro.

— O que é isso em você? — perguntou ela, fechando a porta.

Ah. Claro.

Gwyn estava tão focada nos efeitos do feitiço do amor que quase tinha se esquecido de que ainda estava literalmente coberta dele.

— Feitiço — disse ela, ainda atordoada, enquanto se jogava no sofá de Vivi.

O apartamento da prima era a sua segunda casa, e Gwyn estendeu a mão para pegar sua manta favorita, a roxa e macia que ela havia comprado para Vivi muitos anos antes e que sempre tinha um lugar cativo no encosto do sofá.

— Que tipo de feitiço? — perguntou Vivi, franzindo as sobrancelhas. Gwyn piscou repetidas vezes e olhou para ela.

— Feitiço do amor.

Vivi passou um tempão imóvel e em seguida, sem dizer nada, desapareceu na cozinha. Ao voltar, trouxe suas maiores taças de vinho e uma garrafa cheia de Pinot Grigio.

Vivi sempre tinha sido a pessoa favorita de Gwyn no mundo inteiro.

Agradecida, aceitou uma taça e tomou um longo gole.

Tá, praticamente entornou a taça.

Ainda dava para sentir o beijo de Wells, os lábios formigando e a sensação de roçar a barba dele. Um leve arrepio percorreu seu corpo enquanto ela pousava a taça na mesa.

Vivi, paciente como sempre, estava aninhada na poltrona de frente para ela, usando meias pretas com estampa de olhos verdes fluorescentes. Gwyn achava mais fácil encarar os olhos das meias do que os de Vivi enquanto contava à prima o que tinha acontecido aquela noite. O cristal, a ida até a loja de Wells para se vangloriar merecidamente, a curiosidade de ver o que mais ele tinha no estoque e, por fim — para sua total humilhação —, a parte em que uma chuva de purpurina cor-de-rosa com cheiro de cupcake a fez agarrar Wells e beijá-lo como se beijar fosse uma prática em risco de extinção.

Quando terminou o relato, sua taça estava vazia e Vivi, boquiaberta. Nenhuma das duas coisas fez Gwyn se sentir muito bem a respeito das escolhas de vida que tinha feito aquela noite.

— O Wells — disse Vivi por fim. — Você beijou... o Wells. Por causa de um feitiço do amor.

Falando assim, parecia algo inocente. Apenas um beijo entre dois adultos, graças a uma magiquinha de nada!

Mas isso não transmitia nem de longe o impacto *devastador* do beijo, o quanto ele parecia ter abalado as estruturas de Gwyn.

— Não foi só um beijo — disse ela, passando a mão no rosto e fazendo uma careta ao ver que ainda estava cheia de purpurina. — Foi um beijo *enfeitiçado*. Magia de feitiço do amor, Vivi! Dando sopa numa caixa na loja do Wells. Qualquer um podia ter comprado aquilo e acabado aos beijos com alguém que odeia.

Era isso que ela precisava fazer: mudar o foco para a irresponsabilidade da situação, para o perigo de Wells ter chegado à cidade e aberto uma loja de magia sem sequer saber o que estava fazendo.

Ela abriu a boca para dizer exatamente isso, só que Vivi franziu a testa e se inclinou de leve para a frente, com sua cara pensativa em bastante evidência.

— O feitiço do amor não funciona desse jeito — disse, e Gwyn arregalou os olhos.

— O quê?

Vivi se levantou da poltrona e foi até uma das várias estantes de livros que dominavam as paredes, passando os dedos pelas lombadas até encontrar o que estava procurando.

— A magia não pode forçar ninguém a agir contra a vontade própria — afirmou ela, folheando o livro enquanto Gwyn sentia o estômago afundar cada vez mais. — Isso viola os... princípios básicos da magia. É possível lançar feitiços *ruins* nas pessoas, é claro, e eles *podem* fazer mal, mas não dá para obrigar alguém a fazer algo que não queira. Nosso espírito é inerentemente forte demais para ser manipulado, mesmo com magia. Ah, aqui está!

— Vivi pôs o dedo numa página e começou a ler. — "Embora a ideia de um feitiço do amor seja muito famosa na cultura popular, tal tipo de magia é quase impossível de se realizar, a menos que ambos os envolvidos sintam uma atração mútua."

Por acaso Gwyn tinha acabado de pensar que Vivi era sua pessoa favorita no mundo inteiro? Não podia ser verdade. Sua pessoa favorita no mundo inteiro não seria uma *mentirosa descarada*.

— Deixa eu ver.

Gwyn se levantou do sofá e arrastou a manta roxa atrás de si enquanto tirava o livro das mãos de Vivi. Em seguida, passou os olhos pela página e, para seu horror, leu exatamente o que Vivi tinha acabado de ler.

Ela fechou o livro com força e o empurrou de volta para Vivi.

— Esse livro obviamente não presta. É um livro idiota com tantos absurdos que eu nem acredito que você o guarde na sua estante. Deve ser um dos livros do Rhys.

Vivi se limitou a rir, balançando a cabeça enquanto devolvia o livro à prateleira.

— Sinto muito, querida. Os livros não mentem, e o feitiço não te forçou a fazer nada. Você beijou Wells Penhallow porque *queria* beijar Wells Penhallow.

Quando Wells ouviu passos na escada que levava ao porão, seu coração disparou.

Ela voltou.

Só que o som era pesado demais para estar vindo de Gwyn, os sapatos não faziam o mesmo barulho que as botas dela sempre pareciam fazer, e, um momento depois, Rhys apareceu no campo de visão, de mãos nos bolsos, descendo a escada casualmente.

Wells tentou se convencer de que só estava decepcionado porque *sempre* se decepcionava ao ver Rhys. Não tinha nada a ver com a sensação persistente dos lábios de Gwyn nos dele, nem com o desespero das suas mãos para voltarem ao corpo dela.

Não era a hora nem o lugar para aquele tipo de pensamento, mas, felizmente, a voz do irmão mais novo era melhor do que qualquer banho de água fria.

— Você está aí? — perguntou Rhys em voz alta, e Wells, que ainda não tinha saído do lugar onde estava quando Gwyn o deixara, e que, na verdade, não sabia se seria capaz de voltar a se mexer, conseguiu responder, meio sem força:

— Estou.

Rhys fez a curva e se aproximou, com uma esfera de luz flutuando acima do ombro esquerdo.

— Pensei que... — ele começou a dizer, mas em seguida congelou, arregalando um pouco os olhos enquanto observava Wells.

Wells fechou a cara, baixou a cabeça e olhou para si mesmo. O feitiço ainda brilhava sobre ele, manchando suas roupas escuras de rosa. Por fim, revirou os olhos, pronto para a piadinha que sem dúvida ouviria do irmão.

Mas Rhys não disse nada; ficou parado onde estava, sem se mexer, enquanto o rosto ia adquirindo um alarmante tom de vermelho até ele cair na gargalhada.

Não era uma gargalhada qualquer, aliás, e sim uma daquelas que vinham do fundo da garganta de um irmão mais novo que tinha a chance de zoar o irmão mais velho. E isso foi a gota d'água para que Wells parasse de ficar ali, imóvel feito um zé mané.

— Tá bom — disse ele, tentando se limpar. — Está parecendo que eu invadi a penteadeira de uma garota de treze anos, mas isso não é motivo para achar tanta graça assim, Rhys.

Mas Rhys se limitou a balançar a cabeça, encostando-se na prateleira mais próxima enquanto enxugava as lágrimas de tanto rir.

—Ah, cara — disse ele, e então teve uma nova crise de riso.

Wells fechou a cara, cruzou os braços e fez de tudo para parecer o mais ameaçador que um homem todo coberto de purpurina rosa podia ser.

— Pode parecer besteira, mas isso é coisa séria. Alguém enviou uma caixa cheia de artefatos mágicos de verdade. Isso — disse ele, apontando para a purpurina — é um feitiço. Um feitiço do amor, Rhys. O que poderia ter sido um desastre nas mãos erradas.

— Parece que o desastre *já aconteceu* — retrucou Rhys, sem deixar de sorrir. Então, indicou a escada com um gesto de cabeça. — Ainda mais considerando que, neste exato momento, Gwyn Jones está sentada no sofá da minha casa, suja dessa mesma porcaria aí.

Droga.

Então esse era o motivo de tanta graça. Wells tivera a esperança de sair dessa história sem que o irmão tivesse a mais remota ideia do que havia acontecido naquele porão, mas, como ele estava aprendendo bem rápido, esse era o problema das cidades pequenas e das famílias que moravam nessas cidades pequenas: simplesmente não existiam segredos.

— Pois é — disse ele, fungando e ajeitando o colete. — Já passou e já aprendi a lição. Agora, me ajuda a limpar isso e vamos tentar descobrir *por que caralhos* eu tinha esse feitiço aqui, para início de conversa, que tal?

Para seu alívio, Rhys deu de ombros e entrou mais no porão.

— Quero que você registre isso por escrito depois. O dia em que você precisou da minha ajuda.

— Tá bom — disse Wells entredentes, e Rhys sorriu antes de se agachar para pegar o saquinho de onde viera o feitiço do amor.

— Cuidado! — alertou Wells. — É magia poderosa. Não faço ideia de onde veio.

Rhys examinou o saquinho por um momento antes de se virar para Wells com uma expressão cuidadosamente contida.

Não era um bom sinal.

— O feitiço. Estava aqui dentro?

Wells fez que sim e, a julgar pelo sorriso totalmente perverso que se abriu no rosto de Rhys, percebeu na mesma hora que havia algo muito, muito errado.

Rhys se levantou e apontou para a caixa rasgada ainda na prateleira de cima.

— E saiu dali?

— Ah, faça-me o favor, porra — murmurou Wells, voltando em direção à prateleira. — Por que não me diz logo o que está pensando em vez de ficar bancando o Poirot, hein? — perguntou ele, já se esticando para pegar a caixa. — Com você, tudo vira uma dramatização, que inferno.

A caixa saiu com facilidade e Wells a colocou em uma das prateleiras mais baixas, abrindo-a.

— Tudo mais que estiver aqui dentro precisa ser descartado com segurança — afirmou. — Não dá para saber quantos feitiços perigosos também podem estar…

Wells piscou os olhos, confuso, enquanto observava o conteúdo da caixa, e Rhys se aproximou para espiar por cima do ombro do irmão.

— Não sei, não, Wells — disse Rhys, dando de ombros. — Algumas dessas coisas parecem meio… *ousadas*, talvez, mas nada de *perigoso* por si só.

Wells tirou da caixa um par de algemas roxas e felpudas, ainda tentando entender o que estava vendo, enquanto o sorriso de Rhys aumentava cada vez mais.

— Parece que houve algum tipo de confusão — comentou Rhys, dando uma batida na lateral da caixa onde, pela primeira vez, Wells reparou num rótulo de envio encardido e rasgado. — E, sinceramente, fico imaginando o que o… — Numa tentativa de descobrir o nome no rótulo, ele se inclinou um pouco mais. — O "Palácio do Prazer" vai fazer com todas as bugigangas bruxas que, sem sombra de dúvida, estão lá com eles.

— Isso não... — disse Wells, revirando a caixa e se perguntando por que boa parte de sua vida em Graves Glen parecia envolver falos de plástico. — Não estou entendendo.

Talvez aquele fosse o maior eufemismo que já tinha usado em toda a sua vida. Wells não entendia como aquela caixa tinha ido parar ali, não entendia como aquela caixa continha, de alguma forma, um feitiço do amor, e certamente não entendia por que de repente estava completa e dolorosamente atraído por uma mulher que sem dúvida passava a maior parte do tempo pensando em novos jeitos de tornar a vida dele o mais irritante possível.

Porque ele já pensava em beijá-la muito antes de aquele feitiço cair em cima deles.

Rhys ainda segurava o saquinho de veludo e, naquele momento, tirou de dentro um pedacinho de papel.

— Acho que isso pode explicar algumas coisas — disse ele, batendo o papel contra o peito de Wells antes de se virar e voltar para a escada.

Wells olhou para as palavras impressas numa fonte rosa cheia de curvas, já em busca da palavra "feitiço".

Mas não havia nada sobre feitiços ou sobre magia ali, só...

— Puta que pariu — sussurrou Wells.

Ou talvez tenha grunhido.

Do alto da escada, Rhys simplesmente riu.

CAPÍTULO 14

Gwyn mal podia acreditar que estava deitada na cama, encarando o teto e pensando em beijar ninguém menos que Llewellyn Penhallow.

Mas a realidade era essa.

Lá fora, o sol tinha acabado de nascer, enchendo o quarto com uma luz quentinha e aconchegante. O amanhecer era um dos seus momentos favoritos do dia. O mundo sempre parecia calmo, o que significava que sua mente também tinha a chance de se acalmar.

Mas, naquela manhã, sua cabeça era uma banda marcial completa.

Uma banda marcial composta por macacos-uivadores, crianças pequenas, banshees e…

Gwyn grunhiu e cobriu o rosto com as mãos. Que ótimo, agora aquele desgraçado tinha tirado até *isso* dela, o único momento de paz do seu dia, tudo porque tivera a ousadia de beijar tão bem, apesar de… apesar de… bem, apesar de tudo que o envolvia.

A questão era que Vivi tinha que estar errada. Aquele *livro* tinha que estar errado e, assim que terminasse o expediente na loja aquela noite, Gwyn provaria isso a si mesma. Ela prepararia o chá mais forte que já existira, talvez até pegasse um dos óculos de leitura da mãe, só para garantir que o universo soubesse que ela estava levando aquilo a sério, e dedicaria um bom tempo a pesquisar feitiços do amor. E então provaria que aquele beijo tinha sido resultado de magia e nada mais. Concluiu o pensamento com um aceno firme de cabeça.

— Isso aí — disse em voz alta para o quarto vazio.

Mas o problema foi que, assim que começou a pensar em como provar que o beijo tinha sido um acaso mágico, ela voltou a se lembrar do *beijo em si*, e foi assim que perdeu mais dez minutos encarando o teto enquanto remoía o fato de ter ficado com um homem que provavelmente usava *coletes de tricô*.

— Beijo?

Gwyn levou um susto e olhou para o pé da cama, onde Seu Miaurício tinha acabado de acordar e se aproximava dela preguiçosamente.

— Beijo? — repetiu ele, encostando nela.

Gwyn se sentou e deu um beijinho no topo da cabeça dele enquanto lhe lançava um olhar severo.

— Não tem graça — disse ao gato, mas ele só piscou os olhos lentamente, antes de bocejar e se aninhar na parte quentinha da cama que Gwyn acabara de liberar.

As roupas da noite anterior ainda estavam jogadas na abarrotada poltrona de veludo perto da janela, brilhando graças à purpurina rosa. Com uma careta, Gwyn pegou o monte de roupas e jogou tudo no cesto. Por fim, depois de um instante, as empurrou para o fundo da pilha.

O que os olhos não veem, o coração não sente.

Bem que poderia ser tão fácil assim se livrar de Wells Penhallow.

A única saída é enfrentar, disse Gwyn a si mesma em tom sombrio ao abrir a porta do Café Caldeirão, uma hora depois.

O cheiro familiar e reconfortante de café torrado atingiu suas narinas enquanto ela se dirigia para o balcão. O lugar estava cheio naquela manhã, como sempre ficava àquela hora.

Mas não tinha problema. Quanto mais pudesse adiar o inevitável, melhor.

Mas o Café Caldeirão tinha um toque de magia no seu funcionamento — todos os funcionários eram bruxos da faculdade — o que significava que, quando deu por si, Gwyn já estava no caixa, encarando uma sorridente Sam.

— O de sempre? — perguntou Sam, e Gwyn fez que sim com a cabeça antes de se inclinar para a frente e perguntar em voz baixa:

— Wells Penhallow costuma vir muito aqui?

— Hm, nosso arqui-inimigo? De vez em quando?

— Por acaso você sabe o que ele costuma pedir?

Sam olhou ao redor com um semblante confuso.

— Tá, você vai, tipo... pôr algum tipo de feitiço no café dele, Glinda? Porque isso não parece muito bacana, preciso admitir.

— Não! — disse Gwyn, talvez meio alto demais, visto que Sam chegou a se encolher. Em seguida, afastou o cabelo dos ombros, forçou um sorriso e prosseguiu: — Eu só preciso de uma oferta de paz.

Graças à deusa, Sam não questionou. Simplesmente deu de ombros e disse:

— Ele costuma pedir café puro.

— Claro que sim — murmurou Gwyn, depois suspirou e lhe entregou seu cartão de débito. — Então me vê um café puro e o meu de sempre.

Na verdade, Gwyn não tinha um pedido "de sempre", só gostava de dizer aquilo, e Sam gostava de inventar várias misturas que achava que *poderiam* ser o pedido de sempre de Gwyn. Dessa vez foi uma espécie de chá de lavanda com baunilha e cardamomo, e Gwyn bebeu um gole revigorante enquanto saía do Café Caldeirão em direção à Penhallow's.

Ainda era cedo, as ruas estavam tranquilas e o céu tinha aquele tom perfeito de azul que ela associava com aquela época do ano. Fazia um frio bem de leve. À tarde, Gwyn sabia que teria que tirar o cardigã preto que tinha vestido por cima da camiseta estampada com as palavras "Cristais&Gatos&Varinhas-&Vassouras", mas o outono tinha com certeza chegado, e ela respirou fundo, reunindo coragem ao entrar na Penhallow's.

Wells estava atrás do balcão, como sempre, analisando algum tipo de registro parecido com o que a havia mostrado na noite anterior. Ao levantar a cabeça e vê-la parada ali, Gwyn podia jurar que as orelhas dele ficaram levemente vermelhas.

Aquilo a fez se sentir melhor. Se Wells estava tão sem graça quanto ela, pelo menos estavam empatados.

Wells limpou a garganta e deu a volta no balcão. Estava vestindo uma camisa azul-marinho de botão, uma calça jeans escura e, para o alívio de Gwyn, um colete de tricô.

Aquele colete de tricô era melhor que qualquer banho de água fria. Ela ia comprar mais alguns para ele. Talvez com bolinhas.

Endireitando-se discretamente, Gwyn estendeu o copo descartável de café para ele com um movimento brusco.

— Trouxe isso para você — disse.

Ele não pegou a bebida.

— Está envenenado?

— Sim, eu finalmente cheguei à conclusão de que a única forma de lidar com uma leve rixa comercial era cometendo um assassinato. Parabéns, Excelentíssimo.

Wells esboçou um leve sorriso enquanto pegava o copo.

— Pedi lá na cafeteria a coisa mais sem graça que eles tinham e, no fim das contas, era sua bebida de sempre — comentou Gwyn enquanto ele tomava um gole.

— Não tem nada de sem graça num café puro bem-feito — disse ele, acenando com a cabeça para o copo dela. — Imagino que o seu esteja cheio de purpurina e lágrimas de unicórnio.

— As lágrimas de unicórnio estavam em falta hoje. Tiveram que usar adoçante.

Aquele comentário o fez sorrir abertamente, e Gwyn se viu obrigada a admitir que ele tinha um belo sorriso. Provavelmente dava dor no rosto, já que todos aqueles músculos deviam estar bem mais acostumados a ficar de cara amarrada, mas mesmo assim.

— Então, por que você veio trazer um café sem graça e sem veneno para mim hoje? — perguntou Wells, e Gwyn respirou fundo.

— Oferta de paz — respondeu ela, e Wells arqueou as sobrancelhas.

— Hum.

Colocando o copo no balcão ao seu lado, Gwyn cruzou os braços e se sacudiu mentalmente.

Você é ninguém menos que Gwynnevere Jones, lembrou a si mesma. *É uma mulher adulta que não vai ficar constrangida por ter* beijado um cara, *faça-me o favor*.

— Olha só — disse ela para Wells. — O que aconteceu ontem à noite foi um lapso momentâneo de sanidade causado por um feitiço do amor ridículo que nem deveria estar nessa loja.

Wells franziu a testa por cima do copo, mas não a interrompeu, então Gwyn continuou.

— Mas a questão é que a gente não teria caído sob o efeito desse feitiço ridículo se não estivéssemos alimentando essa briga ridícula por causa das lojas. Por isso, proponho uma trégua.

Wells pôs o copo no balcão e a encarou, imitando a pose dela. E, se isso fazia com que o colete ridículo e nem um pouco sexy se esticasse sobre o peito surpreendentemente largo com o qual Gwyn agora estava, infelizmente, bem mais familiarizada, ela só desviou os olhos do rosto dele por um milésimo de segundo.

— Estou... receptivo à ideia — respondeu ele. — Quais são as condições?

— Número um. — Gwyn levantou um dedo. — Você nunca mais vai dizer "receptivo" outra vez, e talvez possa começar a praticar frases do século XXI, tipo "beleza!" ou coisas assim. Número

dois. — Mais um dedo erguido. — Você fica do seu lado da rua e eu fico do meu. Eu toco meu negócio, você toca o seu e...
— Cada macaco no seu galho, entendi.
— Você realmente não prestou atenção ao item número um, né?

Wells ignorou aquilo e arqueou a sobrancelha.

— Existe um item número três ou já exaurimos essa conversa exaustiva?

— É basicamente isso — disse Gwyn, estendendo a mão.

— Fechado?

Wells olhou para a mão dela e, de repente, Gwyn percebeu que apertar as mãos era um tipo de toque. Considerando todo o contato que ela e Wells tiveram na noite anterior, talvez até algo tão inofensivo quanto um aperto de mão não fosse a melhor ideia.

Talvez ele estivesse pensando em algo parecido, porque limpou a garganta de novo e, quando Gwyn o encarou, percebeu que ele estava... bem, não exatamente corado. Mas definitivamente havia um certo rubor subindo seu pescoço, e Gwyn teve uma lembrança muito visceral da noite anterior, de quando quisera pôr a boca bem ali, na curvinha entre as clavículas, e...

Wells tocou sua mão e os dedos de Gwyn automaticamente se fecharam. E então, graças à deusa, o momento passou e a mão dela estava a salvo.

— Então, somos amigos agora? — perguntou Wells, flexionando os dedos na lateral do corpo. — Colegas? Compatriotas?

— Nós somos... vizinhos — decidiu ela. — Proprietários de negócios que têm uma convivência amigável e compartilham um espaço.

Wells assentiu.

— Por mim, tudo bem.

— E — acrescentou Gwyn, apontando para ele —, como sua vizinha e colega empresária, preciso saber se você já se livrou daquela caixa de feitiços.

Por um segundo, Wells fez uma cara estranhíssima, levando Gwyn a franzir a testa.

— Você se livrou da caixa, né?

— É claro — respondeu ele, e então fez outra pausa, como se quisesse dizer mais alguma coisa. Fosse o que fosse, Wells claramente decidiu não falar, porque se limitou a balançar a cabeça e dizer: — Tudo resolvido, isso nunca mais vai ser um problema. Juramento de bruxo.

Aquele conceito não existia, mas Gwyn aceitou mesmo assim.

— Que bom. Então... a gente se vê por aí, Excelentíssimo.

Wells fez uma saudação engraçada em resposta, que a fez revirar os olhos, por mais que tenha dado uma risadinha, sentindo-se aliviada.

Assunto encerrado, então. Um estranho contratempo mágico, algo que Gwyn poderia deixar de lado e esquecer. Àquela altura, na semana seguinte, provavelmente nem se lembraria daquele beijo.

CAPÍTULO 15

Enquanto organizava uma série de novos amuletos no balcão da Penhallow's, Wells refletiu que as coisas estavam bem mais tranquilas, agora que não estava em pé de guerra com Gwyn Jones.

Já fazia uma semana desde o… incidente no porão e, depois de Gwyn ter lhe comprado um café e proposto uma trégua, quase não a vira mais. De vez em quando abriam ou fechavam as lojas no mesmo horário, e trocavam acenos cordiais quando isso acontecia. Sem brigas, sem tentativas de superar um ao outro. Simplesmente dois comerciantes locais com um Relacionamento Profissional apropriado, tudo muito civilizado.

Então, sim, as coisas estavam bem mais tranquilas.

E também, ele precisava admitir, bem mais tediosas.

Quando deu por si, Wells já estava espiando pela vitrine da frente de novo, algo que andava fazendo com cada vez mais frequência ultimamente. Sempre dizia a si mesmo que era para ficar de olho em possíveis clientes, mas a verdade era que esperava ver de relance certos cabelos vermelhos, e isso era tão patético que ele mal conseguia suportar. Obviamente, era isso que acontecia quando se levava uma vida basicamente celibatária por tempo demais. Um beijinho e já estava praticamente suspirando de saudades. O próximo passo seria rabiscar "Sr. Llewellyn Penhallow-Jones" num caderno.

E Gwyn tinha deixado bem claro que não estava fazendo o mesmo.

Você deveria ter contado a ela sobre o "feitiço", seu imbecil, lembrou uma vozinha na sua cabeça, e Wells suspirou, fechando a tampa de vidro do balcão.

— Com que propósito? — murmurou em voz alta, bem no momento em que o sino da entrada tocou.

Seu coração disparou outra vez, na esperança de que fosse ela — se bem que, se ela o ouvisse dizer "com que propósito?", Wells certamente viraria motivo de chacota e sabia disso —, mas, ao levantar a cabeça, viu logo que não era Gwyn, e sim outra mulher, um pouco mais baixa e toda vestida de preto. O cabelo também era preto, tão escuro que tinha um brilho quase azul perto da luz.

A pele era pálida, os lábios de um vermelho intenso, e a magia que irradiava dela era tão forte que Wells quase recuou um passo. Não sentia um poder como aquele desde... bem, nunca tinha sentido, na verdade. E olha que sua família era cheia de bruxos poderosos.

— Bom dia — disse Wells, dando a volta no balcão, e ela se virou para ele com um sorriso nos lábios vermelhos.

— Llewellyn — disse ela, e ele fez uma pausa, buscando algo familiar no rosto da mulher. Certamente se lembraria dela. Não só por ser bonita (embora com certeza fosse), mas por conta daquela sensação, como se ela emanasse eletricidade. Ele meio que esperava ver o próprio cabelo arrepiado.

— Desculpe, nós nos conhecemos? — perguntou Wells, e ela deu uma risada, agitando a elegante mão.

— Ah, não exatamente — respondeu ela, com um leve sotaque sulista marcando as vogais. — Estudamos na Penhaven na mesma época, mas acho que nunca chegamos a nos falar.

Ah. Isso explicava as coisas. Durante o breve período em que estivera na Penhaven, ele passara tanto tempo com o nariz enfiado nos livros que era um milagre ainda ter nariz.

— Meu nome é Morgan. Morgan Howell — disse ela, estendendo a mão para Wells apertar. Isso o fez lembrar daquela manhã, do breve toque de sua palma na de Gwyn, de como sentira intensamente o calor da pele dela e como um gesto tão simples o fizera abrir e fechar a mão várias vezes pelo resto do dia, como se ainda desse para sentir o toque dela ali.

Com Morgan, não havia esse tipo de química, o que era ao mesmo tempo um alívio — ele não tinha desenvolvido uma espécie de fetiche por apertos de mão — e uma irritação, já que era mais um argumento que indicava que Wells É Um Imbecil Com Uma Quedinha Absurdamente Inapropriada.

— Sua loja é uma graça — comentou Morgan, gesticulando à sua volta, e Wells pôs as mãos nos bolsos, balançando-se discretamente nos calcanhares. Esse orgulho pela própria loja era uma sensação nova na vida dele e, verdade seja dita, ele estava gostando.

— Obrigado. Abrimos faz poucas semanas, mas, até o momento, tem dado certo.

— Dá pra entender o motivo — comentou Morgan, observando as prateleiras arrumadinhas, o brilho discreto dos amuletos e o fogo crepitando na lareira.

Em seguida, ela voltou os olhos escuros para ele, e Wells teve a sensação de que ia ser analisado do mesmo jeito que a loja tinha sido.

— Mas nada aqui é... verdadeiro — acrescentou ela.

— Ah, é tudo bem *verdadeiro*, posso garantir — retrucou Wells, batendo na prateleira dos grimórios. — Só que nenhum desses itens é mágico.

Com um sorriso, Morgan estendeu a mão e deu um tapinha nele.

— Foi isso que eu quis dizer, obviamente — disse, e Wells notou como ela inclinou levemente a cabeça e sorriu para ele até aparecer uma covinha.

Ela estava *flertando* com ele.

E, se Wells tivesse um pingo de bom senso, retribuiria o flerte. Ali estava uma mulher bonita, que também era uma bruxa poderosa, claramente interessada não só nos produtos dele. Mulheres assim obviamente não davam em árvore.

Mas então, mais uma vez, seus olhos se voltaram para a vitrine da frente.

Morgan seguiu seu olhar.

— Gwyn Jones ainda é a dona do Templo das Tentações, né? — perguntou ela, e Wells voltou à realidade na mesma hora.

— Sim, ela é — respondeu. — É um lugar, como acho que diria, com "uma vibe diferente", mas a loja é uma graça, à sua maneira.

— A Gwyn sempre foi um furacão — disse Morgan num tom reflexivo, sem deixar de olhar pela vitrine, e Wells não pôde deixar de sorrir.

— Isso não mudou nem um pouco, eu garanto.

Ao ouvir aquilo, Morgan se virou para ele, avaliando-o com os olhos.

— Vocês dois estão... — perguntou ela, deixando a frase no ar de forma sugestiva, e Wells sentiu que estava prestes a começar todo um discurso pavorosamente recatado e sem jeito, cheio de palavras formais e gaguejadas, como se estivesse numa terrível comédia romântica.

Em vez disso, afastou-se da janela e soltou o que esperava ser uma risada despreocupada.

— Ah, não — disse, embora imagens de suas mãos no cabelo de Gwyn e dos lábios dela se abrindo em contato com os dele invadissem a sua mente. — Somos apenas colegas de comércio. E... parentes, eu diria. A prima dela é casada com meu irmão.

Morgan assentiu.

— Ouvi falar disso. E é a magia da família Jones que comanda a cidade atualmente, certo?

Wells fez que sim, à espera da irritação que normalmente sentia toda vez que alguém o lembrava disso. Só que, dessa vez, não sentiu irritação nenhuma. Talvez porque já estivesse em Graves Glen há tempo o suficiente para ver como as coisas pareciam estar funcionando bem. E ver como o irmão estava feliz. Talvez, por mais que ele nunca fosse dizer isso em voz alta, o pai de fato estivesse... errado.

Como não caiu nenhum raio do céu para queimá-lo por um pensamento tão desleal, Wells acrescentou:

— E estão fazendo um trabalho excelente, diga-se de passagem.

Morgan sorriu de novo, ajeitando uma mecha do cabelo escuro atrás da orelha.

— Na verdade, é por isso que estou aqui — disse ela. — Depois da Penhaven, voltei para Charleston e me juntei a um coven de lá. Tem sido maravilhoso, não me leve a mal, mas só Rhiannon sabe a quantidade de bruxas que tem em Charleston, o que significa que existem centenas de covens, e eu estava começando a me sentir meio deslocada. Imaginei que poderia ser legal me estabelecer num lugar menor, mais perto de uma fonte direta de poder. E, quando soube que esse poder agora estava sendo canalizado através da Gwyn e da família dela, concluí que era a hora certa de voltar.

Em seguida, tirou do bolso do casaco um envelope cor de creme que tinha o nome dele escrito em letra elegante na parte da frente e um selo de cera roxa atrás.

— Eu estou me mudando para uma casa nos arredores da cidade, pertinho da faculdade, e vou dar uma festinha de casa nova na sexta à noite. Só para bruxos locais — disse com mais um daqueles sorrisos astutos. — Espero que dê para você ir.

O convite, impresso num papel grosso e caro, pesava na mão dele, e Wells teve que admitir que estava meio impressionado, por mais que algo na história de Morgan... bem, não que nada daquilo o *incomodasse*, mas algo ali não batia. Era verdade que Wells não tivera tantos clientes assim no Corvo e

Coroa, mas, depois de anos à frente de um bar, era impossível não aprender a ler as pessoas.

E, naquele momento, Morgan estava se esforçando um pouco demais.

Ele se lembrou do que Bowen tinha dito: mudanças de poder mágico podiam atrair todo tipo de gente ruim.

Será que era por isso que Morgan estava ali?

Esse, Wells lembrou a si mesmo, era o motivo de ele ter se mudado. Ser útil à cidade fundada por seu antepassado e mantê-la em segurança.

Então, ele retribuiu o sorriso de Morgan e deu tapinhas no convite na palma da mão.

— Não perderia por nada.

— Já falei o quanto vou sentir saudades suas?

Gwyn estava sentada de pernas cruzadas na cama de Vivi e Rhys, de olho na prima fazendo as malas de última hora. Ou, pelo menos, a versão de Vivi de fazer as malas de última hora. Até onde Gwyn sabia, as malas dela já estavam prontas havia semanas, mas ela sempre acabava tirando e colocando tudo de volta para conferir minuciosamente se tinha esquecido alguma coisa.

Enquanto Vivi dobrava uma saia e a colocava na mala aberta ao lado de Gwyn, ela balançou a cabeça de leve e os cabelos loiros caíram por cima dos ombros.

— A gente volta em um piscar de olhos. As semanas antes do Samhain são sempre uma loucura, de qualquer forma, então você vai estar ocupada demais para sentir saudades de mim.

Gwyn soltou um suspiro dramático e se jogou de costas na cama.

— Você tem razão, sei que tem. — Em seguida, apoiou-se no cotovelo e semicerrou os olhos para Vivi. — Aah, e como você *e* a minha mãe vão estar fora, isso significa que vou ser a chefe da família.

Vivi riu da observação e, encorajada, Gwyn se sentou.

— A matriarca — prosseguiu. — Bruxa Chefe no Comando. *Rainha* das Bruxas. O poder já vai ter subido à minha cabeça até você voltar. Totalmente Galadriel, linda e terrível.

Vivi deu um leve golpe em Gwyn com um dos suéteres que estava prestes a dobrar e sorriu.

— Tá, agora eu acho que você está tentando me convencer a ficar em casa.

— Ah, nem pensar — anunciou Rhys, entrando no quarto. Estava com uma cerveja na mão, o cabelo escuro desgrenhado, e Gwyn podia jurar que Vivi chegou a *suspirar* por ele. Quem suspirava pelo próprio marido?

Então, Gwyn avistou Wells atrás de Rhys. Tinha ouvido Rhys abrir a porta para ele mais cedo e presumira que ele também tinha passado ali para se despedir, já que Rhys e Vivi iriam embora num horário verdadeiramente ilegal na manhã seguinte.

Wells também segurava uma cerveja e, por mais que o cabelo estivesse um pouquinho mais arrumado que o de Rhys, ele definitivamente parecia mais casual que de costume, com uma calça jeans e um suéter com decote em V.

Seja lá o que fosse aquele friozinho na barriga, não tinha *nada* a ver com um suspiro romântico, com toda certeza.

Gwyn se sentou, pôs uma perna debaixo da outra e deu uma ajeitada no cabelo.

— Só estava lembrando a sua esposa que, na ausência dela, eu vou ser a bruxa mais importante da cidade e, por isso, já estava planejando meu reinado tirânico e com sede de poder.

— E a cidade estremece — respondeu Rhys, aproximando-se de Vivi e a abraçando pela cintura. Vivi, por sua vez, aproximou o rosto do dele e, quando Rhys a beijou, Gwyn viu Wells fazer uma leve careta.

— Eles fazem isso o tempo todo — comentou ela. — É terrível.

— É mesmo — murmurou Wells, com a garrafa de cerveja nos lábios. Enquanto tomava um gole, ele olhou para Gwyn e, quando os olhares se encontraram, ela podia jurar ter visto um brilho conspiratório ali.

— *Vocês dois* que são terríveis, e eu não vou ser constrangido por beijar minha linda esposa na minha própria casa — rebateu Rhys, apontando para Wells e depois para Gwyn, que levantou as mãos num gesto de rendição.

— Tudo bem, eu admito, o apartamento de vocês é o lugar correto para esse tipo de coisa.

— Ah, fala sério — retrucou Rhys. — Qualquer lugar é o lugar "correto" para dar uns beijinhos apaixonados. Apartamentos. Carros. Bibliotecas. — Então, ele esboçou um sorrisinho maroto. — Porões...

Vivi lhe deu uma cotovelada de lado e Rhys se encolheu exageradamente, enquanto Wells olhava feio para ele. Gwyn, por sua vez, fez de tudo para não corar. Todos ali eram adultos, cacete. Ela conseguia lidar com uma piadinha de nada sobre uma droga de um beijo.

— Sabe, Rhys — disse Gwyn —, quando eu for a Rainha das Bruxas, posso mandar te executar por esse tipo de coisa.

— E, por mais que eu vá liderar ativamente uma resistência contra a sombria soberania de Gwyn, a Rainha das Bruxas, vou apoiá-la nessa decisão específica — comentou Wells, apontando a garrafa de cerveja na direção de Rhys.

Rhys franziu a testa, olhando de um para o outro.

— Espera. Espera, não, odiei isso. Voltem a ser cruéis um com o outro, por favor.

Vivi riu.

— Bem-feito pra você — disse, e Gwyn olhou nos olhos de Wells outra vez. Estava sorrindo de leve, mais relaxado e descontraído que de costume, e ela teve que admitir que aquilo até que era... legal. Ter alguém para compartilhar esse tipo de olhar quando Rhys e Vivi estavam no auge das "Rhys e Vivizices". Talvez não fosse tão ruim assim ter Wells por perto, no fim das contas, ainda mais se ele pudesse ser *esse* Wells.

Só que esse Wells também fazia seus dedos pinicarem de vontade de tocar no suéter dele e ver se era tão macio quanto parecia. De deslizar as mãos por baixo da roupa e sentir a pele dele, quente e firme sob suas palmas. De...

Gwyn desviou o olhar tão depressa que teve quase certeza de que seus olhos fizeram um som de estalo ao se virarem.

— Ainda não estou gostando nada disso — prosseguiu Rhys. — Eu terminando de fazer minhas malas antes de você, Gwyn e Wells de conluio, Wells marcando um encontro... o mundo está de cabeça para baixo.

Gwyn olhou de novo para Wells, surpresa.

Ele tinha todo o direito de ter encontros, claro. Ele *deveria* ter encontros. Wells ter encontros seria algo muito positivo por várias razões que ela certamente conseguiria listar em breve, mas, mesmo assim, Gwyn se viu invadida por uma pontinha de alívio quando Wells revirou os olhos e disse:

— Pela última vez, cacete, não é um encontro.

— Tem certeza? — perguntou Gwyn. — Sei bem que, seja lá quem for essa mulher, ela provavelmente não pediu permissão ao seu pai para cortejar você, mas, para as outras pessoas que não são viajantes do tempo vindos de 1823, talvez seja um encontro, sim.

Wells olhou feio para ela enquanto Rhys caía na gargalhada.

— Não é um encontro, eu garanto — repetiu ele, mas, como não deu mais detalhes, Gwyn ficou pensativa.

Não que fosse da conta dela.

Então, levantando-se da cama, ela indicou a mala de Vivi com um gesto de cabeça.

— Eu acho que você alcançou a Utopia da Arrumação de Malas, Viv. Só mais uma coisinha.

Gwyn pegou sua bolsa, jogada ao lado da cama desde que tinha chegado ali, e tirou de dentro uma ametista, balançando-a entre o polegar e o indicador.

— Nunca saia de casa sem isso!

Inclinando-se, ela pôs o cristal entre as coisas de Vivi e pousou a mão sobre a pedra fria. Era um feitiço que já tinha feito milhares de vezes, uma proteção muito simples para garantir que a bagagem de Vivi não fosse extraviada.

Como os talentos mágicos de Rhys lidavam com a sorte, ainda mais quando se tratava de viagens, não havia muita possibilidade de isso acontecer, de qualquer maneira, só que, mesmo assim, Gwyn queria enviar um pedacinho de casa com Vivi.

Um pedacinho dela.

Ela pensou nas palavras do feitiço e esperou aquela sensação de calor subir a partir dos dedos dos pés, percorrer o braço e chegar à mão que tocava a ametista.

Nada aconteceu.

Ela arregalou os olhos e franziu a testa enquanto olhava para a própria mão.

— Gwyn? — chamou Vivi, e Gwyn olhou para a prima com um sorriso, embora os sinais de alerta começassem a tocar na sua cabeça.

— Não foi nada — disse. — Só não me concentrei direito.

Dessa vez, ela não se limitou a sussurrar as palavras mentalmente. Gritou cada uma delas com toda a força, os olhos bem fechados, gotículas de suor brotando na testa.

No mesmo instante, sentiu a magia percorrer seu corpo e o cristal ficar quente, então começou a rir, meio sem fôlego.

— Pronto — disse Gwyn, endireitando-se e, em seguida, abrindo e fechando a mão algumas vezes antes de balançá-la como se tentasse acordá-la. — Que estranho.

Mas Vivi não estava sorrindo, e até mesmo Rhys estava sério. Wells estava atrás de Gwyn, então não dava para ver o rosto dele, mas ela sentia que ele a encarava.

— Que foi? — disse ela, olhando ao redor. — Está tudo bem! Eu só fui preguiçosa, aí a magia teve uma reação do tipo "Não, vibe errada, garota", então me esforcei mais um pouquinho e *voilà*!

Gwyn sabia que aquilo podia acontecer. Afinal, a magia era uma coisa imprevisível. Às vezes, podia simplesmente não colaborar.

Só que nunca tinha acontecido com ela antes.

Ela agitou os dedos de novo, lançando faíscas douradas no ar. Então, só para garantir, conjurou um breve feitiço de luz, e uma esfera brilhante pairou sobre o ombro.

Tentando não deixar transparecer o alívio que sentia, Gwyn deu de ombros.

— Tudo nos conformes.

— Futuro como Rainha das Bruxas garantido, então — disse Rhys, e Vivi relaxou os ombros.

— Desculpa — disse ela, meio sem graça. — Acho que, depois de tudo o que aconteceu no ano passado com a maldição e a magia do Rhys, fiquei meio paranoica.

— É compreensível — reconheceu Gwyn —, mas não tem com o que se preocupar. Vão lá curtir a lua de mel de vocês e não pensem neste lugar por um segundo sequer. Eu vou manter tudo sob controle.

— E você vai ter o Wells — disse Rhys, apontando para o irmão com um leve brilho perverso no olhar. — Vocês dois vão segurar as pontas brilhantemente. Como uma equipe.

Gwyn espiou por cima do ombro e viu que Wells parecia tão aterrorizado com essa ideia quanto ela.

Mesmo assim, ela forçou um sorriso.

— Claro. Uma equipe.

CAPÍTULO 16

— **Acho que pode ser** que eu tenha feito besteira.

Essas são palavras que nunca se quer ouvir de nenhum bruxo, e Gwyn franziu a testa ao levantar a cabeça por trás do balcão do Templo das Tentações.

Era uma tarde cinza e chuvosa, o tipo de clima que geralmente mantinha as pessoas em casa e longe das lojas. Por isso, Gwyn tinha permitido que Sam, Cait e Parker treinassem seus feitiços na sala dos fundos.

Claramente não foi uma grande ideia, a julgar pela cara de Parker ao espiar por trás da cortina.

Gwyn suspirou e deu a volta no balcão.

— A Vivi viajou hoje de manhã — disse ela — e, se vocês já tiverem criado algum tipo de desastre mágico em menos de doze horas, eu vou ficar muito decepcionada com vocês.

— Elu só está fazendo drama! — exclamou Cait da sala dos fundos. Quando Gwyn abriu a cortina, viu as outras duas bruxas sentadas no chão, rodeadas por pedaços de pergaminho, uns sacos de ervas e uma pilha de pedaços de cera. No centro, havia um pequeno caldeirão pendurado sobre uma chama rosada, com um conteúdo leitoso borbulhante.

— Tá, quando deixei vocês praticarem aqui, não sabia que iam fazer velas — disse Gwyn, cruzando os braços, enquanto Sam e Cait trocavam olhares levemente culpados.

— Bem — respondeu Sam —, nós achamos que, se contássemos, você diria não. E esse é o *melhor* lugar para mexer com coisas de bruxa!

Gwyn não podia discordar. Sempre tinha adorado a sala dos fundos do Templo das Tentações. Podiam até chamar de "depósito", mas, na verdade, era um cantinho mágico, aconchegante e charmoso, com cortinas de veludo e arandelas tremeluzentes nas paredes, além de tapetes grossos no chão. Um feitiço leve impedia os clientes de entrarem na sala, e Vivi, Gwyn e Elaine se revezavam para decorar o espaço com magia, de acordo com o gosto de cada uma. No momento, ainda estava no modo Vivi, mas Gwyn tinha acrescentado alguns detalhes próprios: uma planta pendurada em um canto, uma janela à esquerda onde parecia estar sempre chovendo.

Por isso, ela não culpava os Bruxinhos por quererem ficar ali. *E*, como alguém que tinha passado boa parte da vida pedindo desculpas em vez de permissão, Gwyn imaginava que aquilo fosse puro carma.

— O que exatamente deu errado? — perguntou ela, sentando-se no círculo.

Parker lhe entregou uma vela com a cera ainda disforme e meio quente.

— Não parece certo — disse elu, afastando o cabelo escuro dos olhos. — Eu estava tentando lançar um feitiço calmante nela, sabe? Para que, quando alguém acendesse, sentisse um clima zen. Mas não estou sentindo o efeito.

Gwyn também não estava, então fechou os olhos para tentar entender o que estava acontecendo com a vela.

Na noite anterior, ao voltar da casa de Vivi, tinha se esforçado quase à exaustão para testar sua magia. Usara-a para preparar chá, estalara os dedos e acendera todas as luzes do chalé, depois as desligara outra vez. Tinha até dado garras roxas ao Seu Miaurício, além de um belo laço listrado entre as orelhas. (Ele ainda estava usando o laço. Quando Gwyn tentara removê-lo com magia, ele gritara "Bonito! Boniiiiitooo!", até o acessório ser colocado de volta no lugar.)

O que quer que tivesse acontecido com o cristal, claramente tinha sido só uma casualidade, um momento esquisito. Ainda assim, ela sentiu uma pontinha de preocupação lá no fundo da mente enquanto invocava sua magia.

Mas agora estava funcionando. Aquela sensação de calor familiar se espalhou pelo corpo e, depois de um segundo, ela sorriu.

Gwyn abriu os olhos e devolveu a vela para Parker.

— Não tem nada de errado com o feitiço. Está aí.

Parker suspirou de alívio, mas depois franziu a testa ao olhar para a vela na mão.

— Então por que...

— Só é feia — disse Gwyn. — É isso que você está sentindo. Sua capacidade de lançar feitiços está normal, mas sua habilidade de fazer velas artesanais é uma porcaria.

Cait caiu na gargalhada.

— Fala mesmo, Glinda!

Parker fechou a cara e deu o dedo do meio para Cait.

— Tá bom, desculpa por não ter arrasado nas aulas de artesanato do acampamento de férias ou sei lá o quê, mas você ouviu a Gwyn. O *feitiço* foi bom, e é isso que importa.

— Não exatamente — disse Gwyn, levantando-se. — É o conjunto de tudo que faz um feitiço funcionar. Sim, a parte da magia foi bem feita, só que, se ninguém quiser comprar a vela, ou se acharem que ela *meio* que parece um pênis derretido, então o feitiço não vai ter a chance de cumprir sua função.

Parker ainda parecia triste, mas, depois de um segundo, assentiu.

— Tá. Faz sentido.

— Você tinha muito que dar aula lá na faculdade, Gwyn — disse Sam, com os olhos praticamente brilhando por trás dos óculos. — Você é muito melhor nisso do que a nossa *verdadeira* professora de Confecção de Velas para Rituais.

— Ainda é a professora McNeil? — perguntou Gwyn. Ainda se lembrava da matéria e da mulher verdadeiramente assustadora que a ministrava. Tinha sido aprovada, é claro, mas raspando.

Os três bruxos assentiram, com a mesma expressão de desânimo, e Gwyn riu, dando um tapinha no ombro de Sam.

— Vocês vão sobreviver, prometo. E a Penhaven já tem uma bruxa Jones. Não pode ter outra.

— Mesmo assim — disse Cait, pegando mais um punhado de cera e jogando-o no caldeirão —, obrigada, Glinda.

Gwyn sorriu de volta para ela, e talvez tenha sentido um quentinho lá no fundo com a ideia de dar aulas para aqueles jovens. Não significava que queria trabalhar na faculdade, mas precisava admitir que era legal compartilhar seu conhecimento e ver a admiração no rosto deles.

Ela deveria recebê-los mais vezes para que praticassem seus feitiços.

A cera agitou-se no caldeirão e uma bolha grande estourou na superfície, salpicando o tapete com um leve chiado que fez Cait soltar um gritinho enquanto Parker se afastava e Sam se inclinava, derrubando uma tigela de ervas.

Então tá, talvez eles precisassem de um novo lugar para treinar magia.

Lá da entrada, Gwyn ouviu o corvo sobre a porta crocitar e se virou para os bruxos com o dedo em riste.

— Se vocês botarem fogo na minha loja enquanto eu estiver lá fora, vou transformar todos em salamandras.

— Isso nem existe — comentou Parker, e Gwyn semicerrou os olhos.

— Querem testar a teoria?

— Não queremos, não — os três responderam em uníssono, e Gwyn assentiu com firmeza.

— Que bom.

Ser a matriarca não era nada fácil.

Gwyn afastou a cortina e voltou para a loja.

— Gwyn!

Já fazia dez anos que Gwyn não via Morgan Howell, mas a reconheceu na mesma hora. Seu cabelo estava menor, com um corte curto e elegante, e ela vestia uma roupa que *parecia* simples, mas provavelmente custava mais do que a hipoteca do chalé.

Também estava usando o que talvez fosse o melhor batom vermelho que Gwyn já tinha visto, o que automaticamente a fez subir ainda mais no seu conceito.

— Morgan! — disse, avançando para abraçá-la. — O que te traz de volta a Graves Glen?

Não era raro ver bruxos que tinham frequentado a faculdade. Muitos não permaneciam em Graves Glen, mas normalmente voltavam em algum momento, nem que fosse só para visitar.

Gwyn presumiu que fosse esse o caso de Morgan, então ficou surpresa quando ela respondeu:

— Estava na hora de uma mudança de ares.

Em seguida, afastou-se, sem soltar os ombros de Gwyn.

— Ouvi dizer que você ainda estava à frente da loja e tive que vir comprar alguma coisa para mim.

Gwyn riu, indicando a prateleira ao lado de Morgan com um gesto de cabeça.

— Eu não diria que você era do tipo que curte adesivo de teto que brilha no escuro, mas *amo* ser surpreendida.

Morgan olhou para o lado e pegou uma das embalagens. As unhas tinham o mesmo tom vermelho intenso dos lábios, e num dos dedos brilhava um anel de ouro antigo com uma esmeralda polida e arredondada.

— Isso vende bem? — perguntou ela, e Gwyn fez que sim.

— Pode acreditar, essas coisas baratas de plástico são as que pagam as contas todo ano. Estrelas, abóboras, mini caldeirões...

Morgan a observou por um momento, com olhos escuros pensativos.

— E só tem isso na loja? Esse tipo de... bugiganga?

Gwyn não morreu de amores pela palavra nem pelo tom de Morgan, mas defender uma abóbora que piscava com os dizeres "boo!" não era exatamente a melhor briga a se comprar.

— Aham — respondeu, mantendo o tom alegre. — É perigoso demais vender coisas reais. A cidade vive cheia de turistas e já tem magia forte o suficiente por aqui. Não vale o risco.

Morgan arqueou as sobrancelhas e esboçou um sorriso.

— Não sei. As melhores magias sempre têm um pouco de risco, né?

Agora foi a vez de Gwyn arquear as sobrancelhas. Será que Morgan estava flertando com ela? Porque aquele era o tipo de frase sexy-mas-perigosa que normalmente se dizia antes chegar mais perto, olhar nos lábios e tudo mais.

Mas Morgan mantinha o olhar fixo nos olhos dela, e Gwyn deu uma risada forçada antes de dizer:

— Por que será que isso está parecendo o discurso de abertura para algum esquema de pirâmide baseado em magia?

Morgan sorriu, mas não tirou os olhos de Gwyn.

— Estou falando sério! — disse. — Você nunca faz nada um pouco mais pesado do que isso? Eu lembro que você era extremamente talentosa. Aquela folha na aula da dra. Arbuthnot! Levei dez anos para conseguir fazer um feitiço de transformação daquele tipo e, mesmo assim, o meu não chegou nem perto de ser tão impressionante quanto o seu.

Gwyn gostava de elogios tanto quanto qualquer pessoa, mas havia um quê de avidez no olhar de Morgan que a desagradava, algo que a deixava desconfortável.

— Atingi meu auge cedo, fazer o quê — disse ela, gesticulando para a rua. — Agora uso meus talentos para coisas como comitês de planejamento da cidade.

Morgan observou o cartaz tremulante anunciando o Encontro de Graves Glen, que aconteceria em breve, e tamborilou as unhas na prateleira à sua frente.

— Tinha me esquecido de todas as festas e festivais que a cidade organiza. — Então, virou-se para Gwyn com um sorriso radiante. — Talvez eu possa ajudar.

— Claro — respondeu Gwyn, perguntando-se mais uma vez por que não parava de ouvir sinais de alerta na própria mente.

— Sei que a Jane, nossa prefeita, sempre aceita de bom grado qualquer ajuda extra.

Morgan assentiu e, em seguida, pegou várias embalagens de estrelas.

— E sabe de uma coisa? Talvez eu seja *mesmo* do tipo que curte adesivo de teto que brilha no escuro — comentou. — Só tem um jeito de descobrir.

— Boa escolha. Eu sugeriria ver se você também é do tipo que gosta de chapéu de bruxa de papel machê, mas vamos com calma.

Elas foram até o caixa e, enquanto Gwyn registrava as compras, Morgan se inclinou no balcão e seu perfume de sândalo se espalhou pelo ambiente.

— Na verdade, eu tinha mais um motivo para vir aqui hoje — disse ela, tirando um envelope da bolsa.

O nome de Gwyn estava escrito com letras rebuscadas na parte da frente e, ao pegar o envelope, os dedos de Morgan tocaram brevemente nos dela.

— Vou dar uma festinha na minha casa sexta-feira. Tipo uma festa de casa nova. Adoraria que você fosse.

Gwyn analisou o envelope e arqueou as sobrancelhas ao ver o lacre de cera maciço na parte de trás.

— Pelo visto, está mais para festa com vinho e vestido chique do que para um churrasco no quintal — disse ela, e Morgan riu.

— Está um exagero, eu sei, mas *c'est moi*.

— Não, está ótimo — disse Gwyn. — Adoraria ir.

— Excelente! — respondeu Morgan, pegando sua sacola de adesivos. — Então, até sexta.

Em seguida, ela parou por um momento e franziu a testa enquanto sentia um cheiro no ar.

— Será que... o cabelo de alguém está pegando fogo?

— Obrigadapeloconviteaproveiteseusadesivosenosvemosnasexta!
— Gwyn praticamente gritou enquanto saía às pressas de trás do balcão e abria a cortina.

Sam, Cait e Parker estavam parados ali, envergonhados perto da porta, e Cait segurava a ponta da trança. Ainda saía fumaça da vela que Parker tinha em mãos, e Sam sussurrou:

— Nem sei o que é uma salamandra. É um lagarto, né? Eu realmente não quero ser um lagarto.

Gwyn olhou feio para os três e sibilou:

— O que foi que eu falei sobre não botar fogo nas coisas?

— Desculpa! — respondeu Cait. — Mas... meudeusdocéu, por acaso *Morgan Howell* acabou de te convidar para a *casa dela*?

Enquanto os três a encaravam com expectativa, Gwyn franziu o nariz.

— Por que vocês disseram o nome dela desse jeito? Como se ela fosse uma estrela de cinema ou uma daquelas pessoas que fazem os videozinhos que vocês vivem me mandando?

— Morgan Howell é melhor que qualquer estrela de cinema *ou* influencer — disse Parker. — Ela é, tipo... a bruxa mais maneira que existe.

— Outro dia — interrompeu Sam — ela foi lá no Café Caldeirão e eu perguntei que batom ela usa, e não é nem de uma marca que dê pra comprar. Alguém faz *exclusivamente para ela*.

— Um amigo meu ouviu falar que, quando ela morava em Londres, o coven dela foi expulso do país porque faziam magia hardcore demais — comentou Cait, com brilho nos olhos. — Estamos falando de necromancia, maldições, feitiços do amor...

— Eu sabia que existia — murmurou Gwyn, e quando Cait a olhou com o semblante confuso, ela balançou a cabeça. — Eu conheci a Morgan na faculdade, e ela era uma boa bruxa, mas não *tão* boa assim. E, sinceramente, nada disso é digno de admiração. É perigoso.

Sam, Cait e Parker tentaram fazer cara de repreendidos, mas Gwyn não caiu nessa.

— Estou falando sério — acrescentou ela. — Vocês três estavam aqui ano passado, quando aquela maldição que eu e a Vivi lançamos saiu completamente de controle. A gente teve sorte de conseguir consertar o problema, e foi preciso usar toda a nossa magia. Vocês só estão deslumbrados por causa de uma maquiagem *excelente*, tenho que admitir, e um guarda-roupa maneiríssimo.

Gwyn não chegou a acrescentar que talvez estivesse só com uma *pontinha* de ciúme de como os seus Bruxinhos pareciam estar fascinados por Morgan. Poucos minutos antes, os três não estavam babando por Gwyn como se fosse uma heroína?

— Você vai à festa dela? — perguntou Sam, e Gwyn olhou por cima do ombro para a loja, pensando naquele pesado convite lá no balcão. Sempre tinha gostado de Morgan, mas precisava admitir que algo naquele aparecimento repentino não batia. Por que voltar para Graves Glen naquele momento?

E, com Vivi e Elaine fora da cidade, se houvesse algum tipo de confusão mágica no ar, cabia a ela investigar.

— Ah, sim — respondeu aos bruxos. — Eu vou.

CAPÍTULO 17

A noite de sexta chegou mais rápido do que Gwyn imaginava. A loja andava agitada. Além disso, Sam, Cait e Parker tiveram uma prova sobre as fases da Lua na aula de Magia Natural, e Gwyn tinha topado ajudá-los a estudar. Depois, Seu Miaurício tivera consulta veterinária para o check-up anual, Elaine quisera bater papo pelo Skype, Vivi ligara para saber como andavam as coisas…

Sinceramente, era até um milagre ela ter se lembrado da festa, mas agora ali estava, sexta-feira à noite, dirigindo sua caminhonete e seguindo as coordenadas do convite chique de Morgan.

As montanhas e as colinas eram de um azul nebuloso em contraste com os últimos resquícios de pôr do sol, e as casas — e qualquer tipo de construção, na verdade — iam ficando cada vez mais escassas, até Gwyn descer um vale que tinha uma vaga lembrança de já ter atravessado.

Mas não havia nenhuma casa por ali, então Gwyn pegou o convite de novo para ver se as coordenadas estavam certas. Não havia nenhum endereço listado, apenas uma vaga observação no final da folha, dizendo: "Você verá a casa". Gwyn espiava pelo para-brisa à medida que a estrada se estreitava e as colinas rochosas de ambos os lados bloqueavam a visão de qualquer outra coisa.

Então, a estrada fez uma curva e se alargou, e Gwyn ficou boquiaberta.

Ela viu a casa, e como viu.

Aparentemente, o que quer que Morgan tivesse feito ao longo da última década tinha dado certo, pois aquilo não era uma simples *casa*. Era coisa de cinema, uma versão mais elegante e menos assustadora da casa dos Penhallow.

Torres perfuravam o céu violeta, janelas estreitas derramavam retângulos dourados de luz no gramado. Gwyn avistou uma varanda sobre um recesso que levava a uma porta frontal enorme, e logo atrás da construção dava para ver uma estufa, embaçada pela condensação.

Havia carros estacionados em fileiras organizadas no campo atrás da casa, e Gwyn parou sua caminhonete vermelha ao lado de um Mercedes. Ela reparou que havia muitos Mercedes, bem como alguns Audis e até um Rolls-Royce.

Pelas tetas de Rhiannon, quem mais Morgan tinha convidado para aquela festa?

Gwyn saiu da caminhonete e perfurou a grama com o salto das botas à medida que seguia em direção à casa. Ao se aproximar dos degraus da entrada, ouviu a porta de um carro se fechar atrás de si e se virou.

A noite já havia caído, a luz era de um roxo suave, mas Gwyn reconheceria aquela postura rígida em qualquer lugar. E, quando Wells surgiu na luz que saía das janelas, ela odiou o salto a mais que seu coração deu no peito.

Ele estava usando uma camisa branca de botão e calça escura, sem colete dessa vez, mas com aquele casaco maravilhoso que tinha usado na noite em que chegara à cidade. Gwyn se perguntou se por acaso tinha algum fetiche até então desconhecido por agasalhos, porque, sinceramente, isso estava começando a ficar ridículo.

— Gwyn — disse Wells, parando de andar, e ela notou o jeito como o olhar dele deslizou sobre ela. Foi sutil e, como se tratava do Excelentíssimo, muito respeitoso.

E, de repente, Gwyn ficou contente por ter decidido usar o vestido que Vivi sempre chamava de "o da feiticeira sexy". Era de um azul tão escuro que quase parecia preto, e por mais que tivesse mangas compridas e uma saia que arrastaria no chão se não fossem os saltinhos das botas, a parte da frente tinha um decote profundo o suficiente para exibir um pingente de prata e safira particularmente bonito que ela havia comprado num festival de Beltane alguns anos antes.

Ela resistiu ao impulso de mexer no colar naquele instante. Afinal, Gwyn Jones *não* era do tipo que ficava inquieta. Era ela quem deixava *os outros* inquietos. Então, em vez disso, endireitou os ombros e abriu seu melhor sorriso.

— Excelentíssimo — respondeu, e ele contraiu a mandíbula.

— Pelo visto, nossa trégua não se estende ao apelido.

— Não era uma das condições.

Ele suspirou, enfiou as mãos nos bolsos daquele maldito casaco e caminhou até ela, esmagando o cascalho debaixo dos sapatos.

— Acho que eu não deveria me surpreender de ver você aqui — comentou. — Está bem claro que é uma festa exclusiva para bruxos.

Gwyn não precisou nem perguntar o que ele quis dizer com aquilo. Ela mesma sentia aquela magia tão pesada que quase dava para tocar. Todo mundo naquela casa tinha poder e, pelo que podia perceber, *muito* poder.

De repente, um pensamento lhe ocorreu e ela arregalou os olhos.

— Ahhhh... esse era o seu Encontro Que Não É um Encontro — disse, e ali estava o tique no músculo outra vez.

— Agora comprovadamente um Não Encontro — respondeu Wells, apontando para a casa, e Gwyn deu de ombros, ajustando a corrente de sua bolsa no ombro.

— Até onde sabemos, eles podem estar fazendo um *speed dating* de bruxos lá dentro.

Wells estremeceu visivelmente.

— Nossa, que conceito pavoroso.

Gwyn estava inclinada a concordar, mas não ia revelar isso a ele.

— Só tem um jeito de descobrir!

Ele a seguiu pelos degraus com passos pesados.

— Você conhecia a Morgan? — perguntou Wells. — Na época da Penhaven?

Surpresa, Gwyn olhou de relance para ele.

— Como assim, você não conhecia?

Wells fez que não com a cabeça.

— Imagino que eu tenha sido convidado por causa do meu sobrenome.

— Bom, isso e o fato de ela ter tido uma baita queda por você — respondeu Gwyn, e ficou satisfeita ao ver Wells levemente surpreso.

— O quê?

— Pois é, também achei bem difícil acreditar, mas gosto realmente não se discute!

Ela esperava um daqueles famosos olhares de reprovação de Wells Penhallow, mas, em vez disso, ele simplesmente deu de ombros.

— Pensando bem, ela meio que flertou comigo quando foi à loja mesmo.

Aquela informação não deveria ter incomodado Gwyn nem um pouco, por isso foi bem irritante sentir um leve embrulho no estômago ao imaginar Morgan — a linda e misteriosa Morgan — e Wells *flertando*. Será que Wells sequer sabia flertar?

Beijar ele sabia, sem sombra de dúvida.

Não era um pensamento muito útil naquele momento.

De dentro da casa, Gwyn ouvia o som abafado de conversas e uma música ao longe. Ao seu lado, sentiu Wells se preparando para entrar.

O Excelentíssimo claramente não era do tipo que curtia festas, então por que tinha aceitado o convite?

Gwyn estava prestes a lhe perguntar quando ele se virou para ela, oferecendo-lhe o braço.

— Bem — disse Wells com um suspiro. — Vamos?

Gwyn ficou encarando o cotovelo dele como se nunca tivesse visto aquela parte do corpo antes, e Wells se perguntou se deveria simplesmente desistir e bater na porta.

Mas, depois de um segundo, ela pousou a mão, quase cautelosamente, no braço dele e fechou os dedos sobre a manga da camisa.

Wells podia até dizer para si mesmo que estava oferecendo o braço só por cavalheirismo, mas não era tão iludido assim. Desde o segundo em que a viu com aquele vestido, o desejo de tocá-la estava quase irresistível. Ela parecia saída de uma história, uma sereia, uma feiticeira, o tipo de mulher pela qual os homens perdiam tudo com alegria.

Era uma distração e tanto, se levasse em conta que seu objetivo ali era tentar entender melhor o que Morgan poderia querer em Graves Glen. Só que, pensando bem, Gwyn Jones vinha sendo uma distração e uma perturbação desde o momento em que ele pisara naquela cidade.

Wells chegou a se perguntar se deveria compartilhar com Gwyn suas suspeitas sobre Morgan, mas ela e Morgan claramente eram velhas amigas. Provavelmente ela só reviraria os olhos para ele de novo e lhe diria que ele estava sendo ridículo. E era muito possível que fosse o caso mesmo, mas era melhor prevenir que remediar.

Wells franziu a testa e botou na cabeça que jamais deveria dizer aquilo em voz alta na frente dela.

Por fim, levantou a mão e já ia bater na porta, mas, antes que a alcançasse, a porta se abriu sozinha, revelando um hall de entrada iluminado por um lustre reluzente.

A música e as conversas ficaram mais altas, e Wells entrou com cautela, com a mão de Gwyn ainda na curva do braço.

Aquela sensação que tinha tido lá fora, de uma quantidade de magia quase esmagadora, era ainda mais forte ali dentro. Ao seu lado, Gwyn respirou fundo, girando a cabeça de um lado para o outro enquanto observava o ambiente ao redor.

O hall de entrada era imenso, com pé-direito de pelo menos dois andares de altura. Havia uma escadaria logo à frente, coberta por um carpete de um vermelho profundo, quase do mesmo tom do batom que Morgan usara naquele dia, e o chão de madeira escura era tão brilhante que Wells praticamente conseguia ver seu próprio reflexo ali.

Havia portas que davam para outros cômodos, e Wells escolheu a da direita, de uma sala de estar com móveis dourados e papel de parede de seda dourada.

Já fazia um tempo que Wells não ia a uma festa e, ao entrar na sala, ele se lembrou direitinho do motivo.

Havia... muita, muita gente.

Grupos de pessoas, em pé com taças de champanhe ou copos de drinques, batendo papo, ocupando os móveis, rindo. Havia mais de uma dúzia naquela sala, no mínimo, e Wells tinha visto de relance outra sala igualmente lotada.

Ele tinha se preocupado com a possibilidade de estar arrumado demais para a ocasião, mas, ao olhar ao redor, percebeu que, talvez pela primeira vez na vida, ele era um dos mais casuais. Havia dois homens de smoking conversando perto de um piano, e vários usando os mantos formais de que seu pai tanto gostava. Quase todas as mulheres estavam vestidas mais ou menos como Gwyn, com vestidos justos, decotes fundos e joias discretamente brilhantes.

Ao lado de Wells, Gwyn se inclinou para mais perto, roçando o cabelo comprido na manga dele.

— Bem, se eu não tivesse certeza de que vampiros não existem, eu *definitivamente* acharia que essas pessoas são vampiras.

Wells olhou para ela e franziu a testa, confuso.

— Vampiros existem.

Gwyn levantou a cabeça na mesma hora e arregalou os olhos.

— Espera, sério?

— Como você não sabe disso?

— Eu nunca vi nenhum!

— E eu nunca vi o Monstro do Lago Ness, mas mesmo assim sei que existe — disse ele, fungando, e Gwyn arregalou ainda mais os olhos.

— A Nessie também existe?

Wells fez de tudo para manter a pose pomposa, mas o choque absoluto na voz dela fez com que seus lábios tremessem e, quando Gwyn estreitou os olhos, ele não pôde deixar de sorrir. Por fim, o sorriso se transformou em risada quando ela lhe deu uma batidinha com o quadril.

— Tá bom, quer saber? Só por causa disso, quando esses esquisitões forem escolher alguém para sacrificar num ritual hoje à noite, pode ter certeza de que vou oferecer você.

— Eu fiz por merecer mesmo — respondeu ele, e Gwyn sorriu de leve, balançando a cabeça.

— Odeio quando me faz gostar de você, Excelentíssimo.

— Me esforçarei arduamente para ser mais desagradável no futuro — prometeu ele, e Gwyn deu uma risadinha pelo nariz.

— Frases assim ajudam.

Um garçom passou por eles, trazendo uma bandeja de taças de champanhe, e tanto Wells quanto Gwyn pegaram uma. Só então ela soltou seu braço.

Wells sentiu mais falta daquele toque do que gostaria de admitir, então, a fim de se distrair, começou a analisar os outros convidados. Não esperava reconhecer ninguém, por isso ficou bem surpreso ao identificar um rosto familiar. Bronwyn Davies fazia parte de uma das famílias bruxas mais influentes de Cardiff, uma loira bonita que Simon um dia havia torcido para que se casasse com Wells. Pelo que Wells sabia, ela decidira não casar com ninguém, e fazia séculos que ele não a via. O que estava fazendo naquela festa?

E ali, perto da janela saliente, ele reconheceu Connell Thomas, outro bruxo galês que conhecera brevemente na Penhaven.

— A ideia dessa festa é ser uma reunião de turma? — murmurou Gwyn, e, quando Wells a olhou, ela gesticulou com a taça. — São bruxos da Penhaven — informou. — Do nosso ano. E do que teria sido o seu ano, imagino, se você tivesse ficado.

Mal tinha terminado de falar quando um gritinho ecoou pelo recinto e uma mulher alta de pele escura atravessou a sala de braços abertos.

— Gwynnevere Jones! — exclamou, e Gwyn retribuiu o sorriso, permitindo-se ser puxada para um abraço.

— Oi, Rosa — disse ela e, ao se afastar, indicou Wells com um gesto de cabeça. — Você deve se lembrar do Llewellyn Penhallow. Ou talvez não, sei lá. Ele nem é tão memorável assim.

Enquanto a mulher ria, Wells olhou feio para Gwyn e, em seguida, estendeu a mão para Rosa.

— Pode me chamar de Wells, e é um prazer conhecê-la.

— Ah, eu me lembro de você — disse Rosa, praticamente ronronando, e sorriu para ele com um brilho nos olhos escuros. Por mais que não tivesse certeza, Wells desconfiou que os ombros de Gwyn ficaram ligeiramente rígidos.

Reprimindo a quantidade nada bacana de soberba que estava sentindo, Wells sorriu para Rosa.

— Infelizmente eu era meio idiota durante a breve temporada que passei na Penhaven. É a única desculpa que consigo imaginar para não me lembrar de você.

Rosa deu uma risadinha satisfeita, e Wells podia jurar que Gwyn estava contraindo os dentes.

— Bem, estamos todos reunidos agora — disse Rosa. Wells não sabia como exatamente ela fazia palavras tão inocentes soarem tão… promissoras, mas a verdade era essa.

Gwyn tomou o resto do champanhe e se virou para os dois com um sorriso forçado no rosto.

— Vou deixar vocês dois se reencontrarem enquanto procuro a Morgan para dar um oi.

Wells observou Gwyn se afastar — e os olhos de todos os homens e várias mulheres fizeram o mesmo.

— Ela sempre foi especial — disse Rosa, indicando Gwyn com um gesto de cabeça para o caso de Wells não ter entendido.

— Linda *e* inteligente *e* poderosa. Nem acreditei quando soube que ela continuou nesta cidadezinha irrelevante, vendendo quinquilharias para os humanos. Que desperdício.

Wells cerrou a mandíbula e apertou a taça de champanhe na mão.

— E, ainda assim — continuou ele, curto e grosso —, é a magia dela que alimenta esta cidade atualmente. E, sinceramente, mesmo se não fosse o caso, a vida que a srta. Jones construiu aqui não me parece um desperdício. A loja dela é um lugar encantador que traz felicidade para todo mundo que entra lá. Todos nós deveríamos ter a sorte de proporcionar algo assim. Agora, se me der licença...

Ele se afastou de Rosa, que ficou levemente boquiaberta, e se misturou aos outros convidados da festa.

Um desperdício.

Se aquele termo se aplicava a alguém, era a ele mesmo. Ele, que tinha passado tanto tempo cumprindo as ordens do pai. O que Gwyn tinha feito fora usar a própria magia para trazer felicidade a si mesma e às pessoas de quem gostava. Parando para pensar, isso era incrivelmente nobre.

Wells parou em frente a uma mesa cheia de pratinhos de canapés e suspirou.

Primeiro, inventando desculpas para tocá-la. Agora, defendendo sua honra em público. Ele era um caso perdido mesmo.

Olhando ao redor, Wells tentou avistar os cabelos vermelhos de Gwyn, mas ela não estava ali. Nem Morgan, então ele saiu da sala de estar e entrou num longo corredor.

Estava escuro e deserto, mas aquela sensação que ele tivera do lado de fora da casa, como se a magia pairasse em ondas pesadas, parecia ainda mais forte ali.

E não apenas forte.

Errada.

Aquela sempre tinha sido uma habilidade de Wells, identificar a natureza da magia, que tipo de feitiço estava sendo usado e qual era a intenção por trás dele. O que quer que estivesse acontecendo naquela casa não era exatamente sombrio ou maligno, mas também não era bom. Era como uma nota dissonante numa bela sinfonia, e, quanto mais ele avançava pelo corredor, mais intensa ela ficava.

Ele chegou a uma porta no final do corredor, ao lado de um lindo quadro retratando uma paisagem de montanhas e campos que lembravam sua terra natal.

Lá da sala, Wells ainda ouvia o murmúrio baixo das conversas, e alguém tinha começado a tocar piano.

Olhando ao redor mais uma vez, Wells segurou a maçaneta e a girou lentamente.

A porta se abriu sem fazer ruídos e, com um suspiro de alívio, Wells logo tratou de entrar, fechando-a o mais silenciosamente que pôde.

Uma luz de repente se acendeu, quase o cegando, e ele tentou se proteger do brilho com a mão enquanto o coração batia forte nos ouvidos.

Ele diria que estava procurando o banheiro. Diria que tinha se perdido. Diria…

— Excelentíssimo?

CAPÍTULO 18

— O que está fazendo aqui? — cochichou Gwyn de uma escada enquanto apagava rapidamente seu feitiço de luz, mergulhando-os de volta na penumbra. Havia uma janela em algum lugar no topo daquela escada que deixava entrar luz do luar o bastante só para distingui-lo mal e porcamente perto da porta. Ela quase tivera um ataque cardíaco quando a porta se abrira e já estava bolando desculpas que justificassem sua presença ali, por isso ficou aliviada ao ver que era Wells.

E também surpresa.

E também meio irritada.

Aparentemente, a mistura de sentimentos seria normal quando se tratasse dele.

— O que *você* está fazendo aqui? — retrucou Wells, e Gwyn revirou os olhos, apontando para a escada à sua frente.

— Eu obviamente ia dar uma bisbilhotada pela casa, porque tem alguma coisa nesse lugar que é...

— Extremamente desagradável e de natureza duvidosa, sim — respondeu Wells, e Gwyn recuou um passo, sentindo o corrimão pressionar o quadril.

— Eu ia dizer "assustador e suspeito pra caralho", mas acho que, tecnicamente, é a mesma coisa.

Os dois ficaram ali parados por um instante, se encarando, enquanto Gwyn tentava aceitar o fato de que: A) ela e o Excelentíssimo concordavam em alguma coisa; B) o que quer que estivesse rolando com Morgan e aquela casa, ele também sentia e C) ele estava... muito, muito cheiroso.

Dizendo a si mesma que o item C era irrelevante no momento, Gwyn voltou a atenção para a escada.

— Por que você veio aqui? — perguntou a Wells, mantendo a voz baixa, apesar de ainda conseguir ouvir os sons da festa na outra sala. — Tipo, por que essa porta específica?

— Imagino que pelo mesmo motivo que você — respondeu ele, apoiando a mão na parede da escada. — O que quer que a gente esteja sentindo, parece emanar dessa área.

Gwyn assentiu, franzindo a testa enquanto olhava para a escuridão à frente dos dois.

— Sabe, eu esperava que a Morgan fosse um pouco mais original. Se for para fazer algum tipo de magia sombria, pelo menos não faça no lugar mais óbvio da casa, né? "Ah, já sei, vou invocar demônios ou sei lá o quê num sótão assustador!"

— Estou com a impressão de que você está enrolando um pouco.

— Com certeza estou enrolando um pouco — retrucou Gwyn com um suspiro.

Sinceramente, não dava para sua vida de bruxa voltar a envolver basicamente chás e pinturas? *Precisava mesmo* ficar correndo o risco de ter teias de aranha no cabelo?

Ela começou a subir a escada, mas Wells a deteve segurando seu braço. Mesmo por baixo do tecido do vestido, Gwyn sentiu o peso do anel de sinete.

— Eu vou na frente — disse ele, e Gwyn arqueou as sobrancelhas.

— Excelentíssimo, eu estou chocada! "As damas primeiro" não é uma regra sagrada de etiqueta?

— Normalmente, sim — respondeu, sem cair na pilha. — Mas parece de mau gosto insistir nisso quando a dita dama pode ser a *primeira* a entrar diretamente em algum tipo de armadilha mágica.

— Cavalheiresco — admitiu Gwyn. — Mas desnecessário.
Dito isso, ela se virou e começou a subir os degraus com cuidado. As tábuas rangiam conforme ia subindo, e Wells era uma presença sólida atrás dela. Gwyn disse a si mesma que foi o nervosismo que de repente deixou sua boca seca.

A escada terminou em um espaço escuro e ameaçador, com apenas uma janela proporcionando um pouquinho de luz, mas longe de ser suficiente. Gwyn conseguiu enxergar um chão de tábuas e algumas formas volumosas, mas nada mais. Por isso, levantando os dedos, tentou conjurar uma nova esfera de luz.

Mais cedo, tinha funcionado bem, mas, naquele momento, saiu apenas uma pequena faísca da ponta dos dedos e nada mais.

— Algum problema? — perguntou Wells, e ela fez que não, agitando os dedos outra vez e esperando sentir a magia fluir. Estava ali, dava para sentir, mas... lenta. Como tinha acontecido aquela noite na casa de Vivi.

Talvez seja a magia que Morgan está fazendo aqui, disse a si mesma. *Talvez esteja me bloqueando.*

Mas aquele pensamento não a tranquilizou.

Uma vez era coincidência.

Duas vezes? Era o início de um padrão, e um do qual não gostava nem um pouco.

— Provavelmente tem a ver com a magia desta casa — comentou Wells, e ela olhou de relance para ele. Wells estava de olho na mão dela, a testa levemente franzida, mas não tentou fazer seu próprio feitiço de luz. Estava esperando Gwyn se recompor.

Isso foi... gentil. Respeitoso.

Argh.

Afastando os sentimentos perturbadoramente melosos, Gwyn se concentrou no feitiço. Após um momento, ouviu-se um leve crepitar e a esfera de luz ganhou vida, pairando ao lado dela.

— Muito bem, Jones — murmurou Wells, e Gwyn respondeu com um satisfeito (e aliviado) aceno de cabeça.

— Imaginei que precisávamos enxergar o que estávamos fazendo — disse ela, mas então olhou direito à sua volta e meio que desejou que o feitiço não tivesse funcionado.

O resto da casa era elegante, embora meio — ok, muito — exagerado. Mas o sótão?

O sótão era verdadeiramente assustador.

Havia quadros empilhados ao acaso contra uma parede. Todos eles, pelo que Gwyn podia ver, retratavam algum momento sombrio e terrível da história da bruxaria. Pessoas queimadas em fogueiras, afogamentos, eviscerações.

Havia pesados baús pretos, com fechaduras enferrujadas, agrupados perto do centro do cômodo, além de uma pilha do que pareciam ser anéis de tortura sob a janela. Estantes com frascos empoeirados cobriam a parede do fundo e, quando Gwyn se aproximou, uma figura surgiu na escuridão, fazendo-a dar um grito e pular para trás antes de perceber que não era uma pessoa, e sim...

— Aquilo é uma dama de ferro? — perguntou ela, olhando com um misto de horror e fascínio para a estrutura metálica, do tamanho de uma pessoa, à sua frente.

— Puta merda — murmurou Wells, aproximando-se de Gwyn para examinar o objeto, com as mãos nos bolsos e os calcanhares inquietos.

— Palavras fortes para o Excelentíssimo — comentou Gwyn, e ele olhou para ela com uma expressão irônica.

— Merecidas, não acha?

— Porra, com certeza — respondeu. Por um breve momento, Wells exibiu os dentes brancos no meio daquela barba escura, um Sorriso Genuíno do Excelentíssimo, o que fez com que ela sentisse vontade de dizer outras coisas que pudessem levá-lo a sorrir daquele jeito de novo.

Mas, considerando que aparentemente os dois tinham entrado no covil do demônio, talvez não fosse o momento ideal para fazer piadas.

Em vez disso, Gwyn fez um gesto indicando os arredores e disse:
— Você acha que estamos só captando a vibe bem ruim dessas coisas? Porque a vibe aqui definitivamente está péssima. Totalmente reprovada no teste.

— Não sei direito do que você está falando — disse Wells lentamente —, mas acho que entendi a ideia geral, e sim, com certeza é possível. — Então, franziu a testa. — Mas por que ter uma coleção desse tipo?

Wells se virou totalmente para Gwyn. A luz do feitiço dela dançava por seu rosto e por seu olhar sério.

— Você era muito amiga da Morgan na faculdade?

— Nós éramos amigas — respondeu Gwyn —, mas não muito próximas. Era... sei lá, uma amizade de faculdade. Fazíamos várias matérias juntas, almoçávamos juntas no refeitório às vezes, já nos pegamos de leve quando estávamos bêbadas numa celebração de Ostara. — Ela deu de ombros. — Sabe como é. Faculdade.

Wells ficou olhando para ela por um momento e, em seguida, disse:

— Tá. Ok. Tudo isso é... claro. — Depois, balançou levemente a cabeça e voltou a analisar os quadros contra a parede. — Ela parecia interessada nesse tipo de coisa naquela época?

— Ela não tinha instrumentos de tortura antigos no dormitório, até onde eu me lembro — respondeu Gwyn, estremecendo um pouco ao olhar de novo para a dama de ferro. — Mas também, depois do segundo ano, quase não tivemos mais matérias juntas. Eu estava me especializando em Magia Prática e ela fazia... não lembro. Uma das formações mais esquisitas, tipo Rituais de Feitiçaria, acho. E aí, no último ano...

Gwyn se interrompeu e Wells se virou para ela.

— E aí o quê?

Ela havia se esquecido daquilo até aquele momento, nunca tinha pensado muito no assunto, nem mesmo com o reaparecimento de Morgan, mas então uma lembrança veio à tona.

— Ela foi embora — continuou Gwyn, pensativa. — No meio do nosso último semestre. Como eu disse, não éramos muito próximas e, àquela altura, eu quase não a via mais, mas me lembro de uma amiga me dizendo que alguns alunos foram convidados a se retirar por algum motivo. Ela não sabia o motivo, foi tudo meio sigiloso e, verdade seja dita, não tive muito interesse nessa história, já que não parecia tão escandaloso. Quer dizer, ser "convidado a se retirar" não é exatamente ser *expulso*, né?

Wells esfregou a mão no queixo, assimilando toda aquela história, enquanto Gwyn vasculhava a própria mente em busca de mais detalhes. Mas já fazia uma década e, como ela disse, não tinha dado muita atenção àquilo na época.

Ela olhou ao redor outra vez.

Estava bem claro que deveria ter dado atenção.

— Será que algum desses outros alunos está aqui hoje? — indagou Wells, reflexivo, e Gwyn olhou para a escada.

— Não lembro quantos eram. Talvez cinco? Mas com certeza a Rosa fazia parte do grupo.

— Hum — foi a única resposta de Wells, e Gwyn se virou para ele, abraçando a si mesma para se proteger do frio no sótão.

— No que está pensando com essa cara pensativa?

Ele baixou a mão e franziu as sobrancelhas.

— Olha só, essa pergunta é coisa de americano ou é típica só daqui? — questionou ele e, antes que Gwyn tivesse tempo de perguntar "como assim", Wells balançou a cabeça e deixou para lá. — Esquece. Antes de eu vir para cá, meu irmão Bowen me visitou.

— O Irmão Lobisomem — disse Gwyn, assentindo com a cabeça, e Wells semicerrou de leve os olhos antes de admitir:

— A barba realmente é demais. De qualquer maneira, ele me disse que, quando um lugar como Graves Glen, atravessado por magia de verdade, passa pelo tipo de transformação que a cidade sofreu no ano passado, pode acabar virando uma espécie de ímã para outros bruxos que talvez não tenham as melhores intenções.

Bem, nada daquilo parecia bom.

Mesmo assim, Gwyn teve que admitir que fazia sentido. Magia era algo imprevisível e volátil, e dava para compreender como algo tão grande como uma mudança de poder era capaz de disparar algum tipo de radar mágico.

— E você acha que pode ser por isso que a Morgan apareceu de repente?

— Acho que precisamos descobrir exatamente por que ela foi convidada a se retirar da Penhaven dez anos atrás — respondeu Wells, e Gwyn sorriu para ele.

— Então quer dizer que vamos ser detetives, é? Detetives *mágicos*.

— Eu não iria tão longe — disse ele sarcasticamente, depois indicou a escada com um gesto de cabeça. — E acho que é melhor voltarmos logo para a festa, antes que alguém perceba nossa ausência.

Gwyn desceu a escada atrás dele e, no meio do caminho, agitou os dedos para desfazer o feitiço de luz.

— Jones e Excelentíssimo, Detetives Mágicos — disse, pensativa, e ele olhou feio para ela por cima do ombro.

— Penhallow e Jones.

— Jones e Penhallow.

— Penhallow, ponto final.

— Jones e Filho.

Wells parou na parte de baixo da escada e se virou para ela com a cabeça levemente inclinada para o lado, até que a ficha caiu.

— Ah. O gato.

— Seu Miaurício seria um recurso útil em qualquer caso.

Ele riu pelo nariz. Tinha acabado de chegar ao último degrau, sendo logo acompanhado por Gwyn, quando os dois ouviram passos.

Vozes.

Vozes muito, muito perto.

Os passos se detiveram do outro lado da porta, e sim, certamente foi Morgan quem disse:

— Na verdade, está guardado aqui em cima.

Não havia tempo para pensar, mas Gwyn sempre tinha preferido ser uma mulher de ação.

Virando-se de frente para Wells, ela o pegou pelas lapelas do casaco e o puxou para perto.

— Mas que... — ele começou a dizer, mas, antes que pudesse continuar, ela tascou um beijo na sua boca.

CAPÍTULO 19

Pelas tetas de Rhiannon.

Wells tinha passado as últimas semanas tentando se convencer de que aquele beijo no porão não tinha sido tão bom quanto se lembrava, de que tinha mexido tanto com ele simplesmente porque fazia séculos que não beijava uma mulher.

Mas, quando os lábios de Gwyn se abriram nos dele, Wells entendeu que aquele pensamento tinha sido muito, mas muito estúpido.

Não, aquele beijo tinha sido absurdamente devastador porque *ela* era absurdamente devastadora, e agora ele estava muito ferrado.

Não que Wells desse a mínima.

Ele pousou as mãos nos quadris dela, e o tecido do vestido — *aquele vestido*; Wells quase tinha engasgado ao vê-la do lado de fora da casa essa noite — era tão macio quanto imaginou que seria. Melhor, na verdade, pois o calor da pele dela deixava o tecido ainda mais gostoso ao toque, ainda mais irresistível, e Wells foi incapaz de conter o som baixinho que escapou de sua garganta enquanto a puxava para mais perto.

A parte racional do seu cérebro, a parte que lembrava que ela só o estava beijando para que tivessem uma desculpa plausível para estarem perambulando por ali, foi rapidamente suprimida por sua parte mais sombria e primitiva, que só Gwyn parecia conseguir despertar nele.

E talvez ele também despertasse algo nela, pois Gwyn estava se aproximando ainda mais, abraçando-o pelo pescoço e pressionando os seios no peito dele, e a língua...

— Ah! Desculpa!

De repente, a escada do sótão foi iluminada por um retângulo de luz quando a porta se abriu e uma figura surgiu ali.

Quando Gwyn se afastou, Wells precisou reunir todas as forças para não perseguir os lábios dela com os seus, mas então ela pôs a palma da mão no peito dele e soltou uma risada ofegante enquanto se virava para Morgan.

— Ah, caramba, desculpa *a gente* — pediu ela, antes de olhar para Wells e morder o lábio inferior, dando a impressão de estar genuinamente meio envergonhada. Uma atuação digna de prêmio, claramente, pois ele duvidava que Gwynnevere Jones já tivesse ficado envergonhada alguma vez na vida. — Estávamos só admirando sua casa maravilhosa, e acho que aquele vinho *excelente* que você serviu deve ter subido à cabeça — continuou Gwyn, pousando o braço naturalmente ao redor dos ombros de Wells, enquanto ele mantinha a mão no quadril dela, lutando contra o impulso de apertar os dedos e puxá-la para mais perto.

Morgan os observou com olhos escuros que captavam tudo, Wells tinha certeza, e, mesmo sorrindo, havia certa frieza no seu semblante. Seria apenas porque ela — com razão — não era muito fã de gente se agarrando em áreas privativas da sua casa ou havia outro motivo? Poderia ter a ver com o que ela guardava no sótão?

— Foi terrivelmente rude da nossa parte, Morgan — disse Wells, conduzindo Gwyn até o último degrau e se perguntando se conseguiria se inspirar em Rhys o suficiente para sair daquela situação na base da lábia.

Morgan simplesmente acenou com a mão.

— Não, não, imagina! Só estou surpresa. — Então, ela voltou aquele olhar sombrio para Wells. — Cheguei a perguntar se vocês dois estavam juntos. Não me diga que mentiu para mim, Llewellyn Penhallow.

Mentir parecia um pecado bem menor do que colecionar artefatos mágicos obscuros, mas vai saber.

— É recente — foi a vez de Gwyn arriscar, apertando levemente os dedos no ombro dele como se pudesse sentir o que ele queria dizer.

— Bem, bem recente — confirmou Wells, dando um leve tapinha no quadril dela.

Mensagem recebida.

Ela relaxou um pouco os dedos e apontou para a porta.

— E oi! Você é...

Pela primeira vez, Wells notou que havia alguém logo atrás de Morgan, um homem mais ou menos da mesma idade que todos eles, com cabelos loiros bem puxados para trás e um rosto fino.

— Harrison Phelps — disse ele, estendendo a mão para cumprimentá-la. — E nós nos conhecemos da Penhaven, na verdade. Você é Gwyn Jones.

— Ah, é mesmo! — respondeu Gwyn alegremente, mas Wells teve a impressão de que ela não fazia ideia de quem era aquele homem.

— E Llewellyn Penhallow — continuou Harrison, apertando a mão de Wells. — A gente nunca se viu, mas claro que eu ouvi falar de você.

Se Harrison estava falando que ouviu falar da sua *família* ou do breve momento de glória que Wells tinha conseguido conquistar na Penhaven, ele não sabia, mas assentiu mesmo assim, abrindo um sorriso contido.

— Que belo encontro você conseguiu organizar, Morgan — disse Gwyn, e Morgan sorriu, exibindo os dentes branquíssimos em meio aos lábios vermelhos.

— Acho que eu estava me sentindo nostálgica — respondeu ela. — E me pareceu o momento certo para revisitar velhos amigos. Velhos lugares.

Wells estava prestes a perguntar o motivo quando Morgan disse:

— Agora, se vocês nos derem licença, eu queria mostrar uma coisa no sótão para o Harrison. — Olhando de um para o outro e sem perder o sorriso forçado, ela perguntou: — Vocês chegaram a subir lá?

Wells tinha que admitir: até que ela conseguiu fazer a pergunta de forma leve. Mas havia algo nos olhos dela que o incomodava, algo que deixava claro que ela queria, talvez precisasse, que a resposta fosse não.

— Ah, nossa, não — disse Gwyn, dando uma risadinha e levando uma das mãos ao rosto. — Para ser sincera, tivemos sorte de conseguir fechar a porta antes de... bem.

Ela abriu um sorrisinho malicioso, ainda corada, e Wells sentiu a ponta das orelhas esquentarem, o que era ridículo. Ele era um homem adulto e os dois só estavam se beijando, mas ela disse aquele "bem" de forma tão sugestiva que ele ficou meio excitado só de ouvir uma mísera sílaba.

Não era só ridículo, era *patético*.

Wells saiu da escada, seguido por Gwyn, olhou para Morgan com um leve aceno de cabeça e disse:

— E, com isso, acho que já vamos indo.

Até descobrir exatamente por que Morgan e seus amigos foram expulsos da Penhaven College, parecia mais seguro passar o mínimo de tempo possível na companhia deles. Além disso, a magia naquele lugar estava começando a lhe dar dor de cabeça, uma tensão crescente entre as omoplatas e um peso atrás dos olhos. Quanto mais rápido saíssem dali, melhor.

— Normalmente, eu diria "Já vão embora?", mas, nesse caso, vou permitir — afirmou Morgan com uma piscadela, e Gwyn mais uma vez se pôs ao lado de Wells. Era um pouco alarmante o quanto ele gostava disso e como lhe parecia natural deslizar o braço ao redor dela de novo.

— Vamos marcar alguma coisa semana que vem — sugeriu ela a Morgan. — Adoraria pôr o papo em dia.

— Claro — respondeu Morgan, praticamente cantarolando, mas Wells notou o jeito como os olhos dela se voltaram para o sótão de novo e a energia nervosa que emanava de Harrison.

Sim, alguma coisa estava acontecendo ali.

Gwyn não sabia se um dia já tinha ficado tão feliz em ir embora de uma festa — e, considerando que certa vez tivera que ir a uma festa de casamento em que tanto a noiva quanto o noivo eram seus ex, isso dizia muito.

— Será que é possível morrer de arrepios? — perguntou para Wells enquanto chegavam à varanda.

Ainda estavam de mãos dadas — parte do teatrinho de serem um casal — conforme deixavam a festa, mas não havia ninguém por perto, então, na verdade, não havia nenhum motivo para continuarem daquele jeito.

Só que um não largava a mão do outro e, ao descerem os degraus da entrada, ela se permitiu olhar por um segundinho para o perfil dele ao luar, o nariz pontudo e a mandíbula sólida, e por que razão, em nome de tudo que era mais sagrado, ela o beijara outra vez?

Era a melhor desculpa para explicar por que vocês estavam escondidos! E deu certo!

Mas, por mais que seu cérebro tenha lhe oferecido esses fatos perfeitamente verdadeiros, Gwyn sabia que não era tão simples assim.

E, agora que ela sabia que aquele beijo no porão, com ou sem influência de magia, não tinha sido uma espécie de aberração da natureza, não sabia muito bem como ia fazer para passar tempo com Wells *sem* querer beijá-lo.

O que, levando em conta que tinham Deveres Bruxos a cumprir juntos, era um problema considerável.

Mas, por enquanto, Gwyn soltou a mão casualmente e cruzou o gramado em direção à caminhonete.

O BMW reluzente de Wells estava logo atrás, e eles se detiveram por um momento, enquanto Wells enfiava as mãos nos bolsos do casaco.

— Bem — disse ele, limpando a garganta e olhando de relance para Gwyn antes de olhar para algum lugar à distância.

— O primeiro passo é descobrir por que Morgan e os outros foram convidados a se retirar da Penhaven. Posso tentar descobrir sozinho, ou *você* poderia, na verdade. Não precisamos fazer isso em equipe quando você...

— Essa situação não precisa ser estranha — interrompeu Gwyn, encostando-se na traseira da caminhonete, e ele virou a cabeça para encará-la de novo. — Só vai ser estranha se nós a *tornarmos* estranha.

Wells inclinou a cabeça.

— Eu não estava tornando a situação estranha. Acho que é você que está tornando as coisas estranhas sugerindo que a gente não as torne estranhas. — Em seguida, franziu a testa. — Quero muito parar de dizer a palavra "estranha" agora.

Gwyn riu e pôs o cabelo atrás da orelha enquanto o observava de soslaio. Realmente ria... bastante na presença de Wells. E isso, estranhamente, de alguma forma parecia ainda mais perigoso do que uns beijos gostosos.

Mas, no momento, ela afastou o cabelo dos ombros e disse:

— Olha, faz mais sentido trabalharmos nisso juntos. Senão, vamos passar o tempo inteiro pesquisando as mesmas coisas, depois vamos contar um ao outro o que descobrimos e dizer: "É, eu já sabia disso". Aí, a essa altura, pode ser que a Morgan e os amigos dela já tenham aberto os portões do inferno ou algo do tipo.

— Você tem um jeito muito específico de chegar ao X da questão, Jones — comentou ele com um sorriso discreto, e Gwyn sorriu para ele.

— É minha especialidade. E, sim, eu sei que o lance dos beijos deixa toda a situação meio constrangedora, mas não é como se *quiséssemos* ter nos beijado. Primeiro beijo? — disse ela, levantando o polegar. — Feitiço mágico. Segundo beijo? — Ela levantou mais um dedo. — Uma estratégia para nos tirar de uma situação complicada.

Agitando os outros dedos da mesma mão, Gwyn acrescentou:

— Na minha opinião, a menos que a gente acabe em alguma situação esquisita em que seja necessário se beijar para salvar o mundo *ou* em que um de nós precise fazer respiração boca a boca no outro, acho que conseguimos evitar um a boca do outro enquanto tentamos proteger Graves Glen.

Gwyn sentiu orgulho de si mesma por ter soado tão sensata, tão despreocupada.

Caramba, tinha apresentado argumentos tão convincentes que *ela* quase acreditava.

Se Wells acreditava ou não, ela não fazia a mínima ideia. Ele manteve o semblante neutro e estava escuro demais para ler seus olhos.

— Então estamos de acordo — prosseguiu Gwyn. — Isso é um esforço conjunto.

Wells suspirou e olhou por um instante para o céu antes de finalmente assentir com a cabeça.

— De acordo. Penhallow e Jones.

— Jones e Excelentíssimo.

Mas Gwyn sorriu ao dizer aquilo e, quando ele retribuiu o sorriso, ela sentiu a pulsação acelerar.

— Devemos selar o acordo com um aperto de mão? — perguntou ele, encostando-se no próprio carro. — Ou, considerando que, quando estávamos no sótão, concordamos informalmente em trabalhar juntos, talvez aquele beijo já tenha servido para selar o compromisso?

Gwyn umedeceu os lábios, sem deixar de reparar no jeito como ele observou o movimento.

— Aquele beijo — disse ela, tentando não demonstrar o quanto estava excitada — foi uma distração para enganar a Morgan e aquele boneco de ventríloquo bizarro que ela aparentemente transformou num garoto de carne e osso.

Wells deu uma risadinha, e até aquele som baixo já foi suficiente para que ela precisasse apertar a saia com os dedos, tudo para não cometer loucuras do tipo avançar e tocá-lo.

Mas ele se endireitou e o seu olhar perdeu um pouco da intensidade, cortando o clima.

— Justo — disse ele, dando meia-volta e abrindo a porta do carro.

Gwyn deu a volta para o lado do motorista de sua caminhonete e já ia destrancar a porta quando Wells falou:

— Glitter corporal comestível.

A chave de Gwyn arranhou a tinta vermelha perto da maçaneta, errando completamente o trinco.

— Como é?

Wells ainda estava de pé, a porta do carro aberta e o braço apoiado no topo, de olho nela.

— É isso que tinha naquele saquinho. O que caiu em cima da gente — explicou ele, e Gwyn sentiu um embrulho desconfortável no estômago ao se endireitar, segurando bem firme a chave. — Houve alguma confusão — prosseguiu —, e eu recebi uma caixa de um lugar chamado Palácio do Prazer.

Gwyn tinha que ter uma piada na ponta da língua. Era o cenário *perfeito* para uma piada, mas ela só conseguiu encarar Wells, que a encarava de volta.

— Você está inventando isso — disse ela por fim e, por mais que não conseguisse ver direito a expressão dele, quase dava para *ouvir* as sobrancelhas se franzindo.

— Você realmente acha que eu inventaria o nome "Palácio do Prazer"?

Gwyn tinha que admitir que era improvável, mas o fato de ter beijado Wells naquela noite só porque *queria* ultrapassava o improvável e chegava ao território do inconcebível, então ela precisava forçar a barra.

— Mesmo assim, só podia ser um feitiço — insistiu. — Talvez... tenha caído um feitiço ali dentro por acidente e...

— Ah, também cheguei a pensar que fosse isso por um tempo. Torci que fosse, até. Mas garanto que não tem nada de mágico no Lambidas de Fada. É só...

— Glitter corporal comestível — completou Gwyn, e ele assentiu.

— Elementar.

Outro momento perfeito para uma piadoca, mas nada lhe veio à mente, tirando uma espécie de zumbido no cérebro, porque *só podia* ter sido um feitiço naquela noite. Gwyn tinha perdido completamente a cabeça de tanto desejo por ele e, até aquele segundo, nem sequer tinha pensado em Wells Penhallow no sentido sexual.

A não ser...

Aquela vez no Cafofo da Sidra. E em como ele ficava bem atrás do balcão da Penhallow's. E centenas de outros momentos que agora desfilavam em sua mente.

— Então — resumiu Wells, limpando a garganta. — Embora eu não possa discordar que o beijo de hoje teve um motivo oculto, receio que o primeiro tenha sido, de fato, real.

Ela queria que não estivesse tão escuro, queria conseguir ver o rosto dele com mais clareza, porque, de repente, parecia importantíssimo saber como ele a estava olhando.

Engolindo em seco, Gwyn apertou a chave ainda mais forte.

— Eu... vou levar isso em conta na próxima vez que estiver calculando os Riscos de Beijos entre Jones e o Excelentíssimo — arriscou, sem muita convicção.

Ele fez aquele som que fazia de vez em quando, uma bufadinha que não chegava a ser uma risada, mas chegava perto o suficiente.

— Faça isso — respondeu. — Boa noite, Gwyn.

E, então, Wells foi embora, deixando Gwyn parada ali, ainda com as chaves na mão.

CAPÍTULO 20

Na segunda-feira seguinte, Wells se pegou pensando que era meio incômodo finalmente ter roubado de Rhys o título de Idiota da Família. O irmão mais novo tinha tido um bom reinado, afinal. Só que, ao contar para Gwyn que o feitiço do amor não era um feitiço, Wells não tinha dúvida de que estava na liderança com folga. Bowen teria que explodir Snowdonia por acidente para entrar no páreo.

Wells ainda não sabia exatamente por que tinha feito isso, só sabia dizer que havia algo na forma como ela menosprezava o assunto que o irritara. Sabia que ela havia ficado tão balançada com aqueles beijos quanto ele, deu para sentir no jeito como o corpo dela se moldara ao dele, pela ousadia da língua, dos lábios. Então, talvez ele quisesse que Gwyn reconhecesse aquilo ou, no mínimo dos mínimos, lidasse com a mesma confusão e a vaga sensação de alarme que ele vinha sentindo desde que Rhys lhe entregara aquele maldito saquinho e rira até perder o ar.

Mas, pensando com a cabeça fria, Wells não sabia se tinha sido uma boa ideia. Com certeza teria sido melhor deixar para lá, permitir que ela continuasse acreditando que não passava de um feitiço bobo e virar a página. Gwyn podia até sentir atração por ele, só que estava bem claro para Wells que ela não tinha nenhum interesse em explorar essa atração, e, além disso, as coisas já eram complicadas o suficiente. A prima dela — que estava mais para irmã — era casada com o irmão dele, todos moravam na mesma cidadezinha e estavam envolvidos, de uma maneira ou de outra, com a bruxaria local. Nenhum desses laços era fácil de desfazer.

E se os dois saíssem em alguns encontros e esse... o que quer que estivesse rolando entre eles minguasse quase imediatamente? Wells seria obrigado a vê-la todo dia, Rhys e Vivienne ficariam numa situação desconfortável e a nova vida agradável que Wells tinha construído para si mesmo iria por água abaixo.

E se *não* minguasse...

Wells não fazia ideia de como o pai reagiria ao fato de *dois* dos seus filhos estarem envolvidos com mulheres que, atualmente, ele considerava inimigas mortais dos Penhallow. A simples ideia o fazia estremecer.

Simon tinha ligado na noite anterior. Bem, "ligar" significava que tinha surgido no espelho mágico que Wells trouxera especificamente para esse propósito. A conversa não tinha sido longa, mas Simon conseguira perguntar sobre "as Jones" pelo menos três vezes. Wells lembrara ao pai que, no momento, só havia uma Jones na cidade, e depois mentira, dizendo que quase não a via.

Para sua surpresa, o pai não tinha gostado de ouvir aquilo.

"É melhor manter os inimigos por perto, Llewellyn", dissera, e por pouco Wells não revirara os olhos.

"Ela não é minha inimiga, pai", dissera Wells, e Simon resmungara outra vez sobre legado, magia e "tudo o que os Penhallow fizeram pela cidade", o que dera a Wells uma boa deixa para perguntar se o pai já tinha ouvido falar a respeito de bruxos sendo expulsos da Penhaven College.

Mas Simon descartara o assunto.

"A faculdade leva o nome da nossa casa, mas eu me afastei desde que eles resolveram incluir aquelas matérias ridículas. Folhas de Chá e afins", disse ele, bufando. "Bobagens."

Wells não esperava mesmo que o pai fosse ser útil, então encerrara a chamada com a promessa de "ficar de olho nas coisas" e nem se deu ao trabalho de mencionar Morgan ou suas suspeitas.

Depois disso, tentou achar alguma coisa na internet e, apesar de ter encontrado certos indícios do passado de Morgan — uma avaliação deixada no site de uma loja de magia em Roma, seu nome em uma lista de doadores de uma escola em Londres —, não havia muito além disso. Aquilo não o surpreendeu, já que a maioria dos bruxos tentava manter uma vida discreta.

Em seguida, ele passara algum tempo folheando vários livros de feitiçaria que tinha em casa, pensando se haveria algum tipo de feitiço de clareza que pudesse lhe dar respostas, por mais que soubesse que seria complicado. Extrair informações de alguém que não queria revelá-las definitivamente pendia mais para o lado sombrio da magia, então, como já desconfiava, um feitiço do tipo envolvia ingredientes complicados e difíceis de arranjar. Um osso do dedo de um homem enforcado por traição, uma tigela de água de uma fonte que havia secado cento e um dias antes, e talvez o ingrediente mais perturbador de todos: um globo ocular.

O livro não especificava se tinha que ser um olho humano ou animal, mas, de qualquer maneira, Wells chegou à conclusão de que magia não seria o caminho naquele caso.

Mesmo assim, como as coisas estavam tranquilas na Penhallow's aquela tarde, ele estava dando uma olhada em outros livros que deixava na loja, na esperança de encontrar outro feitiço que funcionasse e envolvesse bem menos partes do corpo.

Tinha acabado de encontrar um que parecia promissor — embora "pedaço de renda do véu de uma noiva afogada" fosse, sem dúvida, um desafio — quando o sino acima da porta tocou.

Não via Gwyn desde a noite de sexta e, para ele, parecia bem claro que ela dera um jeito de passar os últimos dois dias ficando ainda mais linda. Os cabelos emolduravam o rosto em longas ondas vermelhas, com a mecha rosa já meio desbotada, mas mesmo assim muito presente. Além disso, estava vestindo uma espécie de suéter preto e comprido por cima de uma calça legging, outra peça de roupa que ele sabia que seria insuportavelmente macia ao toque.

Não que ele fosse ter a chance de descobrir, claro.

Mas era mais que isso. O rosto dela brilhava, o sorriso era radiante, e isso, *isso* era o que o deixava meio tonto, para dizer a verdade.

— Bruxinhos ao resgate! — anunciou ela, e só então Wells percebeu que havia três pessoas aglomeradas atrás de Gwyn, todas igualmente animadas. — Venham — disse Gwyn, acenando para que se aproximassem do balcão. — Contem para ele o que vocês me contaram.

Sam, a garota de cabelo turquesa, foi a primeira a falar.

— Então, a Glinda estava contando para a gente que vocês estão tentando descobrir informações sobre alguém que foi expulso da Penhaven, e eu contei para ela que saí com uma garota que trabalha no departamento de registros. O nome dela é Sara e ela era muito legal, mas também era de Peixes, e *eu* sou de Leão, então…

— Pode pular essa parte — disse Gwyn, pousando a mão no braço dela —, por mais que tenha enriquecido bastante a história original.

— Tá. — Sam assentiu. — Enfim, ela me contou que todos os alunos que já passaram pela Penhaven têm um arquivo. Tipo, um arquivo *físico* mesmo. Nada de computadores, é papelada de verdade para cada um dos alunos.

Wells se endireitou e fechou o livro.

— Interessante — disse lentamente. Parecia mais fácil pôr as mãos, ou pelo menos os olhos, num pedaço de papel do que invadir um computador.

— Os arquivos ficam em um armário no escritório da dra. Arbuthnot — prosseguiu Sam. — Não é um armário qualquer, claro. É mágico, já que guarda mais de cem anos de registros, mas *parece* normal.

Gwyn assentiu e cruzou os braços.

— Já vi esse armário, tipo, um milhão de vezes quando eu estava na Penhaven. Eu basicamente morava no escritório da dra. Arbuthnot.

Wells sabia que a dra. Arbuthnot era a atual chefe do departamento de bruxaria da Penhaven, e tivera aula com ela em uma matéria durante a temporada que passara por lá, mas havia algo a mais naquele nome que lhe soava vagamente familiar. Alguma coisa que o fez olhar para Gwyn, porque... talvez a envolvesse de alguma forma?

Mas Sam logo continuou.

— Enfim, nada disso é a parte maluca dessa história! Quer dizer, o armário é meio maluquice, mas...

— Sam! — exclamou Cait, segurando Sam pelos ombros e a sacudindo de leve. — Vai direto ao ponto!

— Não tem magia nenhuma no armário — disparou Sam, apressada. — Sério. Zero feitiços de proteção. A Sara disse que isso nunca foi um problema, porque quem vai querer mexer nesses arquivos? São só alunos antigos, não os atuais. E ninguém tem coragem de simplesmente sair entrando no escritório da dra. Arbuthnot e tentar pegar alguma coisa.

— E! — acrescentou Parker, levantando um dedo. — O escritório da dra. Arbuthnot é, sim, protegido por feitiços. Ninguém conseguiria invadir, nem se quisesse.

— *Mas* — disse Gwyn, lançando um olhar para Wells —, se alguém já estivesse no escritório dela, esse alguém poderia, possivelmente, abrir o armário e encontrar o arquivo da Morgan. Ainda mais se a pessoa fosse um estimado e respeitável membro da comunidade bruxa, totalmente digno de ficar sozinho naquele escritório sem levantar suspeitas.

— Hum — respondeu Wells, porque tinha aprendido, ao longo dos anos, que essa era uma boa reação quando não se fazia a mínima ideia do que fazer ou dizer.

Gwyn sorriu ainda mais.

— Hoje nós dois vamos fechar as lojas mais cedo, Excelentíssimo.

CAPÍTULO 21

— **Isso nunca vai dar certo.**
— Com certeza vai dar certo.
Gwyn e Wells tinham tido versões dessa discussão pelo menos meia dúzia de vezes desde que fecharam suas respectivas lojas. Discutiram enquanto subiam a montanha para se prepararem em suas respectivas casas ("Não acho que vai ser tão simples quanto você imagina." / "Com certeza vai ser muito simples.")
Discutiram depois que Wells saiu de casa com a roupa mais séria e formal que tinha e que *não* fosse um manto ("É ridículo pensar que vai ser mamão com açúcar entrar lá no escritório e resolver isso." / "Bem, então pode preparar um pratinho, Excelentíssimo, pois o mamão com açúcar vem aí.").
Discutiram enquanto iam para a faculdade na caminhonete de Gwyn, com os Bruxinhos amontoados no banco de trás ("Se tirássemos mais um tempinho para planejar isso direito, talvez encontrássemos furos no suposto plano." / "Não tem furo nenhum, o plano é impecável.").
E agora, enquanto estacionava numa rua secundária, a mais ou menos um quarteirão do campus, Gwyn se virou para Wells no banco do passageiro.
— É só se inspirar no seu pai. Sabe como é. Autoritário. Esnobe. Meio babaca. — Então, pôs a mão no ombro dele. — Não deve ser difícil. É você, só que uns dois níveis acima.

Os Bruxinhos gargalharam ao ouvir aquilo, enquanto Wells a olhava feio. Mas Gwyn continuou sorrindo e, por fim, Wells revirou os olhos — nesse momento, ela teve a impressão de ter visto um sorrisinho bem discreto.

— Tudo bem. E você vai ficar muito atrás de mim?

— Dez minutos. Talvez quinze. Depende do tempo que essa galerinha aqui vai levar para fazer o que precisa fazer — respondeu, apontando para Sam, Cait e Parker, que praticamente pulavam de emoção. Por mais que Gwyn estivesse muito feliz por eles, talvez também estivesse só um *pouquinho* nervosa e quem sabe *levemente* menos confiante com o Grande Plano no qual vinha insistindo.

Mas, depois que ela e os Bruxinhos bolaram aquela ideia, parecia fundamental colocá-la imediatamente em prática. Afinal, quanto mais depressa descobrissem qual era o grande segredo de Morgan, mais rápido eles saberiam se ela representava uma ameaça para Graves Glen.

E sim, beleza, talvez Gwyn estivesse procurando um motivo para ir falar com Wells desde a noite de sexta e aquilo finalmente tivesse lhe dado a desculpa perfeita, mas ela não ia ficar remoendo essa possibilidade.

Assim como *não* andava pensando em como aquele beijo não teve nada a ver com magia e tudo a ver com o quanto ela estava, aparentemente, muito, muito a fim do Excelentíssimo Llewellyn Penhallow.

Então, melhor se jogar de cabeça no plano do que analisar aquelas questões de perto.

Wells ajustou a gravata. Estava todo de preto, com o cabelo penteado para trás, e o anel de sinete no dedo era a única cor além dos olhos azuis.

Aquele visual caía bem nele. Sério, discreto.

Sexy pra cacete.

Afastando aquele pensamento com a força de um caminhão, Gwyn verificou o próprio reflexo no espelho retrovisor.

Tinha mantido a calça legging e as botas de antes, mas trocara o suéter por uma camiseta oversized com os dizeres "FLY, MY PRETTIES!" em um verde berrante. Por cima da camiseta, um cardigan felpudo no mesmo tom de verde. Para finalizar, brincos de vassouras roxas cintilantes.

Mesmo para os padrões de Gwyn, era um look exagerado, mas, assim como Wells, ela também tinha um papel a desempenhar naquela tarde.

— Então, basta eu pegar o arquivo do armário e torcer para ela não perceber? — perguntou Wells. — Enfio no casaco?

— O plano é esse — respondeu Gwyn, mas Parker se inclinou no banco de trás com algo na mão.

— Na verdade — disse elu —, eu fiz isso aqui.

Parecia uma moeda, um pouco maior que uma moeda de um dólar. Quando Wells a pegou da mão de Parker, Gwyn percebeu um leve brilho, como óleo na água.

— É só encostar isso nas páginas que vai copiar as informações — disse Parker. — Depois, você a coloca em outra folha de papel, e tudo que estava no original aparece lá.

— Isso é... bem inteligente — comentou Wells, levando a moeda para perto da luz, e Parker abriu um sorriso radiante.

— Valeu! É criação minha, e acho que vai render uma *grana* se eu conseguir fazer mais e começar...

Parker se interrompeu quando Gwyn e Wells se viraram lentamente para olhar para elu. Por fim, encolheu-se no banco de trás.

— Com certeza *não* vou vender isso no campus — completou, e Sam lhe deu uma cotovelada nas costelas.

— Bom saber — disse Wells. Em seguida, suspirou e abriu a porta da caminhonete. — Dez minutos — disse para Gwyn, que assentiu.

— Dez minutos.

Por fim, ele se virou e seguiu em direção à faculdade. Gwyn esperou um momento antes de abrir a porta de supetão.

— Excelentíssimo! — chamou, correndo atrás dele. Wells parou e a esperou.

Folhas secas rodopiavam pela rua. O céu da tarde estava limpo, mas já começava a esfriar, especialmente ali, na sombra entre os prédios, e Gwyn fechou o cardigan com um leve arrepio.

— Eu amo meus Bruxinhos, de coração — continuou —, mas tenho que ser sincera com você. Tem… pelo menos trinta por cento de chance de essa moeda pegar fogo ou quem sabe até explodir.

Wells analisou a moeda na mão.

— Trinta por cento?

— Uma estimativa conservadora.

Ele levantou a cabeça e encontrou os olhos de Gwyn. A partir daí, o arrepio que ela sentia tinha um motivo completamente diferente.

— Isso vai acabar em desastre — disse Wells, mas dessa vez ela não achou que ele estivesse falando sério.

— Vai acabar em *triunfo* — retrucou, e ele suspirou, guardando a moeda no bolso.

— Acho que veremos, né?

— Ficar se gabando não é atraente, Jones.

Gwyn começou a rir, batendo a mão no volante enquanto voltavam de caminhonete para o centro da cidade no fim da tarde.

— Só disse que queria que você admitisse que eu estava certa, publicasse um anúncio no jornal dizendo que eu estava certa, depois criasse uma página em alguma rede social e, no primeiro post, falasse: "Gwyn Jones estava certa e eu, o Excelentíssimo Llewellyn Penhallow, estava errado."

Gwyn chegou a imaginar que Wells pudesse estar tentando olhar feio para ela, mas era difícil, já que ele claramente estava tão satisfeito com o sucesso do plano quanto ela.

Na verdade, tinha dado ainda *mais certo* do que ela esperava.

Wells tinha de fato conseguido uma reunião com a dra. Arbuthnot no escritório dela, contando uma história qualquer sobre sua família e sobre querer se envolver mais com a faculdade, já que estava de volta à cidade.

Quando Gwyn irrompeu na sala, dez — tá, quase vinte — minutos depois, contando sua história esbaforida sobre ter visto alguns dos bruxos da faculdade fazendo um feitiço que parecia ter saído de controle, quase acreditou no olhar carrancudo que Wells lhe lançou.

Para dizer a verdade, tinha sido meio sexy, ainda mais a forma como ele a olhara de cima a baixo, claramente querendo demonstrar desprezo pela roupa espalhafatosa que ela estava usando, mas com afeto o suficiente para Gwyn ficar feliz pelo fato de a dra. Arbuthnot estar distraída.

Como esperado, a dra. Arbuthnot seguira Gwyn até o pátio, um espaço enfeitiçado para que os alunos comuns só vissem o que pareciam ser outros jovens lendo, estudando, jogando frisbee.

Os Bruxinhos fizeram seu trabalho bem até demais, mas assim que a enorme rachadura no chão foi fechada e as árvores voltaram ao normal, o trio se safou com uma punição razoavelmente leve — duas semanas de voluntariado no refeitório —, e Gwyn ficara a sós com a dra. Arbuthnot.

"Obrigada", dissera sua ex-professora, antes de semicerrar os olhos. "Por que você estava no campus, afinal?"

"Vim buscar um negócio no escritório da Vivi", explicara Gwyn, mostrando o livro de história galesa que, na verdade, tinha pegado no chalé mais cedo. Ainda havia algumas coisas de Vivi por lá, e Gwyn sabia reconhecer o adereço perfeito. "Ela precisava do livro para uma pesquisa que está fazendo no País de Gales."

A dra. Arbuthnot provavelmente desconfiaria de Gwyn até que uma delas ou as duas morressem, mas respeitava e gostava de Vivi, então aceitara a desculpa. Poucos minutos depois, Gwyn já estava de volta à caminhonete, esperando por Wells.

Esperou um tempo.

Quase meia hora depois, ele apareceu, subindo a rua às pressas. Quando entrou na caminhonete e tirou a pasta com o arquivo de dentro do paletó (claramente tinha seguido o conselho de Gwyn a respeito da moeda de Parker), Gwyn deu início oficialmente à Sessão de Gabação.

Enquanto seguia em direção à rua principal, ela apontou com a cabeça para a pasta no colo de Wells.

— Chegou a dar uma olhada?

— Não, só fiquei feliz de ter achado, sinceramente. Sabe quantos Howell estudaram na Penhaven ao longo dos anos? Não quis correr o risco de ser flagrado com isso na mão quando ela voltasse, então simplesmente enfiei no casaco. Ainda precisei manter a encenação depois que ela terminou de lidar com o que quer que aqueles três tenham feito.

Por fim, olhou de relance para o banco de trás.

— Falando nisso, cadê eles?

— Ficaram no campus para estudar — disse ela, e Wells assentiu, voltando a olhar para a pasta.

— E aí, abro agora ou você prefere esperar para quando pudermos analisar juntos?

Gwyn balançou a cabeça e fechou a janela.

— Pode olhar.

Wells abriu a pasta e deu uma olhada na página.

— Você estava certa, ela estudou Rituais de Feitiçaria. Era boa aluna. Nota dez em quase tudo, elogios dos professores...

Gwyn bufou.

— Nunca vou querer ver a minha pasta — comentou. — Provavelmente está escrito "aqui há dragões" e nada mais.

Wells sorriu em resposta, sem tirar os olhos dos registros de Morgan.

— E na minha pasta sem dúvida tem um "caiu fora", então também não faço a menor questão de ver. Ah! — exclamou ele, batendo o dedo na folha. — Aqui está. "Aluna aconselhada a se retirar antes da formatura por motivos de práticas mágicas inapropriadas e indecorosas."

Wells levantou a cabeça e um trio de rugas se formou entre as sobrancelhas.

— E é só isso.

— Pode ser qualquer coisa — comentou Gwyn, e Wells se recostou no banco, pensativo.

— Qualquer coisa *ruim* — retrucou ele. — Então pelo menos sabemos que, seja lá o que tenha sido, não foi bom.

Gwyn assentiu, mas não pôde evitar uma leve sensação de decepção.

— Sinceramente, sinto que desperdiçamos um plano excelente — disse ela a Wells, e ele fez aquele "Hum" de novo, o som que sempre fazia quando não sabia o que dizer.

E ela ficou incomodada, só um pouquinho, por já estar começando a reconhecer os sons dele. As caras que ele fazia. O jeito como esfregava a barba quando estava concentrado em alguma coisa.

Então, Wells levou a mão ao pescoço, afrouxou a gravata e desabotoou os primeiros botões da camisa. Gwyn teve que se esforçar muito para não desviar os olhos da rua.

— Deixo você em casa?

Ele tinha saído de carro da loja mais cedo, mas depois o deixaram na casa dele antes de seguirem para a faculdade. Já era fim de tarde, e Gwyn não estava a fim de abrir a loja só por algumas horinhas.

Mas também não queria ir para casa, já que a empolgação e a adrenalina ainda não tinham baixado, independentemente da decepção com o conteúdo do arquivo.

Ela abriu a janela de novo, deixando o ar fresco da noite entrar, junto com o cheiro de lenha e folhas. Noites como aquela em Graves Glen eram mágicas em todos os sentidos da palavra e, conforme Gwyn dirigia lentamente pela rua principal, as luzes suspensas ao longo das calçadas se acendiam, refletindo no para-brisa.

Ao seu lado, Wells também abriu a janela, recostando-se no banco.

— Que noite linda — comentou ele, baixinho.

De repente, Gwyn soube exatamente para onde queria ir.

CAPÍTULO 22

A noite já tinha caído completamente quando Gwyn virou a caminhonete numa estrada de terra familiar. A trilha serpenteava entre colinas, com raízes retorcidas de árvores que emergiam das encostas ao redor. As janelas ainda estavam abertas, e Gwyn conseguia ouvir o leve gotejar da água que escorria das formações rochosas lá em cima, o pio suave de uma coruja, o farfalhar da brisa passando pelas árvores.

— Você não está me levando para me assassinar em algum lugar agora que já cumpri meu propósito no seu plano, né? — perguntou Wells, e Gwyn lhe deu uma piscadela.

— Melhor não me dar ideias.

A estrada fazia uma leve curva a certa altura da subida, e Gwyn acenou com a cabeça para a esquerda.

— Se você for por ali, vai parar no pomar de maçãs dos Johnson. Só pra avisar, eles são bacanas, mas a guerra entre a Galera das Maçãs e a Galera das Assombrações é antiga em qualquer cidade que leva o Halloween a sério.

— Entendido — respondeu Wells com falsa solenidade, e Gwyn sorriu, mudando a marcha à medida que a caminhonete subia mais.

— Normalmente, deixamos praticamente todo o mês de setembro para eles, mas se realmente fizerem o Passeio de Carroça das Maçãs na noite do Halloween, como andam ameaçando, tudo pode acontecer.

A caminhonete subiu mais um pouco e Gwyn engatou a marcha à ré, manobrando até estacionar exatamente onde queria. Já tinha ido ali tantas vezes que praticamente poderia fazer aquilo de olhos fechados, mas Wells começou a olhar ao redor, meio desconfiado.

— Eu estava brincando quando falei de assassinato agora há pouco, mas realmente não faço a menor ideia de onde estamos agora.

Gwyn desligou a caminhonete e abriu a porta.

— Segura o colete, Excelentíssimo.

— Eu nem estou de colete — resmungou ele ao sair, mas qualquer outra reclamação morreu nos seus lábios assim que viu a vista que surgiu à frente deles.

Gwyn tinha estacionado de modo que a traseira da caminhonete ficasse voltada para um penhasco íngreme. A terra descia bruscamente, revelando o vale ali embaixo. Graves Glen era um conjunto de luzes que brilhavam na escuridão, acolhedoras e calorosas, mas distantes, com colinas obscuras ao redor.

Para além da cidade, a luz do luar iluminava a faixa prateada de um trem que passava pelo vale, e o som suave de seu apito os alcançou.

Gwyn esticou o braço para o banco de trás e pegou o cobertor que sempre deixava na caminhonete para ocasiões como aquela, jogando-o na caçamba e subindo logo depois.

Wells ainda estava em pé ao lado da caminhonete, admirando a vista.

Enquanto ajeitava o cobertor, Gwyn disse:

— Foi a Vivi que descobriu esse lugar, na verdade. Quando a gente era adolescente. Ela curtia dirigir pelas montanhas e disse que essa era a vista mais bonita da região.

— É difícil imaginar outra vista que supere essa, realmente — comentou Wells em voz baixa, absorvendo cada detalhe.

Acomodando-se no cobertor, Gwyn indicou que ele subisse.

— Vem, Excelentíssimo — disse ela. — Se quiser ser um autêntico georgiano, precisa ter a experiência de ficar sentado na caçamba de uma caminhonete.

— Você é bem mandona, sabia? — respondeu ele, mas subiu com uma graciosidade surpreendente, sentando-se ao lado de Gwyn com as longas pernas esticadas para a frente.

Passaram um tempinho em silêncio e, embora Gwyn tenha se tocado de que nunca havia levado ninguém ali antes, recusou-se a remoer o assunto.

Ou a remoer demais.

Em vez disso, inclinou a cabeça para trás e olhou para cima. As estrelas brilhavam entre as árvores lá no alto, e a lua era um crescente perfeito à direita da colina mais alta.

Ao seu lado, Wells se recostou, apoiando-se nas próprias mãos.

— É tudo tão puro aqui... O ar, o céu.

Gwyn também se recostou, roçando a mão na dele. Queria fingir não ter percebido, fingir que o calor do corpo de Wells não a fazia querer se aconchegar nele, respirá-lo.

Mas estava ficando cada vez mais difícil fingir esse tipo de coisa quando se tratava de Wells, então ela se permitiu chegar mais perto, o suficiente para que os seus quadris se tocassem enquanto olhavam as estrelas.

— Tenho certeza de que o País de Gales se vira bem em termos de belezas naturais — comentou ela, e ele deu uma risadinha.

— Mais do que bem, é verdade — reconheceu Wells, e Gwyn o olhou de relance, por mais que estivesse tão escuro ali que ele mal passava de uma sombra. — Mas é diferente aqui. É muito... americano — concluiu.

Pela primeira vez, ele não disse isso como se fosse um palavrão e, quando se virou para olhar para Gwyn, ela notou certa melancolia na expressão dele.

— Você sentiu saudade? — perguntou ela. — De Graves Glen. Quando voltou para o País de Gales.

Wells esfregou a barba enquanto refletia sobre a pergunta.

— A princípio, achei que não. Passei poucos meses aqui, e ficava a maior parte do tempo na faculdade. Mas, depois que voltei, me peguei pensando na cidade nos momentos mais aleatórios. Quando estava andando pelas calçadas de Dweniniaid e me lembrava das folhas voando pelo campus, da beleza do gramado verde com os tijolos vermelhos. Ou então, o que era bem raro, aliás, quando um grupo de caras aparecia lá no bar, claramente amigos dos tempos de faculdade, e aí eu ficava pensando nas pessoas que eu teria conhecido se tivesse ficado mais tempo. As pessoas que talvez ainda estivessem na minha vida.

Wells balançou a cabeça e deu uma risada sem graça.

— Acho que isso me faz parecer um coitadinho.

— Eu já pensava isso de você, então não faz mal — retrucou ela, mas a mão ainda estava ao lado da dele, e Wells se limitou a sorrir com o comentário.

— Enfim, sim, senti saudade. Ou, melhor dizendo, lamentei tudo que perdi por ter ido embora tão cedo. — Wells ficou um tempo olhando para ela antes de voltar a se concentrar na vista. — Por exemplo, eu não fazia a mínima ideia de que dava para encher a cara e transar com os outros numa festa de Ostara.

Gwyn riu e abraçou os joelhos.

— Foi só um beijo, não uma transa — ela o corrigiu. — São coisas bem diferentes. — Em seguida, batendo levemente o ombro no dele, acrescentou: — E tenho certeza de que você beijou *ou* transou bêbado pelo menos uma vez. As garotas da Penhaven praticamente penduravam pôsteres seus na parede.

Wells soltou mais uma daquelas risadinhas abafadas e passou a mão pelo cabelo.

— Como já estabelecemos, eu era meio desprezível naquela época, por isso não, eu nunca me permiti esse tipo de coisa enquanto estive aqui.

— Sério? Nem uma vezinha?

Ele continuava admirando a vista, com o perfil mergulhado na sombra, e Gwyn se pegou pensando naquele cara arrogante entrando na sala da dra. Arbuthnot, em como ele a irritara e em como imaginara que tudo devia ser facílimo para ele por causa do sobrenome que carregava.

E, durante todo aquele tempo, ele era só... um cara solitário.

— Nem uma vezinha — confirmou Wells, antes de abrir um daqueles sorrisos sarcásticos. — Mas se serve de consolo, minhas notas eram *ótimas*.

Havia um milhão de piadas que ela poderia fazer naquele momento. Provavelmente um milhão e cinco.

Mas Gwyn não queria fazer piada nenhuma.

Em vez disso, virou-se para Wells, ficando de joelhos e encaixando as mãos no rosto dele.

A barba era macia ao toque e, quando ela passou uma perna por cima dele, acomodando-se no seu colo, ele perdeu o fôlego por um breve instante, enquanto as mãos subiam e repousavam logo abaixo da cintura de Gwyn.

Por um segundo, ela se perguntou se ele ia impedi-la, listar todos os motivos pelos quais aquilo era uma péssima ideia ou, talvez, dar início a um monólogo sobre o assunto.

Mas ele só a puxou para mais perto.

Gwyn sentiu um sorriso se abrir lentamente nos próprios lábios enquanto abaixava o rosto em direção ao dele, as bocas a um milímetro de distância.

— Está a fim de compensar o tempo perdido, Excelentíssimo? — murmurou.

— Não estamos bêbados, então não sei se conta — respondeu ele, mas as mãos não saíram dali, e ele inclinou a cabeça bem de leve, roçando o nariz na mandíbula de Gwyn de um jeito que a fez fechar os olhos.

— Ah — garantiu Gwyn, remexendo os quadris enquanto ele perdia o fôlego outra vez —, pode acreditar. Vai contar, sim.

Dessa vez, não havia nenhuma desculpa para beijá-lo. Nenhum feitiço, ninguém a ser enganado. Não havia mais ninguém ali, a não ser eles dois na escuridão e Graves Glen brilhando à distância, parecendo a um milhão de quilômetros da mente de Gwyn.

De certa forma, parecia um primeiro beijo, e isso a fez sentir um leve frio na barriga ao abrir a boca junto a dele, a mão agarrada na parte da frente da sua camisa, os dedos dele cravados no quadril de Gwyn.

Quando ela se afastou, os lábios de Wells encontraram o seu pescoço, a barba arranhando a pele de um jeito que ela sabia que iria incomodar no dia seguinte, mas, naquele momento, era só prazer. Tudo era bom. A boca dele, as mãos, a maciez do cabelo roçando a bochecha dela, o desejo lento e constante que crescia entre as suas pernas enquanto ela se mexia, inquieta, no colo de Wells.

Apesar do frescor da noite, Gwyn começou a tirar o cardigan ao mesmo tempo que Wells levantou a cabeça para beijá-la de novo, o que a distraiu. Ela correspondeu ao beijo, ficando com o casaco pendurado no meio dos braços.

E, quando a língua dele fez um movimento particularmente agradável ao encontrar a dela, Gwyn soltou um gemido, agarrando-se aos ombros dele, mas foi impedida pelo cardigan traiçoeiro.

Dando uma risadinha com os lábios colados nos dela, Wells levantou as mãos para ajudá-la a tirar a peça e, com um som frustrado, interrompeu o beijo só para arremessar o cardigan para fora da caminhonete.

— Você é linda, mas aquela roupa era horrível — disse Wells, ofegante, enquanto ela beijava sua mandíbula. — Então, não posso lamentar o sacrifício da peça.

— Era minha favorita — mentiu ela —, e você vai ter que comprar outra para mim.

Ele riu de novo, e Gwyn seguiu aquele som com a boca, sentindo o ar frio da noite contra sua pele corada. Wells mantinha a mão nas costelas dela, um toque firme e quente em contato com sua camiseta fina, e ela se perguntou se ele conseguia sentir o quanto seu coração estava disparado.

Dava para senti-lo duro debaixo dela, apesar das camadas de tecido que os separavam. Gwyn se esfregou ainda mais, mexendo os quadris, enquanto uma descarga de adrenalina percorria suas veias, as coxas se fechavam e o beijo se intensificava.

Uma das mãos de Wells, aquelas mãos lindas e elegantes com as quais Gwyn andava tendo pensamentos nada inocentes por muito mais tempo do que gostaria de admitir, estava na sua nuca, entrelaçada no cabelo. A outra, apoiada logo acima da bunda, a segurava firme enquanto ela se mexia, os corpos colados. Gwyn chegou a se perguntar como algo tão simples quanto beijar de roupa podia ser tão obsceno.

O cara ainda estava de *terno*, cacete.

Mas talvez isso contribuísse para todo aquele clima. O sério e formal Wells Penhallow de terno preto, beijando Gwyn na caçamba de uma caminhonete como se eles fossem dois universitários cheios de tesão que tinham fugido do campus.

Por um breve instante, ela foi invadida por uma espécie de nostalgia, um desejo de voltar no tempo para que pudessem ser aquele Wells, aquela Gwyn, sem complicações e tudo mais.

— Sabe — interrompeu Gwyn, ofegante, afastando os lábios dos dele —, você é absurdamente bom nisso para alguém que alegou nunca ter feito esse tipo de coisa.

— Eu aleguei nunca ter feito esse tipo de coisa *aqui* — Wells a corrigiu, afastando o cabelo dela do rosto e brincando brevemente com a mecha rosa desbotada na bochecha, enquanto a mão apoiada nas suas costas a implorava que continuasse se mexendo. — Eu não era um monge, Jones.

— Ah, então você já seduziu garotas galesas na caçamba de caminhonetes.

— Se não me engano, foi você que sentou no *meu* colo — ele a lembrou, inclinando-se para lhe dar outro beijo ardente no pescoço.

O cérebro de Gwyn estava totalmente embaralhado, e ela fechou os olhos enquanto se esforçava para dizer:

— Posso até ter tomado a iniciativa, mas foi você que deu continuidade, Excelentíssimo. Estou começando a achar que toda essa história de Cara Que Usa Colete não passa de teatro.

Ele tirou a mão da bunda de Gwyn e se inclinou levemente para trás, analisando-a, ainda sem fôlego.

— Você sempre fala tanto assim durante o sexo?

Gwyn lambeu os lábios enquanto tentava recuperar o fôlego.

— É isso que a gente está fazendo? — perguntou ela. — Sexo?

Wells passou a mão pelo cabelo antes de se recostar, apoiado em ambas as mãos, e Gwyn não saiu de cima dele.

— Com certeza parecia o prelúdio disso.

— É isso que você quer? — perguntou Gwyn, de repente sentindo um pouco de frio agora que o corpo de Wells não estava mais colado no dela.

Mas era bom.

Gwyn precisava do espaço, precisava da pausa, porque o que tinha começado como algo divertido, algo que ela sentia estar sob controle, de repente começava a parecer algo maior, e isso era, francamente, assustador.

— A gente pode — prosseguiu ela. — Transar. Ou pode só continuar assim, talvez dar um passinho a mais. Quer dizer, você nem chegou a passar a mão em mim, e *diversas* fontes poderiam confirmar que meus peitos são uma atração à parte. Então... — Gwyn deu de ombros. — Como você quiser.

Wells ficou tão quieto durante tanto tempo que Gwyn se perguntou se talvez ele não era *mesmo* um robô e ela acabara de causar um curto-circuito no sistema dele. Ou talvez demorasse um pouco para todo aquele sangue voltar ao cérebro.

O vento ainda soprava em meio às árvores, com um farfalhar suave lá em cima, e a caminhonete rangeu levemente quando Wells se ergueu devagarinho, colando o peito no dela e levando uma das mãos ao rosto de Gwyn.

Havia luz da lua o suficiente para que ela enxergasse a expressão dele enquanto ele a olhava nos olhos, e, se Gwyn tinha alguma esperança de distanciá-los um pouco, aquela mistura de calor, irritação e desejo jogou qualquer possibilidade pelo ralo.

— O que eu quero — disse Wells, bem baixinho —, sua mulher irritante...

Ele roçou os lábios nos dela, numa leve insinuação de beijo, e Gwyn estremeceu.

— Completamente aterrorizante...

Mais um toque de lábios, um pouco mais firme dessa vez.

— Louca e absurdamente linda, é te ver gozar.

Em seguida, um beijo de verdade, rápido demais, mas obsceno o bastante para que, assim que ele se afastou, as mãos de Gwyn estivessem novamente agarradas à blusa dele. Wells, por sua vez, voltou a ficar ofegante, e a olhava cheio de desejo.

—Ah — foi tudo que Gwyn conseguiu dizer, a boca seca, mas todo o resto do corpo molhado e em chamas ao mesmo tempo.

Um canto da boca de Wells se ergueu num sorriso enquanto ele afastava, mais uma vez, o cabelo do rosto dela, com um toque tão suave que lhe causava arrepios.

— Se você quiser que eu te coma, então eu vou fazer isso — afirmou ele, deslizando o polegar pelo lábio inferior de Gwyn, um toque suave que ela sentiu por toda parte. — Mas também vou ficar muito feliz só de te tocar. Ou te provar.

Gwyn soltou um suspiro trêmulo. Percebeu que estava tremendo dos pés à cabeça, e queria que ele continuasse falando daquele jeito para sempre, a voz baixinha e afetuosa, áspera e ao mesmo tempo deslizando sobre ela como algo sedoso e macio; queria que ele continuasse enchendo sua cabeça com imagens dos dois, das coisas que podia fazer com ela, das coisas que os dois fariam *juntos*.

— Se você quiser que a gente continue com cada peça de roupa que estamos usando agora para que você se esfregue no meu pau até eu gozar, eu vou adorar. Se quiser se masturbar enquanto eu fico assistindo, eu...

Wells se ajeitou abaixo dela, segurando seus quadris e pressionando-a com vontade no colo, para caso Gwyn ainda tivesse alguma dúvida do quanto aquela ideia específica o agradava. Ela engoliu em seco, pousando as mãos nos ombros dele e cravando-as no terno.

— É isso que eu quero, Gwynnevere Jones — disse. — Você. Gozando para mim. Do jeito que você quiser.

Gwyn ficou olhando para ele, quase maravilhada.

— Quem é você e o que fez com o Excelentíssimo Llewellyn Penhallow? — murmurou ela, e Wells sorriu, inclinando-se para beijar a curva do seu pescoço.

— Mas, se o que *você* quer é parar por aqui, descer a montanha e fingir que nada disso aconteceu, também estou receptivo à ideia — murmurou ele, com a boca na pele de Gwyn.

— Ah, aí está ele — disse Gwyn, e Wells deu uma risada retumbante que ela sentiu mais do que ouviu.

Ele voltou a olhar para ela, tirando a mão dela do seu ombro e dando-lhe um beijo na palma.

— E aí, qual é sua escolha, Jones?

CAPÍTULO 23

Era libertador perder completamente a cabeça.
Porque claramente foi isso o que aconteceu, e Wells não sabia se já tinha se sentido tão feliz em toda a sua vida.
Ou talvez fosse porque Gwyn estava no seu colo, aquele corpo quente e macio sobre o dele, seu rosto uma mistura de desejo, necessidade e uma deliciosa surpresa que o fazia ter vontade de lhe dizer cada pensamento obsceno que já tivera a respeito dela, cada coisa deliciosa e libidinosa que desejava.
Demoraria um pouquinho, porque Wells tinha quase certeza de que, com Gwyn, ele queria *tudo*, mas não tinha problema. Ali no alto, naquele lugar escondido, bem acima da cidade e longe de tudo, menos dela, Wells sentia que tinham todo o tempo do mundo.
O tempo parecia congelado naquele momento, de qualquer maneira, enquanto Wells a esperava decidir o que queria. Ele sabia que a decisão mais inteligente seria voltar para Graves Glen e encontrar outra desculpa para explicar aquele momento de loucura, só que, caramba, ele estava cansado de ser o inteligente.
E ela devia estar sentindo o mesmo, porque se inclinou para a frente, beijando-o de novo e chupando seu lábio inferior de um jeito que o fez pensar que talvez pudesse gozar só com aquilo: lábios nos lábios, pernas abraçando seu colo, os peitos dela pressionando suavemente seu peito.

Então, ela se afastou, e um sorriso perigoso se insinuou naquela linda boca.

Em seguida, desceu as mãos pelo próprio corpo, cruzando-as na barra da camiseta, e, enquanto a puxava lentamente para cima, Wells absorveu avidamente cada centímetro de pele que se revelava. À luz do luar, ela ficava pálida, a pele parecia mármore, e Wells não pôde deixar de colocar a mão ali, na barriga dela, roçando a ponta dos dedos na borda do sutiã enquanto ela jogava a camiseta para fora da caminhonete, junto com aquele suéter horrível.

Wells se recostou, querendo olhar para ela e desejando que houvesse mais luz. Em seguida, lembrou-se de que *era bruxo*.

— Posso? — perguntou, tirando a mão da barriga dela enquanto uma leve faísca já surgia entre os dedos. Quando ela assentiu, a faísca se transformou num brilho suave, só um pouco mais claro do que uma vela, mas suficiente para que pudesse vê-la.

O sutiã era todo preto, quase transparente, a não ser acima dos mamilos, onde dois rostos de gatos pretos sorriam para ele. Wells começou a rir, mesmo sentindo uma vontade absurda de segurar o peito dela e acariciar um daqueles malditos bigodes de gato com o polegar.

— Nossa, eu não deveria estar tão excitado quanto estou agora — disse ele, e Gwyn abriu um sorriso.

— Melhora ou piora as coisas saber que vou começar a vender isso no Templo das Tentações? — perguntou ela, e Wells balançou a cabeça.

— Sinceramente, não sei dizer.

Sem deixar de sorrir, Gwyn levou as mãos para trás e soltou o fecho do sutiã. Wells notou que *essa* peça de roupa ela não jogou para longe, preferindo deixá-la ao lado do seu quadril. Depois, ele já não conseguiu pensar em mais nada, porque Gwyn estava seminua no seu colo, acariciando seu cabelo com os dedos e arranhando-o suavemente.

— Só pra avisar — disse ela numa voz rouca, conduzindo a mão dele para o seu peito —, você pode olhar *e* tocar.

Ofegante, Wells roçou os nós dos dedos no mamilo dela e, em seguida, começou a fazer círculos lentos com o polegar, enquanto ela suspirava e voltava a mexer os quadris.

— E se eu quiser fazer isso? — perguntou ele, abaixando a cabeça e deixando a respiração passear por aquela região. Com um som suspeitamente próximo de um gemido, Gwyn assentiu, esfregando-se ainda mais enquanto os lábios dele se fechavam ao redor do mamilo, chupando primeiro com delicadeza, depois com mais intensidade.

Wells sempre a achara bastante cheirosa, com aquela mistura de chá, ervas e velas, tão característicos quanto o cabelo vermelho e os olhos verdes. Mas nada daquilo se comparava ao sabor da pele de Gwyn, o leve gosto salgado de suor, e ao se mover em direção ao outro mamilo, ele sabia que queria sentir aquele gosto no corpo inteiro, gravá-lo em sua língua pelo resto da vida.

Wells podia até dizer a si mesmo que ela só provocava tudo aquilo nele porque fazia muito tempo que não ficava com nenhuma mulher, mas estava cansado de mentir. Era ela, e era ele, e era qualquer que fosse a magia que seus corpos acendiam juntos. Nunca tinha sentido nada parecido antes e sabia, no fundo da alma, que nunca sentiria nada assim outra vez.

— Você está com roupas demais — disse Gwyn, a voz trêmula, mesmo tentando rir. A contragosto, Wells soltou o mamilo dela e se mexeu de modo a conseguir tirar o paletó. Gwyn ajudou, depois levou as mãos aos botões da camisa. Wells removeu a peça o mais rápido que pôde, estremecendo quando as unhas dela traçaram um caminho lento por seu peito, descendo cada vez mais, roçando sua barriga e dando um tapinha na fivela do cinto.

Wells percebeu que ela também estava tremendo, e talvez não só por conta do toque dele. A temperatura da noite tinha diminuído e, no momento, estava quase gelado. Sem pensar, ele levantou a mão e murmurou rapidamente algumas palavras.

Logo em seguida, o ar ao redor dos dois esquentou alguns graus, espantando o frio. Era um feitiço bem útil no País de Gales, e Wells não imaginou que fosse ter muita serventia ali na Geórgia, mas, por outro lado, ele nunca tinha pensado que ficaria pelado na caçamba de uma caminhonete estacionada no meio do mato.

Gwyn sorriu com a boca colada na dele enquanto o beijava novamente. Em seguida, saiu do seu colo e se levantou num movimento surpreendentemente elegante.

A caminhonete balançou levemente enquanto ela tirava uma bota, depois a outra, e Wells permaneceu ali, deitado aos pés dela e apoiado nos cotovelos enquanto a observava tirar a calça legging até ficar completamente nua. Emoldurada contra o céu noturno, com o cabelo vermelho esvoaçando ao vento, ela parecia uma espécie de deusa antiga.

Eu estou muito fodido.

Wells só percebeu que tinha falado aquilo em voz alta quando ela riu, ajoelhando-se sobre o cobertor — uma mulher novamente, mas, ainda assim, a coisa mais linda que ele já tinha visto.

— Sim, vamos cuidar disso mais para a frente — prometeu ela. — Mas eu me lembro de um papo sobre ser minha escolha a forma como *eu* vou gozar hoje à noite.

Surpreso por ainda conseguir formar palavras, que dirá fazer piadinhas, Wells falou:

— Sim, esse foi o acordo. Juramento de bruxo.

— Isso continua não existindo — disse ela, enquanto deslizava a mão pela mandíbula de Wells, de olho na sua boca. — Eu nunca tive ninguém de barba me chupando — comentou, e cada gota de sangue no corpo de Wells claramente foi parar no seu pau, pois ele nunca tinha ficado tão duro na vida.

— É sempre um prazer proporcionar novas experiências — ele conseguiu responder, com a voz rouca, e Gwyn esboçou um sorriso.

— Experiências *refinadas*, até.

— Esse é o padrão Penhallow.

Os dois pareceram se aproximar um do outro ao mesmo tempo e se encontraram no meio do caminho. Wells a puxou para baixo com ele até ficar deitado de costas, a cabeça quase encostando na beirada da caminhonete e Gwyn por cima dele. Ele deslizou as mãos pelas costas, pelas coxas e pela bunda dela, qualquer parte que pudesse tocar enquanto a beijava — até que ela se sentou, enganchando-o com as pernas.

Gwyn desviou os olhos para o espaço no cobertor ao lado deles e seu corpo já estava seguindo naquela direção quando Wells apertou mais seus quadris e a segurou no lugar.

Gwyn o encarou de sobrancelhas arqueadas, a pele ruborizada em meio à luz suave do feitiço.

— Você mesma que disse — ele a lembrou, descendo na caçamba da caminhonete, levantando os joelhos e a incentivando a deslizar para cima até o peito dele. — Experiências refinadas, Jones.

Gwyn ficou levemente boquiaberta, mas obedeceu às mãos dele.

— Você é mesmo uma caixinha de surpresas, né? — murmurou ela, e Wells permitiu-se um sorriso convencido.

— Você não tem ideia — retrucou ele, e então a puxou com força, posicionando os joelhos dela nos seus ombros, as coxas abertas à sua frente, e sua boca a alcançou.

Wells ouviu um baque surdo quando Gwyn arfou e se inclinou para a frente, as mãos batendo no vidro da caminhonete, os braços firmes ali enquanto mexia os quadris na boca dele. Ela estava molhada, quente, perfeita e inebriante, e Wells se sentiu embriagado de Gwyn quando a ouviu gritar, quando a ouviu arfar seu nome, enquanto perseguia o prazer com a mesma intensidade impiedosa que o fizera desejá-la lá no início.

E, quando ela finalmente estremeceu e desabou em cima dele, quando Wells olhou para o corpo dela e viu os olhos se fecharem, os lábios entreabertos, os cabelos vermelhos brilhando contra o céu escuro, ele soube que ainda não tinha tido nem perto do suficiente dela.

CAPÍTULO 24

— **E aí,** como estão as coisas com o Wells?

O FaceTime era uma invenção amaldiçoada, concluiu Gwyn enquanto olhava para o rosto feliz e radiante de Vivi na tela do laptop, apoiado no balcão do Templo das Tentações.

Por que as pessoas não podiam simplesmente conversar por telefone? Por que precisavam se *ver*?

Por telefone, ninguém reparava que você estava sem maquiagem, ou que ainda estava de pijama ao meio-dia. Ninguém conseguia ver que sua breve experiência com franja tinha terminado em tragédia.

E ninguém via você corar.

Vivi franziu a testa e se aproximou da tela.

— Você está com cara de culpa. Por favor, me diz que você não explodiu a loja dele. Ou que o transformou em algum tipo de anfíbio.

— Não fiz nada disso! — insistiu Gwyn. — Eu juro!

Eu só sentei na cara dele na caçamba da minha caminhonete no seu mirante favorito, só isso, e foi a melhor experiência sexual da minha vida, e não faço a mínima ideia de como lidar com isso, então talvez eu devesse mesmo *transformá-lo num anfíbio, porque pelo menos assim eu teria certeza de que nunca mais faria aquilo, só que a questão é que eu quero muito, muito fazer aquilo de novo.*

Por um segundo, Gwyn se imaginou dizendo tudo aquilo a Vivi, mas, como preferia a cabeça da prima inteira do que totalmente explodida, decidiu acrescentar apenas:

— Na verdade, passamos um tempinho juntos ontem e fomos perfeitamente civilizados.

Não era *exatamente* uma mentira.

A noite anterior definitivamente tinha sido... amigável.

Vivi estava claramente desconfiada, mas deixou pra lá, olhando por cima do ombro. Estava em uma casinha de pedra muito bonita e, por mais que Gwyn não estivesse vendo Rhys, dava para ouvi-lo cantarolando alegremente no fundo, o que provavelmente significava que ele estava cozinhando. Já convivia com ele o suficiente para identificar aquele hábito.

— Vai lá — disse ela para Vivi. — Vai ver que prato irritantemente maravilhoso seu marido está preparando para você, e pode dormir tranquila sabendo que eu e o Wells não estamos nos matando.

Vivi voltou a olhar para ela e pôs o cabelo atrás da orelha.

— Tem certeza de que está tudo bem por aí? Eu sei que o Encontro de Graves Glen é daqui a poucos dias, e depois vem o Festival de Outono, e a gente não vai estar de volta a tempo dele também, mas...

— Está tudo tranquilo na cidade de Graves Glen — respondeu Gwyn; tecnicamente mais uma verdade. Ela sabia que deveria mencionar a chegada de Morgan à cidade, além de toda aquela bizarrice na casa dela, mas Vivi e Rhys já tinham passado por maus bocados no ano anterior e mereciam uma lua de mel livre de preocupações. Se algo realmente sério viesse a acontecer, talvez Gwyn lhe atualizasse sobre a Situação Morgan, mas, por enquanto, estava feliz em manter Vivi alheia ao assunto.

— Tá bom — disse Vivi, e então acenou para a câmera. — Manda um beijo para o Seu Miaurício. A gente se fala em breve.

— Pode deixar!

Assim que fechou o laptop, Gwyn olhou para Cait e Parker, que estavam ajudando a reorganizar a vitrine de cristais do outro lado da loja. Sam estava no seu expediente no Café Caldeirão, mas tinha passado ali mais cedo, e os três Bruxinhos ficaram meio decepcionados ao descobrirem que o arquivo de Morgan não tinha muita informação.

Gwyn também não estava exatamente animada com isso, mas ainda tentava decidir qual seria o próximo passo. Podia ligar para Morgan, chamá-la para almoçar e ver se ela deixava escapar alguma informação, mas, se Morgan realmente *estivesse* tramando algo, Gwyn não queria revelar suas intenções tão cedo.

Ela ainda estava refletindo sobre o que fazer — e se esforçando muito para não ficar olhando de cinco em cinco segundos para a Penhallow's — quando o corvo sobre a porta grasnou.

— Bem-vindos ao Templo das Tentações! — disse Gwyn, antes de se virar e ver Jane parada ali. — Ah — falou em seguida, limpando as mãos na parte de trás da saia. — Bem, você não precisa de boas-vindas, já conhece bem a loja.

Com um sorriso discreto, Gwyn atravessou a loja e parou em frente à ex-namorada. Jane claramente estava no Modo 100% Prefeita, com um terninho preto sério, saltos bem altos, dois celulares na mão, um iPad à vista na bolsa pendurada no ombro e uma caneta atrás da orelha.

— Não me diga que veio para comprar uma abóbora de plástico — brincou Gwyn, e Jane esboçou um sorriso enquanto balançava a cabeça.

— Por mais que eu goste desse tipo de coisa, não. Na verdade, queria fazer algumas perguntas sobre as coisas que a Vivi encontrou lá na Penhaven para o Encontro de Graves Glen. Você topa... — Jane apontou para trás. — Tomar um chá ou algo assim e conversar?

Gwyn não conseguia pensar em muitas coisas mais constrangedoras do que aquilo, mas mesmo assim assentiu, pedindo a Cait e Parker que cuidassem do balcão por alguns minutinhos.

Por fim, ela e Jane seguiram pela pitoresca rua principal de Graves Glen, em direção ao Café Caldeirão.

Gwyn pediu um chai e esperou Jane pedir o de sempre — um café do tamanho da cabeça dela, com cafeína o suficiente para matar uma manada de rinocerontes.

Então, quando Jane pediu um chá de hortelã com limão e mel, Gwyn se perguntou se tinha ouvido direito.

Mas era isso mesmo, Sam definitivamente estava servindo um chá para Jane e, perplexa, Gwyn a seguiu até uma mesa no fundo, sentando-se de frente para ela.

— Você parece... calma — comentou Gwyn, observando Jane atentamente. Ela gostava da prefeita, mas não dava para negar que, na maior parte do tempo, a ex era um redemoinho de estresse e Red Bull.

Mas, aparentemente, não era mais o caso. Gwyn nunca tinha visto Jane tão calma.

Agora estava até corando um pouco e abaixando a cabeça com um sorriso no rosto.

— A Lorna me convenceu a trocar o café por chá de ervas e baixou um aplicativo no meu celular que serve para me deixar mais consciente ou algo parecido. — Jane balançou a cabeça e ergueu o celular que nunca desgrudava da mão. — É meio bobo, mas está dando certo.

— Você deve estar muito apaixonada para abrir mão do seu amado café — brincou Gwyn, mas não havia nada de engraçado na suavidade que dominou o semblante de Jane.

— É, estou mesmo — disse ela, e Gwyn esperou sentir um pouco de tristeza, talvez até ciúme, mas não foi isso que aconteceu. Estava simplesmente feliz por Jane.

— Isso é meio esquisito — comentou Gwyn, mexendo o chá. Jane deu de ombros e tomou um gole da própria bebida.

— Como assim? Nunca continuou sendo amiga de ex?

— Não — respondeu Gwyn com sinceridade, e Jane riu, balançando a cabeça.

— Já chegou a tentar?

— Não — repetiu Gwyn. — Sempre imaginei que todos estariam ocupados demais me amaldiçoando ou escrevendo contos de péssima qualidade sobre uma mulher ruiva chamada Brynn que destruiu a vida deles para sempre.

As sobrancelhas de Jane desapareceram debaixo da franja.

— Você acha que destruiu minha vida?

— Ninguém é capaz de destruir a sua vida — admitiu Gwyn. — Você é uma força da natureza, não seria nem permitido.

O comentário fez Jane sorrir, e Gwyn se lembrou de que Jane tinha um belo sorriso.

— Gwyn, a gente só não deu certo — disse ela, estendendo a mão por cima da mesa para apertar a de Gwyn. — Eu não te odiei e você não me magoou. Verdade seja dita, eu fiquei basicamente triste por você parecer não querer mais passar tempo comigo. Eu gostava de passar tempo com você.

— Eu também gostava.

— E não vejo por que não podemos continuar nos vendo como amigas — prosseguiu Jane. — Ainda mais agora que já estamos em outros relacionamentos.

Gwyn quase engasgou com o chá.

— O quê?

Jane inclinou a cabeça, confusa.

— Eu só... achei que você e Llewellyn Penhallow estivessem juntos. Morgan Howell comentou comigo outro dia.

Claro.

Gwyn não tinha pensado muito nas consequências ao se jogar no rosto de Wells na escada. Não tinha levado em conta que a notícia podia se espalhar e que as pessoas achariam que os dois estavam juntos porque, bem, eles *disseram* que estavam.

E a noite anterior...

Não, não, não, não vou pensar nisso agora.

Em vez disso, ela girou o copo de papel nas mãos, batendo as unhas verde-escuras na lateral, e perguntou:

— Então você já conheceu a Morgan?

Jane assentiu, dando uma olhada no celular e digitando alguma coisa.

— Ela apareceu lá no escritório outro dia para se apresentar. Está muito interessada em participar de tudo: do Encontro, do Festival de Outono, do Halloween... disse que, se precisarmos de alguma coisa, é só avisar. — Jane levantou a cabeça, exibindo seus olhos castanhos brilhantes. — E ela fez uma doação generosa para todas essas coisas, então é minha nova cidadã favorita, foi mal.

Forçando um sorriso, Gwyn acenou com a mão, mas sua mente estava a mil.

— Qualquer um pode assinar um cheque, Jane — brincou.

— Mas quando o assunto é Halloween, você sabe quem é a craque do jogo.

Morgan já tinha dito que queria ajudar com as coisas. Talvez fosse simplesmente porque estava determinada a fincar raízes na Cidade do Halloween. Talvez fosse *mesmo* apenas uma cidadã participativa.

Mas Gwyn não conseguia parar de pensar em todas aquelas coisas no sótão de Morgan, na magia sombria que pairava sobre tudo, no timing esquisito da chegada dela justo *agora*, no primeiro Samhain depois que o poder da cidade mudou de mãos.

Por sorte, Jane pareceu alheia à distração de Gwyn, e as duas passaram a meia hora seguinte planejando atividades divertidas para o Encontro, incluindo uma possível aparição do Seu Miaurício.

Quando Gwyn saiu do Café Caldeirão, já estava escuro. Passou na loja para fechar tudo e, no caminho, percebeu que as luzes da Penhallow's ainda estavam acesas.

Resistindo ao impulso de atravessar a rua, Gwyn entrou na caminhonete e seguiu em direção à montanha, para casa.

O chalé estava com um ar aconchegante e, ao estacionar, ela já estava pensando em tomar um longo banho bem quentinho e vestir sua camisola mais confortável, aquela que, segundo Vivi, a fazia parecer a garota da capa de um romance gótico, mas então percebeu que a porta da frente estava levemente entreaberta.

Parada nos degraus, Gwyn prendeu a respiração por um momento, tentando lembrar do início do dia. Tinha ventado bastante, uma tempestade se formava e o chalé era velho. As portas nem sempre fechavam direito, mas ela sempre trancava a da frente.

Será que tinha trancado aquela manhã?

Claro que tinha, pensou ela, forçando-se a subir os degraus. Não havia sensação de magia no ar, nenhum indício de que houvesse outra pessoa ali, mas, mesmo assim, Gwyn avançou lentamente, sentindo o coração bater com força nas costelas.

A porta rangeu quando ela a empurrou e alcançou o interruptor, acendendo as luzes e examinando a entrada.

Não havia ninguém ali.

— Seu Miaurício? — chamou. Se alguém tivesse estado ali, ele lhe diria.

Isso a tranquilizou um pouco, até Gwyn perceber que a casa estava silenciosa demais, sem nenhum som de patas e nenhum miado para pedir petiscos.

Seu Miaurício sempre a recebia na porta para pedir petiscos.

Agora sim estava assustada. Gwyn respirou fundo, agitando os dedos na lateral do corpo para conjurar uma explosão de magia, ao mesmo tempo que continuava chamando Seu Miaurício.

Estava tão concentrada em procurar o gato que levou um minuto para perceber que sua mão parecia praticamente morta, sem nenhum poder fluindo.

Respirando com dificuldade, ela olhou para baixo, mexeu os dedos e... nada.

— Seu Miaurício? — chamou de novo, subindo a escada às pressas, procurando no próprio quarto, no antigo quarto de Vivi, debaixo das camas, nos armários, atrás das poltronas, em todos os lugares preferidos do gato. Durante todo esse tempo, tentava acessar sua magia, mas o coração não parava de acelerar e a respiração começava a parecer soluços.

Sua magia não estava funcionando e seu gato tinha desaparecido. Enquanto seguia em direção à varanda, a floresta — *sua* floresta, no meio da *sua* montanha — parecia, de repente, se fechar sobre ela, como se qualquer coisa pudesse estar escondida ali.

Ela estava sozinha, sem poder e sem Miaurício.

Lá no alto, as nuvens se precipitavam no céu noturno, o vento soprava mais forte e, ao longe, Gwyn viu um relâmpago iluminar as nuvens carregadas. Ia começar a chover a qualquer momento e, no alto da montanha, as tempestades podiam ser intensas.

E Seu Miaurício estava em algum lugar lá fora.

Gwyn se abraçou e tentou respirar fundo para se acalmar, fechando os olhos por um segundo.

Quando os abriu, viu luzes brilhantes surgirem entre as árvores, vindo direto na sua direção.

CAPÍTULO 25

Wells havia passado as últimas vinte e quatro horas pensando em Gwyn sem parar, por isso, quando passou de carro pelo chalé dela a caminho de casa e a viu lá na varanda, quase acreditou que toda aquela obsessão estava começando a causar alucinações.

Mas aí ele viu o rosto dela, pálido e preocupado sob as luzes da varanda, e pisou no freio com tanta força que a traseira do carro derrapou de leve na estrada de terra e cascalho.

Mal tinha estacionado o carro e já estava abrindo a porta às pressas e correndo até ela.

— Gwyn?

— Wells! — gritou ela, e foi aí que ele entendeu que, o que quer que tivesse acontecido, era coisa séria.

Ele subiu os degraus da varanda no mesmo instante em que ela começava a descer, e então percebeu que seus olhos estavam cheios de lágrimas. Pelo amor dos deuses, Wells ia *matar* seja lá quem tivesse feito Gwynnevere Jones chorar.

A magia já pulsava em suas veias e ele cerrou as mãos ao perguntar:

— O que foi? O que aconteceu?

— Não estou conseguindo achar o Seu Miaurício — disse ela, com uma foz fraca e assustada que nada tinha a ver com Gwyn. — Quando eu cheguei em casa, a porta estava aberta. Pensei que alguém pudesse ter invadido, mas acho que simplesmente me esqueci de trancar hoje de manhã. A ventania de hoje deve ter aberto a porta e ele saiu.

Como se o tivesse invocado com suas palavras, o vento soprou mais forte naquele instante, espalhando folhas e trazendo cheiro de chuva e ozônio.

Ela olhou para Wells com os lábios trêmulos.

— Ele é tão pequenininho — comentou, e Wells sentiu algo se despedaçar no peito. Naquele exato instante, teria dado qualquer coisa no mundo para lhe entregar aquele gato, para nunca mais vê-la assim.

— Nós vamos encontrá-lo — disse Wells imediatamente. *Nem que eu tenha que vasculhar cada cantinho dessa maldita montanha.*

— Já tentei — disse ela, a voz falhando. — Eu ia usar um feitiço de localização, só que minha magia está escangalhada ou sei lá o quê. Nada aconteceu.

Wells franziu a testa. Já era a terceira vez que a magia de Gwyn não funcionava do jeito que deveria — ou pelo menos a terceira vez que ele soube.

Mas essa preocupação podia esperar. No momento, ele precisava recuperar o gato.

— Provavelmente você estava nervosa demais — refletiu Wells —, então me deixa tentar, tá bem?

Ela assentiu, enxugando os olhos e respirando fundo, com dificuldade. Wells segurou os ombros dela por um instante e os apertou de leve.

Em seguida, ele se virou e passou os olhos pela floresta à sua frente, tentando acalmar o próprio coração acelerado e se concentrar. Só tinha visto o gato poucas vezes, mas tentou imaginá-lo da melhor forma possível, levantando as mãos enquanto sentia a magia crepitar pelos dedos. Sentiu uma espécie de puxão na mente e, à imagem de Seu Miaurício, acrescentou o rosto choroso de Gwyn, o peso que sentiu no estômago ao se dar conta de que ela estava chorando, o forte desejo de resolver aquilo para ela.

Um fio de luz saiu de suas mãos, serpenteando pelo chão e seguindo em direção às árvores.

Gwyn já estava correndo atrás da luz ziguezagueante, e Wells ia logo atrás, tomando cuidado para não tropeçar em raízes ou pedras soltas à medida que se embrenhavam mais na floresta.

A trilha de luz terminou numa árvore oca. Gwyn parou de correr e, ofegante, chamou:

— Seu Miaurício?

E ali estava ele, aquele safado, saindo tranquilamente de dentro do buraco no tronco, piscando os olhões verdes para Gwyn.

— Petiscos? — perguntou ele, e ela caiu no choro enquanto se abaixava para pegá-lo no colo.

Wells sentiu uma onda de alívio. Alívio, orgulho e uma alegria avassaladora. E então ali estava outra vez aquela sensação no peito: um aperto e um calor ao mesmo tempo, enquanto Gwyn enchia o gato de beijos.

— Você não merece nenhum — disse ela a Miaurício. — Mas, sim. Todos os petiscos que você quiser. Todos os petiscos do mundo.

— Petiscos — confirmou Seu Miaurício alegremente, acomodando-se para receber mais carinho.

Wells nunca pensou que sentiria tanta inveja de um gato.

Em seguida, Gwyn se virou para ele, com o rosto corado e molhado e Seu Miaurício aninhado debaixo do queixo.

— Obrigada — disse ela. — Sério. Eu estava em pânico, e não sei o que teria feito se você não tivesse aparecido.

— Você teria dado um jeito — respondeu Wells, e ela soltou outro suspiro trêmulo enquanto acariciava a barriga de Seu Miaurício.

— Mesmo assim — insistiu Gwyn. — Estou muito agradecida. E o Seu Miaurício também, né?

Seu Miaurício observou Wells por um instante e depois murmurou, com voz sonolenta:

— Não Cuzão.

— Como é que é? — perguntou Wells, arqueando as sobrancelhas, e Gwyn respondeu, com um aceno de mão:

— Ele chama o Rhys de Cuzão, então, vai por mim, essa é a versão dele de um elogio.

— Ah. Bom, nesse aspecto, eu e o Seu Miaurício estamos de acordo — disse Wells, e Gwyn balançou a cabeça para ele, num gesto de reprovação, enquanto voltava em direção à casa.

— Já conversamos sobre seu jeito Austen de falar, Excelentíssimo — comentou ela, voltando ao normal. — Você claramente precisa assistir a uns realities ruins ou coisas do tipo para aprender como nós, humanos, falamos.

— Ou talvez eu possa passar mais tempo com o Seu Miaurício. Ele claramente tem um vasto repertório de gírias divertidas e emocionantes que eu posso aprender.

Gwyn deu uma risadinha pelo nariz e Wells a seguiu até a varanda, parando aos pés da escada enquanto ela se dirigia para a porta da frente.

Quando notou que ele não a estava acompanhando, ela parou e se virou para olhar para ele.

— Acho melhor eu voltar para a minha casa antes que comece a chover — comentou, apontando para o carro. — E deixar você e o Seu Miaurício se ajeitarem.

Tinha sido fácil não pensar na noite anterior enquanto estava preocupado com ela, mas, agora que a crise tinha passado, as lembranças foram voltando e pairando como um peso entre os dois, e Wells se sentia... bem, talvez *envergonhado* não fosse a palavra certa, mas inseguro. Aqueles momentos intensos na caminhonete de Gwyn, longe de Graves Glen, tinham significado alguma coisa?

Ou não tinham passado de algo pontual, uma forma divertida de passar a noite?

Ele sabia o que preferia, mas não era algo que podia decidir sozinho, e talvez fosse melhor se manter distante por um tempo. Autopreservação e tudo mais.

Mas então ela balançou a cabeça e revirou os olhos no que ele achou — ou esperou — ser um gesto de carinho.

— Você salvou meu gato, Excelentíssimo. Pelo menos me deixa servir uma bebida para você. — Gwyn empurrou a porta com o quadril e olhou para ele por cima do ombro. — Você vem?

Enquanto subia os degraus às pressas, Wells chegou à conclusão de que autopreservação era algo altamente superestimado.

É só uma bebida.

Enquanto estava na cozinha, amassando cerejas pretas e uma casca de laranja, ela repetiu a frase como um mantra.

Seu Miaurício dormia feliz da vida em sua caminha na mesa da cozinha, ronronando sem parar, e, enquanto Gwyn olhava para ele, ouviu um trovão ao longe e o tamborilar da chuva nas janelas. A tempestade que ameaçava chegar o dia inteiro finalmente começara, e Gwyn sentiu outro nó na garganta. Seu Miaurício tinha ido muito mais longe na floresta do que ela imaginara. E se ainda estivesse lá quando a chuva começasse? E se Wells não tivesse aparecido?

Mas ele apareceu. E é por isso que você está preparando uma bebida para ele, e aí ele vai beber e vai embora, e não precisa ser nada mais que isso.

Só que já parecia mais que isso.

Gwyn tinha *chorado* na frente dele. Para ela, isso era muito mais pessoal que gozar na frente de alguém, e ela havia feito as duas coisas na presença de Wells nas últimas vinte e quatro horas. Era uma espécie de Recorde de Vulnerabilidade Emocional para ela e, considerando que ainda estava meio abalada, teria sido mais inteligente concordar que ele deveria voltar para casa.

Em vez disso, ela o convidara para entrar e, agora, ao sair da cozinha com as bebidas na mão, seu coração disparou.

Ele estava na sala, de costas para ela, o que lhe dava a oportunidade de admirar seus ombros largos, a cintura estreita, a curvinha que o cabelo fazia na gola da camisa e como aquele jeans escuro acentuava a bunda e as coxas.

Eu tinha que ter feito ele tirar a roupa também, pensou ela, meio melancólica, antes de se repreender. Ela deveria estar lhe servindo a bebida de agradecimento por ter salvado o gato para depois mandá-lo embora, não secando Wells.

— Fiz um Old Fashioned para você. Achei apropriado — disse ela, e Wells se virou levemente, aceitando o drink que ela lhe oferecia e roçando os dedos nos dela. Esse simples toque resultou numa descarga de adrenalina, e Gwyn não o olhou nos olhos enquanto brindavam.

—Ao Seu Miaurício e a sua segurança permanente — disse Wells, e, lá fora, ouviu-se outro trovão.

Wells olhou para a porta da frente e franziu a testa.

— Eu nunca ouço esse som sem pensar que meu pai está de mau humor em algum lugar por perto.

— Seu pai é Zeus? — perguntou ela. — Odin, talvez?

Ele riu da pergunta e deu de ombros, tomando mais um gole.

—Às vezes, tenho a impressão de que sim. Mas não, a magia dele está atrelada ao clima, o que significa que, toda vez que ele está irritado, chove. E chove bastante.

Gwyn só tinha visto Simon Penhallow uma vez e não se impressionara. Rhys sempre insistia que Wells era basicamente uma versão mais nova do pai, mas Gwyn não tinha tanta certeza disso. Sim, ele podia ser tão soberbo quanto um imperador romano, só que também era gentil e atencioso. Fofo, à sua maneira.

E, aparentemente, *muito* generoso na cama.

Mas pensar nisso era entrar na Zona de Perigo, então Gwyn desviou a atenção para a prateleira que Wells estava observando quando ela entrou na sala.

— O que você estava olhando tão intensamente? — perguntou ela, e ele estendeu o braço para tocar numa carta de tarô que estava ali.

— Isso — respondeu Wells. — É linda.

Era o Dez de Espadas, uma carta pesada, que geralmente mostrava uma pessoa caída no chão, perfurada por lâminas. Mas, embora aquela carta tivesse esses elementos — uma mulher ruiva no chão, cercada por espadas —, não era tão sombria. Para começo de conversa, as espadas não perfuravam sua carne, apenas o tecido do vestido comprido que usava. E, por mais que estivesse de olhos fechados, ela não parecia morta ou ferida, apenas descansando, com um sorriso discreto nos lábios. Ao longe, para além de uma fileira de árvores escuras e ameaçadoras, o sol nascia, banhando a parte de cima da carta em uma suave luz rosada.

— Geralmente, é uma carta sombria — prosseguiu Wells —, mas esta aqui é linda e parece captar o verdadeiro significado da carta. Sim, o pior aconteceu, mas olha. — Ele apontou para o sol nascendo ao fundo. — Um novo dia está chegando. E os ferimentos causados pelas espadas não são fatais, apenas limitações temporárias.

Wells tomou um gole da sua bebida e Gwyn observou o movimento da sua garganta acima da gola da camisa branca, sentindo de repente um nó na própria garganta.

— Tenho que descobrir quem faz esse baralho e começar a vender lá na Penhallow's — continuou ele, e Gwyn balançou a cabeça, colocando a bebida acima da lareira à sua esquerda.

— Não tem como — disse ela, e, quando Wells a encarou, Gwyn cruzou os braços e inclinou a cabeça. — Esse baralho é exclusivo do Templo das Tentações.

Wells arqueou a sobrancelha.

—Ah, é? Por quê?

— Porque fui eu que pintei.

Lá fora, a chuva caía forte, o vento uivava e as luzes chegaram a tremeluzir por um segundo antes de Wells dizer:

— Você é realmente um fenômeno, Gwyn Jones.

Ela estava de calça jeans rasgada e uma blusa de manga comprida com a frase "SE EU FOSSE BRUXA". O rosto ainda estava vermelho e, provavelmente, meio inchado de chorar, e qualquer maquiagem que tivesse passado pela manhã já tinha sumido há muito tempo. Sentia-se cansada, sensível e preocupada com a própria magia, mas Wells olhava para ela como se Gwyn fosse a coisa mais incrível que ele já tinha visto, uma maravilha do mundo que ele mal podia acreditar que estivesse na sua presença.

— Isso é muito injusto — disse Gwyn, suspirando, antes de tomar o último gole da sua bebida e se jogar nos braços dele.

CAPÍTULO 26

A boca dele tinha um sabor doce e profundo, como as cerejas e o Bourbon na língua dela. Quando ele soltou um gemido, subindo a mão até segurar seu rosto, Gwyn aprofundou o beijo, esfregando-se descaradamente nele e o agarrando pela cintura.

Mais um trovão intenso sacudiu a casa, e as luzes tremeluziram de novo antes de se apagarem completamente, mergulhando-os na escuridão.

Wells afastou o rosto e olhou ao redor, sem tirar a mão do maxilar dela e acariciando distraidamente sua pele.

— Não me diga que tem medo do escuro, Excelentíssimo — disse Gwyn com a voz rouca, e ele voltou a olhar nos olhos dela, insinuando um sorriso.

— Na verdade, estava só pensando que qualquer dia desses nós vamos fazer isso à luz do dia, para que eu possa ver cada centímetro do seu corpo — respondeu ele, e Gwyn riu, deslizando a mão até a nuca dele e puxando o cabelo.

— Quem disse que você ia ver alguma coisa hoje à noite? — brincou ela. — Isso é só um beijo. Não é garantia de nudez.

Wells ficou sério.

— Claro — disse. — E você teve uma noite difícil, então não quero que pareça que eu estava...

— Se aproveitando disso — completou ela, puxando o cabelo dele novamente. — Eu sei. E isso é muito fofo da sua parte, mas, vai por mim: se tem alguém se aproveitando aqui, sou eu.

Gwyn inclinou-se para a frente e mordiscou o lábio inferior de Wells. Ele gemeu e contraiu a mão na bochecha dela, os olhos se enchendo de desejo.

— E — acrescentou Gwyn, batendo as unhas nos botões da camisa dele — os planos que eu tenho para você hoje envolvem quantidades absurdas de nudez.

— É mesmo? — murmurou ele, olhando para ela, e Gwyn assentiu, deixando a mão deslizar mais para baixo. Mesmo através da calça jeans, dava para sentir como ele estava duro ao toque dela, e ela abriu um sorriso vagaroso, esfregando-se nele devagar, na esperança de ouvi-lo fazer aquele som de novo.

— Níveis executivos de nudez — prosseguiu ela, e sim, ali estava aquele gemidinho outra vez. Gwyn precisava chegar a esses níveis de nudez o mais rápido possível, porque o desejo que sentia entre as pernas já estava quase insuportável, e seus mamilos estavam duros contra a renda do sutiã.

Mas, quando ela recuou um passo e segurou a barra da camisa, Wells pôs a mão no braço dela e a parou.

— Por mais que eu tenha gostado da noite passada, e por mais estranho que seja eu agora achar caminhonetes lugares altamente eróticos, pensei que poderíamos experimentar uma cama hoje, se você concordar.

A ideia de Wells na sua cama fez Gwyn sentir uma fraqueza nos joelhos e um leve frio na barriga, porque transar com ele na caminhonete ou no chão da sala era uma coisa, mas deixá-lo entrar no quarto dela?

Aquilo tornava tudo real para ela.

E, conforme Gwyn chegava mais perto dele, envolvendo seu pescoço com os braços, percebeu que queria isso.

— Tá — disse ela —, mas, só para avisar, agora tem um lance de escada entre a gente e a sua oportunidade de ver minha...

Gwyn soltou um gritinho e se agarrou aos ombros de Wells enquanto ele flexionava os joelhos, segurava-a pelo traseiro e a levantava do chão.

Dando uma risadinha, Gwyn se segurou nele enquanto era carregada em direção à escada, enganchando-o com as pernas.

— Nunca pensei que sexo poderia trazer esse seu lado à tona — comentou ela, beijando seu pescoço enquanto ele subia os degraus.

— *Você* traz à tona esse meu lado — respondeu ele com a voz rouca e, se isso fez o rosto dela se abrir num sorriso bobo, pelo menos não tinha como ele ver.

— Essa aqui — disse ela ao se aproximarem da porta do quarto dela. Wells a levou para dentro e a beijou de novo antes de colocá-la no chão.

Estava ainda mais escuro ali dentro, o quarto era um campo minado de roupas, sapatos espalhados, livros e uma caixa de sapato com materiais de pintura. Eles tropeçaram, se esbarraram e riram com as bocas coladas uma na outra, tudo isso enquanto se despiam e jogavam as roupas pelo chão para se misturarem à bagunça.

Ao menos a cama estava livre de tralhas, felizmente, e Gwyn afastou a colcha, subindo no colchão justo quando houve um leve zumbido e a luz voltou.

Ela só tinha deixado uma pequena luminária de cabeceira acesa, mas era luz suficiente para ver Wells aos pés da cama, nu, lindo e perfeito, e Gwyn o devorou com os olhos enquanto ele a olhava dos pés à cabeça.

— Ah, eu nunca me senti tão grato pela energia elétrica quanto agora — murmurou Wells, e Gwyn abriu um sorrisinho, estendendo a mão e pegando no pau dele enquanto ele respirava fundo e contraía os músculos do abdômen.

— Também sou muito fã, com certeza — respondeu ela, observando seu rosto enquanto o tocava e adorando o jeito como ele abria a boca, os olhos desfocados e selvagens, o peito agitado.

Gwyn poderia ter ficado ali, olhando Wells para sempre, poderia ficar *tocando* seu corpo para sempre, mas ele afastou delicadamente sua mão.

— Se você continuar fazendo isso enquanto me *olha* desse jeito — disse ele, dando um beijo na palma da mão dela antes de mordiscar suavemente a base do polegar —, vou gozar antes de ter a oportunidade de entrar em você.

Então, ele a olhou nos olhos, as pupilas dilatadas, o azul reduzido a um anel fininho ao redor do preto.

— Se você me quiser dentro de você, é claro.

— Eu quero — disse ela, assentindo rapidamente. — Quero muito, muito mesmo.

Ele sorriu em resposta, aquele sorriso sexy e vagaroso que, de alguma forma, Gwyn sabia que era só dela. Gwyn lambeu os lábios e se deitou de costas na cama enquanto ele a seguia, apoiando os braços de cada lado do seu corpo e a encarando intensamente.

O lençol era macio debaixo dela, a colcha colorida toda embolada no canto da cama, e fazia tanto sentido ter Wells no quarto dela, encaixava tão bem, que ela esperou aquele momento de pânico surgir. Mas só havia calor, desejo e algo suspeitamente parecido com felicidade.

Gwyn inclinou a cabeça para cima e roçou os lábios nos dele, sentindo cócegas ao toque da barba.

— Tem uma sacola em algum lugar no chão com camisinhas — avisou ela, e Wells retribuiu o beijo, murmurando alguma coisa enquanto levantava uma das mãos e faíscas dançavam na ponta dos dedos.

A sacola flutuou até a cama, o que a fez rir. Mas, enquanto Wells mexia ali dentro, ela acabou se lembrando de que sua própria magia a deixara na mão outra vez essa noite.

Só de pensar nisso, já sentiu um arrepio na espinha, e a única solução possível era puxar Wells para perto e beijá-lo até se esquecer de tudo, menos do seu toque, do gosto, do arranhar da barba no pescoço, nos seios, na pele macia da barriga.

Ele começou a descer, mas Gwyn o queria ali quando gozasse dessa vez, então o puxou pelos ombros, trazendo-o para cima do seu corpo e abrindo-se para ele.

Ela o queria assim, por cima dela, com o máximo contato de pele possível, e quando ele a penetrou e ela enganchou as pernas em volta dele, os dois gemeram.

O rosto dele estava pertinho do dela, e Gwyn se pegou fascinada com cada mudança de expressão enquanto ele começava a se mexer, o jeito como se tensionava quase como se sentisse dor, e então, ao abrir os olhos, o calor e a concentração que dedicou a ela.

Era quase demais. *Era* demais, e Gwyn desviou o olhar, levantando os quadris para acompanhar os movimentos dele. O prazer e a tensão foram crescendo lá embaixo até que ela finalmente deslizou a mão entre os dois e começou a se tocar.

Os movimentos de Wells vacilaram, a respiração cada vez mais ofegante, e ele murmurou algo em galês que soava quase como uma prece.

Depois disso, tudo virou um borrão, um borrão de calor e suor enquanto os dois se beijavam, e ela se esfregava mais rápido, e ele metia cada vez mais forte, cada vez mais fundo, a cama de metal rangendo e a tempestade rugindo lá fora. Então, ela gozou, a testa colada no ombro dele, abraçando-o com força.

Wells chegou lá pouco depois, o nome dela no meio de todo aquele galês. E, dessa vez, quando seus olhos se encontraram, Gwyn não desviou o olhar.

CAPÍTULO 27

— **Eu gosto daqui** — disse Wells com a voz sonolenta, olhando para o teto do quarto de Gwyn. Não fazia ideia de que horas eram e, lá fora, a tempestade havia se reduzido a um leve tamborilar no telhado. Ali dentro, porém, estava quente e seco, e Gwyn era um peso suave ao seu lado.

Ela riu e afastou a cabeça do ombro dele para encará-lo. A pele ainda estava rosada, os lábios levemente inchados, e Wells sabia que, independentemente do que acontecesse dali em diante, ele sempre se lembraria daquele momento e de como ela estava linda.

— Você quer dizer estar na cama comigo ou Graves Glen de forma geral?

— Estou maravilhado com a primeira opção, é claro — disse ele, virando-se de lado e deslizando a mão pelo quadril dela. — Mas estava pensando na segunda.

— Algum motivo em especial?

Ele suspirou, sem deixar de acariciar o quadril dela, enquanto ela arqueava o corpo na direção dele como um gato.

— Vai soar ridículo — avisou Wells, sem saber como explicar direito —, mas foi o tempo que fez hoje. A tempestade. Eu costumava ficar deitado na minha cama em Dweniniaid, ouvindo a chuva e pensando que, no dia seguinte, eu me levantaria e ainda estaria chovendo, que ninguém iria ao bar e que todos aqueles dias chuvosos pareciam uma sequência interminável. Cada dia era uma variação sutil da mesma coisa.

— E agora? — perguntou Gwyn em voz baixa, colocando as mãos debaixo do rosto.

— Agora — disse ele — eu estava pensando que estou passando uma noite chuvosa na cama com uma mulher incrível e que amanhã vou abrir a loja, onde vão aparecer clientes felizes por estarem lá. E eu não faço a menor ideia do que mais o dia pode trazer, e isso é espetacular pra cacete.

Ela sorriu ao ouvir aquilo e cutucou o pé descalço no dele.

— Ah, então agora você curte surpresas. Mas quando a surpresa envolvia eu organizando uma despedida de solteira na sua casa, era *outra* história.

— Aquele — disse ele, envolvendo a cintura dela com o braço e a puxando para perto, sem deixar de perceber como seus olhos ficaram levemente desfocados — era eu exausto, confuso e nem um pouco preparado para encontrar a casa cheia de gente.

— Éramos, tipo, seis pessoas.

— Ah, mas só você já vale por pelo menos cinco mulheres, minha Gwynnevere — disse Wells, e ela revirou os olhos, mas o beijou mesmo assim, empurrando-o de costas e se inclinando sobre ele.

— Eu *realmente* sinto muito pelo fato de sua primeira noite de volta a Graves Glen ter envolvido tiaras de pênis — disse ela, e Wells deu uma risadinha, levantando a cabeça para acariciar o maxilar de Gwyn antes de voltar ao travesseiro, tocando a mecha rosa em seu cabelo.

Gwyn olhou para o lado e abriu um sorrisinho.

— Você já reparou que faz muito isso? Por acaso cabelo rosa te excita?

— Hum — murmurou Wells, deixando os fios caírem sobre o pescoço e os ombros de Gwyn enquanto ela arregalava os olhos.

— Espera, excita mesmo? — perguntou ela, e Wells sentiu o próprio rosto corar um pouco enquanto a olhava, o que era completamente insano, considerando que estava nu e duro em contato com o corpo igualmente nu de Gwyn.

— Sei que não é de bom tom falar de outras mulheres quando se está na cama com alguém — começou a dizer, e Gwyn arqueou as sobrancelhas, apoiando o queixo nas mãos sobre o peito dele.

— Tá, agora eu preciso ouvir isso.

Wells sorriu para ela, por mais que as pontas das orelhas estivessem esquentando.

— Tá. Quando eu estava na Penhaven, de vez em quando eu encontrava uma garota.

— "Encontrava" no sentido bíblico?

Wells lhe deu um beliscão no traseiro, e Gwyn soltou um gritinho exagerado.

— "Encontrava" no sentido de "via romanticamente, suspirando à distância", muito obrigado — informou ele, olhando para o teto enquanto relembrava aquela época. — Enfim, ela tinha um cabelo roxo maravilhoso. Violeta, na verdade. Eu a via pelo canto do olho e ficava pensando que deveria ir falar com ela. Mas, como já estabelecemos antes, eu era um imbecil na época. E aí, é claro, passei a maior vergonha na frente dela em uma sala de aula, tentando bancar o exibido. E essa foi mais uma grande conquista romântica de Wells Penh... por que está me olhando assim?

Ele olhou para ela e viu que ela o observava com uma expressão estranhíssima, uma que ele não fazia ideia de como interpretar. Por um segundo, Wells se perguntou se tinha cometido um erro ao falar da garota de cabelo roxo.

— Eu não fico pensando nela até hoje — afirmou, franzindo a testa. — Caso esteja com medo de que meu retorno para Graves Glen tenha sido algum tipo de busca por um amor perdido. Eu só gostava muito do cabelo dela e, sim, tive várias fantasias explícitas sobre isso, mas...

Ela interrompeu o falatório com outro beijo, e a partir daí deixou de haver qualquer mulher na mente dele que não fosse Gwyn. Em seguida, ela passou a perna por cima dele e montou no seu colo.

Mais tarde — bem mais tarde —, Gwyn suspirou nos seus braços e disse:

— Acho que já adiei a preocupação com a minha magia o máximo que deu.

Eles estavam deitados de conchinha, ela na frente e ele atrás, beijando o ombro dela, sentindo o gostinho salgado de suor na pele.

— Você estava abalada — lembrou ele. — E a magia nem sempre segue as regras.

Ela levantou uma das mãos e mexeu os dedos.

Nada aconteceu.

Após mais um suspiro, Gwyn abaixou o braço e se aconchegou no abraço dele.

— É mais do que isso — disse ela. — Tem alguma coisa errada. E está rolando desde que a Morgan voltou.

Virando-se nos braços dele, Gwyn o encarou.

— Talvez esteja na hora de uma abordagem direta.

Gwyn não sabia direito qual seria a roupa apropriada para confrontar uma bruxa má a respeito do roubo de sua magia, mas tinha a sensação de que um look todo preto era infalível. Então, após tomar um banho na manhã seguinte (banho este que ela dividira com Wells, graciosa e magnanimamente, antes de mandá-lo de volta para casa para trocar de roupa), ela vestiu sua calça jeans mais preta, um suéter bem escuro e botas pretas.

O problema era que, quando Wells voltou de casa, ela logo viu que, ao que parecia, ele também tinha decidido que preto era uma boa escolha. Enquanto os dois desciam a montanha na caminhonete de Gwyn, ela o olhou de relance.

— Não consigo decidir se nós parecemos intimidantes ou integrantes de uma banda emo — comentou ela, e Wells fungou, ajustando a lapela do casaco.

— E eu aqui achando que parecíamos dois agentes funerários.

O comentário fez Gwyn abrir um sorriso, o que era um grande feito, considerando o quanto ela estava apavorada — e furiosa. Ao ver aquilo, Wells estendeu a mão e apertou a dela.

— A gente vai dar um jeito nisso, Gwyn — prometeu ele, e ela apertou a mão dele de volta.

Talvez fossem resquícios dos hormônios sexuais, mas era bom ter Wells ao seu lado. Mais assustador do que isso, *fazia sentido*, da mesma forma que a presença dele no quarto dela na noite anterior também fizera.

Talvez, só talvez, estivesse na hora de se acostumar com a ideia de que Wells fazia sentido na vida dela... de forma geral.

E ela se acostumaria.

Mas, antes disso, ia recuperar sua maldita magia.

Ao passarem pela rua principal, Wells se mexeu no banco, observando-a ficar cada vez mais longe.

— Eu tinha que ter colocado uma placa na Penhallow's hoje de manhã, dizendo que a loja está fechada — comentou, e Gwyn balançou a cabeça.

— Relaxa, Excelentíssimo. Parker vai abrir o Templo das Tentações e eu pedi à Cait que abrisse sua loja. Sabia que o feitiço de tranca que você lançou lá é fraco pra caralho? A Cait conseguiu desfazê-lo em, tipo, três segundos.

Gwyn sentia que Wells a olhava fixamente.

— Você... mandou seus Bruxinhos abrirem minha loja.

— Sim, de nada.

Já fazia um tempo que ela não recebia um olhar de reprovação típico de Llewellyn Penhallow, mas ali estava agora e, sinceramente, era meio que um alívio.

— Devo ligar para a minha seguradora? — perguntou ele.

— Garantir que a minha proteção contra incêndio está em dia?

— A Cait recebeu instruções muito específicas para não fazer nenhum tipo de magia por lá e nem sequer *tocar* sua lareira — garantiu Gwyn, e teve a impressão de que Wells ficou meio pálido.

— Tinha me esquecido da lareira — murmurou ele, revirando o bolso à procura do celular. — Pelas tetas de Rhiannon — vociferou, olhando para ela enquanto abria um aplicativo —, como posso estar tão irritado com você e ainda achar que seu cabelo está lindo à luz do sol?

Gwyn balançou a cabeça.

— Algo me diz que nós dois vamos precisar de um tempo para nos acostumarmos com isso.

Wells deu uma risada pelo nariz, mexendo os dedos rapidamente pela tela enquanto a joia escura do anel brilhava.

— Por acaso está pensando em como o *meu* cabelo está bonito à luz do sol, Gwynnevere? — perguntou, sem olhar para ela.

— Na verdade, estava pensando que, assim que fizermos a Morgan reverter o feitiço que lançou em mim, a gente deveria voltar para a sua loja, expulsar a Cait, trancar a porta e trepar na frente daquela lareira que tanto te enche de orgulho.

O som levemente engasgado que saiu da boca de Wells foi extremamente satisfatório, e agora ela sentia que ele o encarava de novo, só que dessa vez a intenção por trás do olhar era bem, bem diferente.

— Receptivo? — perguntou ela alegremente, olhando para Wells, e ah, sim, aquele era mesmo um olhar *completamente* diferente.

— Absurdamente — ele conseguiu responder, enquanto Gwyn pegava a estrada que levava à casa de Morgan.

Limpando a garganta, Wells desabotoou o colarinho e puxou o tecido.

— Então você tem certeza de que é a Morgan? E que isso vai ser fácil de resolver?

— Primeira pergunta, sim. A segunda, nem tanto — admitiu.

Verdade seja dita, ela vinha pensando naquilo a manhã inteira. Será que realmente acreditava que Morgan era a causadora de tudo aquilo, ou simplesmente *queria* acreditar porque era a resposta mais simples?

Não sabia, mas ela sempre achava melhor encarar as coisas com doses quase letais de confiança, e nessa situação não seria diferente.

A casa de Morgan surgiu no campo de visão, tão grande e estranha quanto naquela noite, e Gwyn teve a impressão de ter visto uma cortina se abrir e fechar no andar de cima.

Ótimo.

Respirando fundo, ela abriu a porta da caminhonete e desceu. A grama ainda estava úmida, apesar do belo dia de outono, e Gwyn estremeceu ao encarar a casa.

Então sentiu a mão de Wells, quente e firme, segurando a dela.

— Vamos lá acabar com isso, que tal? — disse ele, assentindo.

— Ah, vamos acabar pra caralho com isso.

CAPÍTULO 28

Em outra vida, Gwyn provavelmente teria sido uma boa general, pensou Wells enquanto a seguia até a casa de Morgan. Talvez até uma líder de seita.

Porque ele conseguia pensar em mil motivos pelos quais confrontar uma bruxa possivelmente perigosa no seu próprio território parecia, na melhor das hipóteses, uma ideia ruim, e, na pior, um desastre — ainda mais levando-se em conta que Gwyn não tinha mais acesso à magia. Mesmo assim, quando ela anunciara a intenção de fazer exatamente isso naquela manhã, ele não a questionara.

Em parte era porque ele queria acreditar que ela estava certa. Que confrontar Morgan resolveria tudo aquilo, devolveria o poder de Gwyn e restauraria o status quo.

Mas provavelmente também tinha a ver com o fato de que Wells suspeitava estar se apaixonando perdidamente por Gwyn e faria qualquer coisa que ela pedisse.

Um pensamento alarmante, já que fazia poucas semanas que a conhecera, mas ele sabia o que tinha sentido ao acordar ao lado dela naquela manhã. Não era um sentimento com o qual estivesse muito familiarizado, só tinha passado por algo parecido uma vez na vida, anos antes, mas ainda assim o reconhecia.

Não era desejo — tudo bem, não era *só* desejo —, mas algo mais profundo.

Algo mais forte.

Algo que ele decidira manter muito bem guardado por enquanto, já que tinha quase certeza de que ela não sentia o mesmo. Ainda.

Mas havia tempo, certo?

Aquela magia opressiva ainda pairava sobre a casa de Morgan, provocando um incômodo nos seus dentes e uma dor de cabeça na parte de trás do crânio à medida que eles se aproximavam. Quando Gwyn subiu os degraus da frente, ele a seguiu um pouquinho mais devagar.

Ela bateu na porta, virou-se para ele e sussurrou:

— A gente não chegou a decidir quem vai ser o policial bom e o policial mau.

— O quê? — sussurrou ele em resposta, mas então a porta se abriu e Morgan surgiu com um sorriso, mas claramente surpresa por vê-los ali.

— Gwyn! Wells! O que traz vocês aqui?

— Precisamos conversar sobre algumas coisas, Morgan — disse Gwyn, e, sem esperar ser convidada, saiu entrando e forçando Morgan a sair da frente.

Wells a seguiu e, se tinha esperança de que a casa fosse um pouco menos terrível à luz do dia, ficou profundamente decepcionado. Tudo ali ainda pulsava com uma sensação que ele só podia descrever como *errada*, como se as cortinas pesadas e os móveis escuros absorvessem toda a luz do lugar.

O som das botas de Gwyn ecoava pelo chão de madeira enquanto ela avançava em direção à sala de estar, e Morgan a seguiu de testa franzida. Assim como Gwyn e Wells, ela também estava toda de preto, com um vestido esvoaçante que não ajudava de maneira nenhuma a mudar a impressão de que ela era, de fato, uma espécie de bruxa má.

— Como você sabe, Morgan — disse Gwyn, cruzando os braços sobre o peito —, eu e Wells somos responsáveis por supervisionar a magia em Graves Glen e garantir que seja usada com responsabilidade e segurança.

Morgan alternou o olhar entre os dois.

— Eu sabia que a sua magia controlava a cidade agora, Gwyn — disse lentamente, e Gwyn assentiu, mantendo o semblante sério.

Isso fazia dela a policial má? Era para ele ser o policial bom agora?

Wells limpou a garganta e acrescentou:

— Aconteceram algumas... anormalidades, magicamente falando, desde que você chegou à cidade, e isso tem preocupado tanto a Gwyn quanto eu.

Morgan pareceu genuinamente confusa, e suas pulseiras tilintaram ao colocar a mão na cintura fina.

— Como assim?

Aproximando-se de Gwyn, Wells imitou a pose dela, mas logo mudou de ideia, para que não parecessem estar posando para a capa de um álbum.

Em vez disso, juntou as mãos nas costas e disse:

— Sabemos que você foi convidada a se retirar da Penhaven College dez anos atrás.

Morgan fechou a cara ao ouvir aquilo e contraiu os lábios vermelhos.

— E — prosseguiu ele — nós sabemos que você tem uma coleção de... bem, vamos chamar de artefatos *questionáveis*, lá no seu sótão.

— Eu sabia que vocês não estavam só se pegando lá — disse ela, tentando sorrir de novo, mas parecia mais que estava só mostrando os dentes.

— E, em terceiro lugar — continuou Wells —, tem algum tipo de magia nesta casa que, francamente, me dá arrepios, e não existe explicação racional para isso. Uma dessas coisas já seria motivo de preocupação, Morgan, mas todas juntas?

— Graves Glen já foi amaldiçoada, e nós conseguimos tirá-la do fundo do poço — disse Gwyn, dando um passo à frente enquanto Morgan recuava discretamente. — Então, temos um sentimento de proteção por nossa cidade, e eu levo *muito* para o pessoal quando alguém começa a foder com a minha magia.

Morgan parecia nervosa antes, mas agora estava confusa outra vez.

— O quê?

— Minha magia — disse Gwyn. — Não está funcionando, e começou a acontecer mais ou menos na mesma época em que *você* chegou à cidade. Então, seja lá o que tenha feito, eu sugiro que desfaça. Agora.

Sim, estava na cara que Gwyn era o policial mau, porque talvez Wells estivesse com um certo medo dela no momento.

E, possivelmente, bastante excitado.

— Eu... eu não fiz nada com sua magia, Gwyn — disse Morgan, e Wells a estudou, curvando os cantos da boca para baixo.

Talvez fosse uma atriz surpreendentemente boa, mas ele achou que ela podia estar falando a verdade.

Gwyn parecia menos convencida. Morgan suspirou ao vê-la semicerrar os olhos e, com um aceno de mão, sua manga fez um arco dramático.

— Fui convidada a me retirar da Penhaven porque Rosa, Harrison e eu, assim como Merry Murphy e Grace Li, estávamos praticando magia proibida. Feitiços em humanos, fazer pedaços de papel simples parecerem dinheiro, mudar nossa aparência, esse tipo de coisa. Era... bem, não era inofensivo, eu sei disso agora, mas éramos jovens e achávamos que estávamos só nos divertindo.

Ela sugou o lábio inferior enquanto as bochechas começavam a corar.

— Mas foi constrangedor. Todo mundo sabia que tínhamos sido expulsos, por mais que nunca tenham usado uma palavra tão grosseira. Então, quando voltei, eu queria... sei lá, causar um impacto, acho. Mostrar a todos como eu tinha subido na vida.

Ela mexeu a mão e os dedos flutuaram no ar. As paredes em volta deles pareceram ficar borradas e trêmulas, fazendo Wells piscar os olhos e beliscar o dorso do nariz.

Ainda dava para ver o papel de parede de seda, os retratos com molduras douradas, as cortinas pesadas de veludo, mas tudo tremulava e ia ficando transparente. Atrás deles, Wells identificou tábuas simples, cortinas de algodão.

Gwyn girou lentamente.

— A casa inteira é enfeitiçada — disse ela, e Morgan assentiu.

— Eu sei. Está na cara que não aprendi a lição, mas juro que ninguém se machucou com isso. Eu queria voltar bem-sucedida para a cidade e tentei construir uma casa inteira com magia, mas, *pelo amor da deusa*, era muito difícil, então achei mais fácil fazer isso, mascarar uma casa que já existia. Eu realmente ia concretizar tudo com mudanças de verdade, mais cedo ou mais tarde, mas queria dar uma festa antes de começar a temporada do Samhain.

As paredes pararam de se mexer, parecendo voltar ao lugar, e Wells piscou os olhos novamente, tentando enxergar direito. Mas isso explicaria o que ele estava sentindo. Um feitiço tão grande e tão pesado quanto aquele com certeza bagunçaria a sua percepção de magia.

— E aquelas coisas lá no sótão? — perguntou ele, enfiando as mãos nos bolsos. — Também são feitiços?

— Não, infelizmente aquilo tudo é bem real. Comprei a propriedade de outra bruxa sem ver antes e, quando abri os baús, fiquei tão horrorizada quanto vocês. Mas não queria vender nada daquilo para o tipo errado de bruxo, então simplesmente guardei tudo lá em cima.

Virando-se para Gwyn, Morgan falou:

— Foi isso que eu fui mostrar para o Harrison. Ele estava pensando em comprar tudo e encontrar um jeito seguro de se livrar das coisas.

Em seguida, baixou a cabeça e suspirou.

— Então é isso. Ridículo, eu sei, tudo meio constrangedor, e tenho plena noção de que acabei com qualquer tentativa de boa impressão que estava tentando causar, mas juro, Gwyn. — Ela atravessou a sala e segurou as mãos de Gwyn. — Eu não fiz nada com sua magia. Jamais faria. Voltei quando soube que você e sua família tinham assumido o poder porque sempre fomos amigas, e eu... achei que Graves Glen pudesse voltar a ser meu lar. Desculpa.

— Não, eu é que peço desculpas — respondeu Gwyn com um suspiro, e Wells odiou a forma como os ombros dela caíram. — Eu não deveria ter acusado você de nada. E fico feliz que tenha voltado, de verdade. — Em seguida, deu uma leve balançada nas mãos de Morgan e sorriu. — Nós somos amigas e você é bem-vinda em Graves Glen. Mas que tal arrumar uma casa menos assustadora e se livrar daquela feira livre do Satã lá em cima?

Morgan riu e assentiu com a cabeça.

— Fechado — disse, abraçando Gwyn por um segundo.

Ao se afastar, deu um tapinha solidário em Gwyn.

— E, sério, posso ajudar com esse problema da magia, se você quiser. Já ouvi falar de coisas assim, e tenho certeza de que existe solução.

Wells notou como Gwyn se esforçava para acreditar naquilo, reunindo toda aquela confiança que usava feito uma armadura.

— Seria ótimo, Morgan, eu agradeço — disse ela, e então olhou para Wells com um aceno de cabeça. — Acho melhor voltarmos para a cidade.

Depois de ter combinado de conversar com Morgan mais tarde sobre alguma coisa chamada de Encontro, Gwyn se retirou, acompanhada por Wells, e eles ficaram em silêncio enquanto voltavam para a caminhonete.

O silêncio se estendeu quase até a rua principal, quando Gwyn suspirou e disse:

— Que bom que a Morgan não é do mal, mas tenho que ser sincera, Excelentíssimo. Que decepção a Morgan não ser do mal.

Wells sorriu, pegando a mão de Gwyn e dando um beijo no dorso.

— É apenas um pequeno contratempo no caminho para o triunfo — garantiu, e ela fungou, esboçando um sorriso.

— Só dessa vez, vou deixar você falar desse jeito.

Por um milagre, a Penhallow's ainda estava de pé, e Wells passou o resto do dia na loja enquanto Gwyn e os Bruxinhos cuidavam do Templo das Tentações.

Ao anoitecer, ele estava prestes a começar a fechar a loja quando a viu atravessar a rua. Por um segundo, chegou a se perguntar se ela estava indo cumprir a promessa sobre a lareira.

Mas então viu os três bruxos atrás dela e entendeu que não era esse tipo de visita.

Que pena.

Vários minutos depois, ele estava sentado em uma das poltronas em frente à lareira crepitante, Gwyn ocupava a poltrona ao lado, Parker e Cait se espremiam numa cadeira à direita deles e Sam estava esparramada no tapete, folheando um dos livros de feitiços de Wells.

— Tem que haver um motivo para a magia da Glinda ter dado pau — disse ela. — Se não é a Morgan, talvez seja outro bruxo?

— Talvez seja uma maldição — arriscou Cait. — Tipo a que você e sua prima lançaram no marido dela.

— Aquilo foi um acidente — disse Gwyn. — E acabou sendo bem mais complicado do que isso.

— Mesmo assim, ainda vale investigar — insistiu Cait.

Gwyn deu de ombros e Wells ficou impressionado com sua aparência cansada à luz da lareira, como parecia levemente desanimada, o rosto pálido contrastando com o vermelho-escuro do veludo da poltrona.

Sem pensar, ele estendeu a mão, segurou a dela, levantando-a do braço da cadeira, e entrelaçou os dedos, as palmas se tocando.

Gwyn virou a cabeça e abriu um sorriso carinhoso, reacendendo um pouco do brilho naqueles olhos lindos, e Wells retribuiu o sorriso.

— Que porra é essaaaaaa?

Ah, sim.

Eles estavam em público. Sam os encarava, boquiaberta. Cait cobriu a boca com as mãos e arregalou os olhos. Parker abriu um sorriso tão largo que o rosto parecia prestes a rasgar, e Wells revirou os olhos, sentindo as orelhas ficarem vermelhas.

— Tá bom, tá bom — murmurou, soltando a mão de Gwyn enquanto os três finalmente explodiam em uma cacofonia de risadinhas e perguntas.

— Há quanto tempo?! Há quanto tempo vocês estão escondendo um caso de amor ilícito da gente?

— Aaaah, bem que eu achei que no dia do Plano vocês estavam trocando uns olhares cheios de tesão, mas aí pensei: "Não, eles se odeiam", mas acho que o amor e o tesão às vezes andam juntos mesmo, porque agora vocês estão de mãos dadas? Tipo...?

— É permitido transar com o irmão do marido da prima? Vocês chegaram a *pensar* na questão da árvore genealógica?

Com uma risada, Gwyn deu um chutinho em Sam enquanto Wells apontava imperiosamente para a porta.

— Fora. Fora, suas pestes.

— Tanto faz, você não é meu pai de verdade — rebateu Parker, levantando-se da cadeira, e a resposta desencadeou mais uma rodada de risadas enquanto elu puxava Cait da cadeira e Sam recolhia o livro e o casaco.

Wells os acompanhou até a porta, ignorando as piadinhas e finalmente trancando a porta enquanto o trio passeava pela rua, rindo sem parar e falando um por cima do outro, e Cait pulou nas costas de Parker a meio caminho do Café Caldeirão.

Balançando a cabeça e sorrindo — foi mais forte do que ele —, Wells virou a placa para "Fechado" e deu meia-volta, com as mãos nos bolsos, enquanto caminhava entre as estantes em direção à lareira.

— Longe de mim criticar sua competência como mentora, Jones, mas aqueles três são um perigo e deveriam...

As palavras morreram na garganta assim que viu Gwyn em frente à lareira, nua.

— Eu avisei — disse ela, e Wells, com a boca seca, assentiu.

— É verdade. Mas achei que, depois de tudo, o plano talvez ficasse para outra ocasião.

Ela se aproximou dele e se aninhou nos seus braços. Wells acariciou sua pele, aquecida pelo calor da lareira.

— Estou decepcionada — admitiu ela, esticando-se para beijá-lo. — Queria que fosse a Morgan. E quero muito, muito minha magia de volta.

Wells soltou um som de angústia, mas ela se limitou a beijá-lo de novo, sorrindo ao tocar os lábios dele.

— E vou consegui-la de volta — Gwyn prometeu para si, enquanto o guiava para trás, em direção à poltrona. — Tenho este cérebro maravilhoso, além de todos os recursos bruxos que poderia desejar. Tenho minha família, tenho os Bruxinhos... não me faz essa cara... e tenho você.

Ele bateu a parte de trás dos joelhos no assento da poltrona e se sentou pesadamente, puxando-a para junto de si.

— Você me tem — concordou Wells, e aquilo soou como uma promessa.

Um juramento.

E era mesmo.

CAPÍTULO 29

Gwyn sabia, quando aceitara fazer parte do Comitê de Planejamento da Temporada de Halloween de Graves Glen, que não seria divertido, mas mesmo assim ficou surpresa com a quantidade de papelada envolvida.

— Cada um está com sua pasta, né? — perguntou Jane, de pé na ponta da mesa da salinha da prefeitura onde aconteciam aquelas reuniões, e Gwyn olhou de relance para os outros membros do comitê, todos, assim como ela, com pastas que pareciam conter pelo menos cinquenta mil folhas de papel. Havia formulários para os expositores do Festival de Outono, fichas de inscrição específicas para cada loja que participaria dos eventos de Halloween, além de um monte de isenções. Gwyn imaginou que até o estatuto da cidade poderia estar ali.

Ela já havia participado de algumas dessas reuniões nos últimos meses, mas geralmente deixava Vivi ser a Representante da Família Jones nesses eventos. Provavelmente deveria ter se dado conta de que essa, a última reunião antes do Encontro de Graves Glen — ou seja, o primeiro grande evento da temporada de Halloween —, levaria Jane ao seu mais alto e intenso Nível Jane.

Do outro lado da mesa, Morgan estava sentada com a coluna reta, as mãos cruzadas e as unhas num tom de bordô. Quando notou que Gwyn a olhava, abriu um breve sorriso, lançando um rápido olhar para Jane e depois arregalando os olhos para Gwyn, como quem dizia: "É muita coisa."

Para dizer a verdade, era o tipo de olhar que Gwyn normalmente lançava para Vivi naquele tipo de situação.

Gwyn retribuiu o sorriso, mas ainda sentia um embrulho de culpa no estômago por conta do papelão que tinha feito na casa de Morgan aquele dia.

Ou talvez fosse só por conta do café horrível que era servido na prefeitura.

Ou então, pensou ela quando Jane começou a falar sobre o novo *food truck* de pipoca artesanal que estaria no Encontro, talvez fosse a preocupação com sua magia e com o que tinha acontecido que começava a corroê-la por dentro.

Nos últimos dias, Gwyn quase não havia pensado em outra coisa. Pesquisar formas de consertar o que quer que estivesse fora dos eixos começara a consumir todo seu tempo livre.

Ela e Wells chegaram a testar um ritual para fortalecer a magia, na esperança de que a dela estivesse simplesmente cansada. Era uma possibilidade, né?

Mas não funcionara.

Os Bruxinhos encontraram um feitiço que diminuiria o poder de alguém ("Tipo um bloqueador de Wi-Fi", explicara Parker), e que era fácil de desfazer: bastava beber água de nascente coletada em noite de lua cheia, tomar um banho com quartzo e sal e, prontinho, bloqueador removido.

Gwyn tinha feito tudo aquilo, mas nada de magia.

Estava ficando cada vez mais difícil adiar o momento de contar para Vivi e Elaine, mas Vivi só voltaria para casa pouco antes do Halloween, e era difícil de entrar em contato com Elaine lá no deserto. Além do mais, não era o tipo de coisa que ela queria contar por telefone, e, lá no fundo, ela tinha esperança de conseguir resolver o problema sozinha, sem preocupá-las.

Afinal de contas, devia haver uma solução. Olha só o que tinha acontecido com Rhys. Não tinha sido fácil, mas a situação era bem mais grave, e eles deram um jeito de resolver! Melhoraram as coisas, até.

Então, havia uma resposta em algum lugar. Ela só precisava encontrá-la.

— E por você tudo bem, Gwyn?

Merda.

Ao erguer a cabeça, Gwyn viu Jane a encarando com aqueles olhões castanhos e se perguntou com o que, exatamente, deveria estar de acordo e como sair dessa sem que Jane percebesse que ela havia passado os últimos cinco minutos viajando na maionese.

— Eu acho que a Gwyn já tem tanta coisa para fazer no Templo das Tentações que talvez fosse melhor outra pessoa cuidar dos bastões luminosos — interveio Morgan tranquilamente, abrindo sua pasta e fazendo uma anotação com uma caneta roxa. — Eu posso ficar com isso, sem problemas.

Jane quase desmoronou de tanto alívio, como se a sobrevivência de todos os cidadãos dependesse dos bastões luminosos.

— Obrigada, Morgan. Seria perfeito.

A reunião terminou pouco depois e, enquanto Gwyn saía, Morgan a alcançou.

— Então é isso que acontece nos bastidores — disse, apontando para a sala de reuniões. — Tenho que admitir que, quando eu era aluna aqui, não fazia ideia do esforço que os humanos faziam pelo Halloween.

Gwyn passou a bolsa para o outro ombro e respirou fundo o ar fresco da noite.

— Pode acreditar, nem sempre foi tão intenso assim. Tínhamos o Dia do Fundador e, é claro, o Halloween já era importante, mas a Jane acrescentou o Festival de Outono e, agora que o Dia do Fundador passou a ser o Encontro de Graves Glen, ela está ainda mais empenhada. No ano que vem, provavelmente nenhum de nós vai conseguir dormir do dia primeiro de setembro até o Samhain.

Morgan riu baixinho enquanto o som dos seus saltos ecoava pela calçada.

— Mas é divertido. Ver essa época do ano pelos olhos deles.

A noite estava fria e Gwyn puxou a jaqueta de couro enquanto as folhas rodopiavam pela rua.

— Pensando dessa forma, até que parece divertido mesmo — reconheceu Gwyn, e então olhou de relance para Morgan. — Acho que você gosta mesmo do comitê de planejamento. Pastas gigantes e tudo mais.

— As pastas gigantes são uma parte importante do apelo, sim.

— Não quero botar lenha na fogueira, mas, se você continuar sendo legal com a Jane, ela pode até te dar uma etiquetadora um dia.

— Aaaaah, seria o meu sonho.

As duas começaram a rir e, em seguida, Gwyn se deteve, virando-se para Morgan, enquanto o vento noturno afastava seu cabelo do rosto.

— Ainda estou me sentindo muito mal por basicamente ter achado que você era do mal — disse ela, e Morgan desconsiderou toda aquela história com um aceno de mão.

— Não tem problema — disse, chutando uma folha solta com o bico do seu elegante sapato de salto. — Quer dizer, eu também ficaria com um pé atrás. Eu volto para a cidade de repente, com aquela casa estranha e todas aquelas bizarrices mágicas no sótão. — Ela abriu um sorriso meio sem graça e continuou: — Sempre gostei de aparecer, sabe? Eu sempre te achei maneiríssima na faculdade, e agora você basicamente comanda a cidade com a sua magia, e eu… queria que você gostasse de mim.

— Eu gosto — disse Gwyn, dando uma apertadinha no braço de Morgan. — Sério. E gosto ainda mais agora que você me salvou de ter que caçar dez mil bastões luminosos.

Morgan grunhiu e jogou a cabeça para trás.

— Nossa, nem me lembra disso. Pelo menos ela quer para o Halloween, não para o Encontro. Ainda tenho tempo. — Então, olhou para Gwyn e franziu a testa. — Será que dá pra fazer com magia?

— Pode valer a pena tentar — respondeu Gwyn com um sorriso, por mais que sentisse um frio na barriga. — E eu até te ajudaria, mas...

Ela deixou a frase no ar, e agora foi a vez de Morgan tocar seu braço.

— Nada de magia ainda?

— Nada — respondeu Gwyn, suspirando. Em seguida, jogou o cabelo para trás com seu ar mais confiante. — Mas estamos trabalhando nisso.

— Se precisar de ajuda, estou aqui — avisou Morgan. — E posso dar uma olhadinha naquelas coisas que tenho no sótão. Não — acrescentou, levantando a mão — nas coisas assustadoras. Mas lá tem uns livros e coisas antigas, será que vale a pena tentar? Por que não passa lá em casa semana que vem?

Gwyn assentiu, por mais que a ideia de passar mais tempo naquele sótão a fizesse estremecer.

— Talvez eu faça isso mesmo — respondeu ela, e o mais assustador era que estava sendo sincera. Se Gwyn e Wells não conseguissem resolver esse problema logo, nem um sótão cheio de instrumentos de tortura antigos soaria tão ruim.

As duas se despediram e Gwyn percorreu sozinha o resto de quarteirão que faltava até chegar à caminhonete.

O combinado era que Wells a esperasse no chalé para trabalharem em mais soluções para restaurar sua magia, mas, assim que Gwyn abriu a porta de casa, ficou claro que havia outro tipo de feitiçaria se desenrolando ali.

Seguindo o aroma irresistível que tomava conta da casa, Gwyn foi até a cozinha e viu Wells em frente ao fogão, mexendo a maior panela de sopa que havia na casa. Havia um pano de prato preso ao seu cinto e ele cantarolava baixinho enquanto cozinhava. Gwyn se encostou no batente, feliz de poder observá-lo por um instante sem que ele percebesse.

Não era só o fato de haver algo de profundamente atraente em um homem que sabia cozinhar — por mais que aquilo contasse pontos —, nem o fato de ele estar tão lindo ali, na cozinha dela, com o cabelo meio bagunçado e as mangas arregaçadas. Era o que Gwyn sentia no peito ao vê-lo tão à vontade na cozinha dela, no mundo dela, com Seu Miaurício enroscado nos tornozelos, claramente torcendo para receber uma amostra do que quer que estivesse naquela panela.

Wells *fazia sentido* ali. No espaço dela. Com ela e o gato, encaixando-se direitinho, como se sempre tivesse existido um buraco no formato de Wells na sua vida.

E a parte mais assustadora era que aquilo não a assustava nem um pouco.

— Mamãe! Mamãe mamãe mamãe petisco SOPA!

Então, Wells se virou, e Gwyn apontou o dedo para o gato, semicerrando os olhos.

— Dedo-duro — disse ela, e Seu Miaurício veio trotando na sua direção, apoiando as patas da frente na sua perna e se espreguiçando.

Abaixando-se para pegar Seu Miaurício, Gwyn apontou com a cabeça para o fogão.

— Por favor, me diz que está quase pronto, porque nunca senti um cheiro tão bom na vida.

Claramente orgulhoso de si mesmo, Wells sorriu, mexendo a panela mais uma vez antes de erguer a colher de pau, soprá-la e oferecê-la para Gwyn provar.

Ela se inclinou e, sim, o que quer que ele estivesse cozinhando tinha um sabor tão divino quanto o cheiro.

— Excelentíssimo, você nunca me disse que era o Mago da Cozinha — comentou, arregalando os olhos.

Ele deu uma risadinha e limpou o lábio inferior de Gwyn com o polegar; um gesto simples, mas que ainda assim aqueceu seu corpo inteiro.

— Não sou, não — disse Wells, voltando para a panela. — Simplesmente tive muito tempo para treinar minhas habilidades culinárias enquanto ninguém aparecia no bar.

Gwyn pôs Seu Miaurício no chão e foi até a pia para lavar as mãos antes de pegar duas tigelas e colheres. Enquanto Wells servia a sopa, ela perguntou:

— Então por que você continuou lá? No País de Gales, administrando um bar que ninguém frequentava? Quer dizer, está na cara que você é um bruxo supertalentoso, por que servir cerveja para ganhar a vida?

— Com licença, o que eu fazia era *tirar canecas de chope* — corrigiu Wells, levando as tigelas para a mesa.

Ela reparou que ele tinha acendido velas — as boas, de faia-da-terra, feitas pela mãe dela — e isso a fez conter um sorriso enquanto se sentava.

— E — prosseguiu Wells, sentando-se de frente para ela — era mais do que só um bar. Já foi um Ponto de Ancoragem.

— O que é isso? — perguntou Gwyn, arrancando um pedaço de pão do prato que Wells tinha colocado no meio da mesa.

— Um pouco de magia antiga — disse ele. — Parecido com as linhas de ley daqui, mas não tão poderoso. Basicamente, minha família plantou uma centelha da magia deles no centro do que viria a se tornar o vilarejo de Dweniniaid, meio que... marcando território para outros bruxos, eu acho. Qualquer bruxo que entrasse na área sentiria que já existia um coven ali.

— Então, essa magia abastece vocês ou algo do tipo? — perguntou Gwyn, intrigada, e Wells balançou a cabeça.

— Não, nada do tipo. É mais um pedaço da nossa história, e o meu pai acha importante preservá-la. Por isso, eu administrava o bar e fazia feitiços e trabalhos com runas de vez em quando para manter aquele pedacinho de magia vivo.

— E, agora que você não está mais lá, vai morrer?

Wells deu de ombros e pegou uma colherada de sopa.

— É mais como se fosse uma vela se apagando, chegando ao fim. Mas, sinceramente, já estava na hora. Estávamos só adiando o inevitável, e acho que meu pai finalmente entendeu isso.

Gwyn mexeu a sopa com a colher.

— Então foi por isso que você saiu da faculdade — disse ela. — Para ser o guardião da chama, por assim dizer.

Ele fez que sim.

— Meu tio passou um tempão lá, só que, quando ele morreu, um Penhallow precisava assumir o lugar, então...

Ele parou de falar e, por um longo instante, os dois ficaram em silêncio, sendo embalados apenas pelo som das colheres batendo nas tigelas e o vento sacudindo as árvores do outro lado da varanda.

— Conheci seu pai — disse Gwyn finalmente, e Wells ergueu os olhos, que estavam muito azuis à luz das velas.

— Ah, sei muito bem disso — respondeu ele, e ela riu, jogando o cabelo para trás dos ombros.

— Não viramos exatamente fãs um do outro — comentou, e Wells deu uma risada pelo nariz, balançando a cabeça enquanto olhava para a própria tigela.

— Ele é cão que ladra e não morde — garantiu Wells, mas Gwyn se lembrou do dia em que Simon sentara naquela mesma mesa, olhando feio para todo mundo, e não sabia se era bem assim. — Sei que ele pode parecer... bem, com certeza o Rhys teria um termo engraçadinho para descrevê-lo, mas nem sempre ele foi assim. Acho que, quando minha mãe morreu, ele achou mais fácil se recolher na própria magia, na história da família e tudo mais. Era algo no que se concentrar, em vez de encarar a dor.

Gwyn estendeu o braço por cima da mesa e deu uma apertadinha na mão dele.

— O Rhys disse que a mãe de vocês era incrível.

Wells apertou a mão dela com um sorriso contido antes de retirá-la.

— Ele não se lembra dela. Não de verdade. Tinha só quatro anos quando ela morreu. O Bowen tinha só cinco. Acho que ele também não tem muitas lembranças dela, e muito menos dela com nosso pai.

— Mas você tem — disse Gwyn, e ele confirmou com a cabeça.

— Ela era muito parecida com o Rhys, na verdade. Engraçada. Carismática. Fazia bem para meu pai e, sem ela, acho que ele ficou... perdido. A magia deu a ele algo a que se agarrar, algo que o fizesse se sentir conectado ao mundo de novo.

Wells deu um daqueles sorrisos que de sorriso não tinha nada.

— Essa obsessão dele com o legado da família com certeza pode ser meio excessiva às vezes, mas eu prefiro o velho rabugento me fazendo perguntas sobre algum Penhallow que morreu em 1432 do que o estado em que ele se encontrava nos meses depois da morte da minha mãe.

Gwyn assentiu, sentindo um leve aperto no coração. Agora fazia sentido: a dedicação de Wells, sua lealdade em relação ao pai. Mas, se Rhys tinha quatro anos, isso significava que Wells tinha apenas sete. Sete anos de idade, a mãe morta, os irmãos novinhos e o pai mergulhado no luto.

— Caramba, não era esse o assunto que eu esperava abordar no jantar de hoje — comentou Wells, voltando à sopa. — Basta passar umas semaninhas nos Estados Unidos e olha só para mim, falando de sentimentos.

Gwyn sorriu e lhe deu um chutinho no pé por baixo da mesa.

— É um caminho sem volta. Você começa falando da infância e, quando vê, já está criando um perfil no Instagram só com fotos de pôr do sol e frases inspiradoras, Excelentíssimo.

— Anotado — disse Wells, olhando para ela. — E você? Acho que nunca ouvi você falando do seu pai.

— Taliesin? — Gwyn deu de ombros. — Ele é ótimo, mas definitivamente é pai só no sentido mais estrito e biológico da palavra. Minha mãe decidiu que estava pronta para ter um bebê, mas não queria ter nenhuma daquelas preocupações relacionadas a casamento, coparentalidade e tudo mais. Então, sensata do jeito que é, ela escolheu o cara mais bonitinho e gente boa da Feira Renascentista no Tennessee *et voilà* — Gwyn apontou para si mesma. — *Moi*. Ele sempre me manda cartões de aniversário... quer dizer, em alguma data *perto* do meu aniversário, porque ele é um amor, mas meio avoado. E somos amigos nas redes sociais, mas não passa disso. O que, para mim, funciona. Minha mãe foi tudo de que precisei.

Gwyn se deu conta de que sentia saudades da mãe e se perguntou o que Elaine diria sobre Wells. Ela também não gostara de Simon, mas adorava Rhys. E era fácil imaginar a mãe sentada à mesa com eles, Wells fazendo parte de tudo.

Parte da família.

Mais pensamentos que não deveria estar tendo, mas...

— E aí, o que você acha que seu pai pensaria sobre tudo isso? — perguntou Gwyn, apontando para os dois com a colher.

Wells pôs a colher ao lado da tigela e entrelaçou os dedos, observando-a.

— Sobre nós dois tomando sopa juntos? — perguntou. — Ou nós dois trabalhando juntos para recuperar sua magia?

— Sobre nós dois transando — respondeu ela, e ele deu aquela risadinha outra vez, recostando-se um pouco, o cabelo caindo na testa.

— Bem, como não tenho o hábito de falar sobre a minha vida pessoal com meu pai, posso dizer com segurança que não vamos precisar lidar com isso tão cedo.

Mas vamos ter que lidar com isso, pensou Gwyn. *Se levarmos isso adiante*.

E ela tinha um pressentimento bem forte de que eles iam levar aquilo adiante.

Como que para ilustrar o argumento, Seu Miaurício se aproximou dos dois tranquilamente e, em vez de tentar pular para o meio da mesa, aninhou-se pacificamente no chão ao lado da cadeira de Wells, inclinando a cabeça para olhar para ele.

— *Excelentíssimo* — disse o gato, com uma vozinha sonolenta e carinhosa, e Wells riu, abaixando-se para fazer carinho nele.

E, de repente, Gwyn percebeu que estava enrascada, muito, muito enrascada.

CAPÍTULO 30

A manhã do Encontro de Graves Glen estava cinza e sombria, a primeira onda de frio do outono passava pelo vale.

Em outras palavras: completamente perfeito.

Ou teria sido, se Gwyn ainda não estivesse preocupada com a própria magia.

Depois do jantar, duas noites antes, ela e Wells mergulharam de novo nas pesquisas, reproduzindo um feitiço de um cristal encantado que deveria "recuperar o que foi perdido", só que o único efeito prático foi Gwyn finalmente ter encontrado um par de tênis verdes da Converse que ela jurava ter perdido para sempre.

Uma vitória, mas não exatamente a esperada.

Wells tinha garantido que continuariam tentando, e ela se agarrou a essa ideia, apesar de saber que tinha chegado a hora de contar para Vivi e Elaine o que estava acontecendo.

Mas, antes, precisava ajudar Wells a enfrentar seu primeiro feriado grande em Graves Glen.

Na noite anterior, ela tentara avisá-lo que o Feriado Anteriormente Conhecido como Dia do Fundador era superimportante, pois dava início à temporada de Halloween e trazia a primeira grande leva de turistas à cidade.

Ele, por sua vez, abrira aquele irritante Sorriso de Excelentíssimo e dissera alguma coisa do tipo: "Por obséquio, Gwynnevere, peço que não te aflijas, pois estou *bem* preparado para quaisquer investidas abundantes dos mais variados viajantes em nossa formosa cidade."

Tudo bem, talvez fosse uma reprodução exagerada, mas foi isso que Gwyn *ouviu*.

No momento, instalada atrás do balcão do Templo das Tentações, ela viu a fila que já começava a se formar do lado de fora da Penhallow's e sorriu.

Espero que tenha preparado bastante chá, Excelentíssimo.

As horas seguintes passaram voando, com a loja abarrotada de clientes, Gwyn quase definhando de tanto buscar caixas extras no estoque, fechar compras no caixa e responder perguntas sobre cristais. Às dez, já olhava de cara feia para o relógio.

Sam devia estar no Café Caldeirão, mas onde raios estavam Parker e Cait? Não era do feitio deles faltar ao trabalho, por mais que, com tanta coisa acontecendo durante o Encontro, talvez tivessem se distraído.

Mas Gwyn não tinha tempo para se preocupar com aquilo, porque mais e mais pessoas iam entrando na loja. A certa altura, uma criança esbarrou em uma pilha de abóboras de plástico, derrubando tudo no chão.

Por volta do meio-dia, ela finalmente conseguiu uma brechinha para descansar, pendurando uma placa na porta com o aviso de que voltaria em quinze minutos.

As ruas estavam lotadas, o ar cheirava a pipoca, caramelo e maçã. Antes de ir até a Penhallow's, Gwyn aproveitou para pegar uma bolinha de pipoca.

— Sim, sejam bem-vindos à... ah, graças à deusa, é você.

Gwyn já tinha visto Wells irritado, já o tinha visto preocupado, entretido e ardendo de desejo, mas aquela era a primeira vez que o via *transtornado* e, precisava admitir, era meio que satisfatório.

— Eu avisei — disse ela, caminhando com um ar vitorioso para trás do balcão, onde ele estava de bule na mão, enchendo uma série de xícaras acomodadas em cima de pires. Ao lado dele, uma pilha de cristais esperava para ser embrulhada, junto com caixinhas de chá.

— Sim, sim, todo mundo adora uma boa e velha rodada de "Eu Avisei" — disparou Wells, e Gwyn abriu um sorriso presunçoso, arrancando um pedaço da bolinha de pipoca e colocando na boca dele.

Wells soltou um som de satisfação enquanto mastigava e, dando uma rápida olhada ao redor, inclinou-se para dar um beijinho atrás da orelha de Gwyn antes de voltar à tarefa.

— Se você embrulhar esses cristais para mim, eu garanto que te recompenso *muito* bem mais tarde.

— Uuuuh, suborno erótico, meu tipo favorito.

Depois de terminar a bolinha de pipoca, Gwyn limpou as mãos e fez o que ele pediu, registrando as compras de vários clientes logo a seguir e garantindo que havia uma boa quantidade de sacolas no balcão.

— Superou as expectativas — comentou Wells, admirando o trabalho de Gwyn antes de arquear a sobrancelha para ela. Por sua vez, Gwyn lhe deu um tapinha no ombro e uma piscadela.

— Se eu fosse você, me hidrataria — disse ela, e ele deu uma risadinha, despedindo-se de Gwyn com um olhar que prometia cumprir mais do que havia prometido no acordo.

De volta à rua, Gwyn imaginou como seria ter aquilo todos os dias. Não o Encontro — sua conta bancária ia amar, mas sua sanidade, não —, e sim trabalhar com Wells. Um entrando na loja do outro para se ajudarem.

Uma equipe.

O pensamento aqueceu seu coração mais do que ela esperava; estava tão mergulhada naquela sensação que quase não reparou nos Bruxinhos amontoados na porta trancada da loja.

— Onde vocês dois se meteram? — perguntou a Cait e Parker. — E Sam, por que não está no Café Caldeirão?

Assim que os observou mais atentamente, Gwyn franziu o nariz.

— Está tudo bem? Vocês parecem...

— Estamos acordados há vinte horas e cada um de nós tomou mais Red Bull do que qualquer médico consideraria aconselhável — respondeu Sam. — Mas acho que estamos no caminho certo, Glinda. Em relação à sua magia.

Arregalando os olhos, Gwyn destrancou a porta, e os três entraram correndo na loja. Naquele momento, ela percebeu que todos eles traziam bolsas cheias do que pareciam ser livros pesados e tremiam de empolgação e cafeína.

— O que exatamente vocês descobriram? — perguntou Gwyn, enquanto alguns clientes voltavam a aparecer de novo.

Sam balançou a cabeça.

— Não queremos dizer nada ainda, mas estamos perto. Muito perto. Podemos usar o depósito?

Gwyn olhou ao redor e suspirou. Precisava de ajuda na loja, mas estava na cara que nenhum dos três estava em condições de auxiliar, então assentiu e agitou a mão apontada para a cortina.

— Vão lá. Mas nada de fogo!

Então, eles correram para os fundos da loja e sumiram, enquanto Gwyn se preparava para o massacre.

Mais ou menos vinte mil abóboras de plástico depois, o expediente do Templo das Tentações estava oficialmente encerrado, e Gwyn tinha quase certeza de que nunca se sentira tão exausta na vida. Normalmente, Vivi ajudava na loja, e de vez em quando ela ainda recorria a um feitiço de chá para se manter firme em dias longos. Sem ajuda e sem magia, tudo ficava mais exaustivo.

Ao ouvir o corvo acima da porta, ela desejou que sua magia estivesse funcionando, nem que fosse para mandar quem quer que tivesse entrado de volta para a rua.

Mas era apenas Wells, tão acabado quanto ela. Gwyn se aproximou e praticamente desabou em cima dele com um grunhido exausto.

Ele a abraçou enquanto fingia despencar no chão, e Gwyn começou a rir, abraçando-o com mais força.

— Lembra quando eu comentei que gostava de ser dono de loja? — perguntou ele. — Era outro eu. Um eu ridículo. Era muito mais jovem na época.

— Bem-vindo à vida numa cidade turística durante a alta temporada — respondeu ela, e ele beijou sua têmpora, fazendo cosquinha com a barba.

— Pelo visto, tenho muito a aprender.

— Pelo menos você tem uma semana para se preparar para o Festival de Outono — lembrou Gwyn, e Wells grunhiu, olhando para o teto.

— Cacete, quantos festivais uma cidade pode ter? Esse é o das barraquinhas, certo? Onde vendemos nossos produtos num campo?

— Aham. E tem torta de maçã caramelada, o que faz tudo valer a pena, eu juro. Além disso, pelo menos a gente se fantasia.

Wells inclinou a cabeça para baixo e semicerrou os olhos.

— É alguma pegadinha? Por acaso você vai aparecer de roupa normal enquanto eu chego vestido de feiticeiro, parecendo um idiota?

— Aposto que você fica ótimo com roupa de feiticeiro — rebateu Gwyn, inclinando o rosto para lhe dar um beijinho no maxilar, o que o fez apertar as mãos nos seus quadris.

— E eu aposto que você fica muito bem *sem* — disse ele, e ela sorriu, abraçando-o pelo pescoço.

— Essa foi a coisa mais brega que você já disse, ainda mais considerando que está *bem* familiarizado com a minha imagem sem qualquer tipo de roupa.

Ele sorriu para ela.

— Mas você ficou excitada, não ficou?

— Um pouquinho — admitiu Gwyn, e Wells sorriu ainda mais enquanto abaixava a cabeça para beijá-la.

Mas, antes que pudesse fazer isso, uma corrente repentina de ar, vinda de trás da cortina para o depósito, chamou a atenção dos dois, espalhando cheiro de fumaça pela loja.

Afastando-se de Wells, Gwyn suspirou e o puxou pela mão até o outro lado da loja.

— Eu mandei vocês não mexerem com fogo — avisou ela, abrindo a cortina e entrando na área escura junto de Wells.

Sam, Cait e Parker estavam sentados em círculo, com runas desenhadas a giz no chão à frente deles e velas tremeluzindo. Quando ela e Wells entraram ali, os três se viraram quase ao mesmo tempo, encarando Gwyn.

Ela deixou escapar um som de surpresa.

— O que... — começou a dizer, mas logo percebeu que não era o alvo dos olhares.

Wells era.

CAPÍTULO 31

Wells encarou os três rostos hostis que o fulminavam e piscou os olhos, sem entender nada. Na última vez que tinha visto o trio, estavam todos rindo e brincando com ele.

Agora, pareciam perfeitamente dispostos a ver suas entranhas para fora do corpo, e não fazia ideia do que tinha feito para provocar essa mudança.

— O que foi? — perguntou Gwyn, dando um passo à frente e largando a mão dele.

— Pois é, por acaso eu cometi algum tipo de gafe festiva? — perguntou, colocando as mãos nos bolsos. — Porque, se for o caso...

— É você, cara — retrucou Sam, levantando-se e cruzando os braços. — É por sua culpa que a Gwyn perdeu os poderes.

Foi uma resposta tão inesperada — e tão *absurda* — que Wells chegou a rir, incrédulo.

— O quê?

Mas ninguém mais estava rindo, e, apesar de todas as piadinhas que tinha feito sobre o coven de Bruxinhos de Gwyn, naquele momento, todos pareciam muito adultos. Muito sérios.

E irritados com ele.

— Como assim? — perguntou Gwyn, felizmente parecendo tão confusa quanto ele se sentia. Mas já tinha se afastado um pouco dele e, quando Sam se abaixou para pegar um livro pesado de couro, Gwyn o pegou com mãos ansiosas.

— É um feitiço antigo e muito difícil de fazer. Quer dizer, levaria anos para conseguir todos os ingredientes necessários — disse Sam, batendo o dedo em uma página enquanto Gwyn a lia, semicerrando os olhos. — Nem demos muita bola a princípio porque quem é que conseguiria fazer esse tipo de magia? Mas aí Parker viu a referência ao anel e lembrou de outro feitiço.

Então, foi a vez de Parker se levantar, o rosto solene à luz das velas enquanto segurava outro livro.

— Por isso foi tão difícil descobrir. São *dois* feitiços combinados. Então, eu procurei o que fala sobre o uso do anel, e foi então que vi isso.

Elu apontou para algo na página, e Wells viu Gwyn se retesar e engolir em seco.

Ela olhou para ele com um rosto que mais parecia uma máscara.

— Seu anel — disse, e Wells olhou para a mão que acomodava o anel de sinete do pai. À luz das velas, a joia parecia preta, mas não havia nada sinistro ali, nenhum traço de poder impregnado.

— Isso? — perguntou ele, levantando a mão infratora. — Isso... é uma relíquia de família, não um feitiço. Está na família há gerações. Se fosse capaz de roubar o poder de um bruxo, certamente já teria feito isso antes.

Sem palavras, Gwyn lhe entregou o livro.

Wells o pegou e percebeu que as mãos estavam trêmulas. De raiva, sim — ridículo pensar que ele teria alguma coisa a ver com o roubo do poder de Gwyn. Mas também de medo. Podia admitir.

Aquele olhar de Gwyn, tão distante...

A página era difícil de ler, o texto em uma mistureba de inglês e galês em linhas estreitas, mas ali, inserido no canto direito, estava o desenho de um anel.

Um anel muito parecido com o que Wells usava no momento.

— Não, isso... isso não... não vejo como...

— Quem foi que te deu esse anel, Wells? — perguntou Gwyn.

Estava de frente para ele, com Parker e Sam de cada lado, enquanto Cait permanecia sentada aos pés dela, o rosto tão hostil quanto o dos outros. Um sentimento real de pânico começou a dominar a garganta de Wells.

— Meu pai — admitiu.

— Logo antes de mandar você aqui para roubar a magia da Gwyn — disse Sam, e Wells balançou a cabeça, passando a mão pelo cabelo.

— Não. *Não*. Eu me ofereci para vir. Meu pai nem queria que eu viesse para Graves Glen, na verdade. O... o anel foi só um gesto, nada mais.

— Me dá.

Gwyn estendeu a mão, e Wells não hesitou. Tirou o anel do dedo e o colocou na sua palma. Tudo aquilo era um engano, afinal. Os alunos de Gwyn eram bonzinhos, mas não deixavam de ser bruxos jovens, propensos a fazer cagadas, e isso explicava o que estava acontecendo ali. Tudo não passava de uma cagada monumental, assim como quando tinham achado que Morgan era a culpada.

— Gwynnevere — ele começou a dizer, mas ela já estava dando meia-volta.

— Existe algum jeito de confirmarmos isso? — perguntou Gwyn, e Sam assentiu, voltando para o círculo.

— Podemos usar nossa magia para abastecer você, mas só por alguns segundos — disse ela a Gwyn. — Já deve ser suficiente.

Gwyn assentiu e, enquanto os outros voltavam a se sentar, ela se dirigiu para o meio do círculo.

Sam acendeu outra vela e Parker desenhou outra runa no chão enquanto Cait começava a murmurar palavras bem baixinho, fazendo as velas tremeluzirem.

Gwyn sentou-se de olhos fechados, estendendo o anel enquanto o trio dava as mãos. Não foi de imediato, mas Wells logo sentiu — uma magia que pulsava lentamente, saindo deles e se concentrando em Gwyn. Enquanto ele observava, os cabelos vermelhos voaram para trás, como se alguém tivesse acabado de bater uma porta.

Então, o anel começou a brilhar.

Primeiro a prata, depois a joia no centro, pulsando com uma luz escura, e Wells de repente sentiu uma dor aguda na mão, como se tivesse se queimado.

Ao olhar para baixo, viu que, no dedo onde o anel tinha estado, surgiu uma pequena faixa preta.

A faixa se movimentava sobre sua pele enquanto ele a observava com um fascínio horrorizado. Assim que levantou a cabeça, viu que Gwyn o encarava.

— Eu juro — disse Wells, o coração acelerado, quase tonto. — Juro por tudo o que sou que não faço ideia do que está acontecendo aqui.

— O que está acontecendo é que o seu pai te deu um anel amaldiçoado com magia de sangue ancestral que drena lentamente o poder da linhagem de outro bruxo — explicou Parker, com olhos sombrios. — Provavelmente porque ele estava mordido com o fato de Gwyn e a família dela terem substituído a magia da *sua* família na cidade.

— Não — disse Wells, balançando a cabeça. — Meu pai é muitas coisas, eu admito, mas isso... isso é maligno. Ele é orgulhoso, arrogante e nem sempre o homem mais gentil, mas *isso* ele não é.

Então, lembrou-se daquela noite no bar, quando o pai parecera tão derrotado. Estava bem triste, mas aceitara a ideia de Wells ir para Graves Glen. Ele o chamara de filho e em seguida tirara o anel — aquele anel que Wells o tinha visto usar a vida inteira.

Tinha que haver mais coisa por trás disso, algo que ele não estava enxergando.

— Gwyn — disse Wells, e ela se virou para ele, só que aqueles lindos olhos estavam vazios enquanto ela se abraçava.

— Por favor. Você tem que acreditar em mim.

— Eu acredito que você não sabia — disse ela, sem emoção. — Acredito que você nunca faria uma coisa dessas. Mas sim, Wells, eu acredito que seu pai te carregaria como se fosse uma arma e mandaria você para cá para destruir minha família.

— Você não o conhece — insistiu Wells. — Estou te dizendo, isso é... é outra coisa. Nós nos enganamos em relação à Morgan e também estamos enganados sobre isso.

— Acho que não — disse ela.

Wells atravessou a sala para tocá-la, *precisava* tocá-la, queria que ela visse que eles podiam consertar aquilo juntos.

Mas ela se afastou, e as mãos dele caíram nas laterais do corpo, um oceano se abrindo entre os dois.

— Existe alguma forma de tirar a magia do anel? De devolvê-la para Gwyn? — ele perguntou a Sam, virando-se para olhar por cima do ombro.

Ela balançou a cabeça com olhos brilhantes, e Wells reparou que ela estava tentando não chorar.

— Não. A magia não está no anel. Está no sangue de quem criou o feitiço. E tirar a magia de uma pessoa para botá-la em outra sem algum tipo de objeto amaldiçoado é bem difícil.

— Entendi.

Wells ficou ali, parado onde estava, pensando e tentando ignorar o que sentia, como se alguém tivesse acabado de cravar uma faca no seu peito e o sangue escorresse por todas as runas de giz no chão.

Aquilo era culpa dele, então era ele quem precisava resolver. E só conseguia pensar em um lugar por onde começar.

Wells vasculhou o bolso do casaco até encontrar a Pedra Viajante que mantinha ali.

— Vou dar um jeito nisso, Gwyn — disse. — Prometo.

Concentrou-se no País de Gales, em casa, em Simon.

Em seguida, Gwyn e seus olhos tristes desapareceram de vista enquanto tudo ficava escuro.

CAPÍTULO 32

Já era madrugada no País de Gales, mas, para a sorte de Wells, seu pai nunca tinha sido muito regrado com horários. Quando apareceu de repente na biblioteca de Simon, a cabeça girando e o estômago embrulhado, viu que o pai estava no lugar de sempre, perto da grande mesa de mapas sob uma janela enorme que dava para as colinas rochosas de Dweniniaid.

Havia pouca luz, como sempre, e quando Wells cambaleou para a frente, o pai franziu as grossas sobrancelhas.

— Llewellyn?

Ele saiu de trás da mesa, as vestes farfalhando, e Wells se lembrou de uma centena de outros momentos naquela sala. O pai o parabenizando pelo primeiro feitiço bem-sucedido, dizendo que ele ia para Penhaven, pedindo que ele assumisse o bar depois da morte do tio.

Aquela sala havia sido o cenário de quase todas as conversas importantes que eles já tiveram, então fazia sentido estar ali no momento, para lidar com o que talvez fosse o problema mais importante da sua vida.

— Pai — disse Wells. — Aconteceu uma coisa. Em Graves... em Glynn Bedd.

— Calma, rapaz, calma — respondeu Simon, aproximando-se para acalmar Wells, mas Wells se desvencilhou.

— Estou bem, mas não tenho muito tempo. Preciso perguntar sobre...

Seu anel.

As palavras estavam na ponta da língua, mas as mãos de Simon ainda estavam estendidas e, sob o brilho fraco do lustre de ferro e chifres, seu anel de sinete refletiu a luz.

Wells sentiu como se o chão começasse a inclinar lentamente sob seus pés, e Simon deu mais um passo à frente.

Recuando, Wells olhou nos olhos do pai.

— Achei que tivesse me dado esse anel — comentou, e Simon olhou para a própria mão.

— Ah — disse o pai, flexionando os dedos. — E vejo que você não está usando o seu. — Simon indicou a mão de Wells com um gesto de cabeça. — Alguém já descobriu? São rápidos, tenho que admitir. Mas não se preocupe, rapaz. Imagino que o anel já tenha cumprido seu propósito.

Simon já estava dando meia-volta enquanto Wells se sentia paralisado ali, o sangue pulsando nos ouvidos.

— Então *foi* você — disse Wells, odiando o tom de surpresa na própria voz. Odiava saber que ainda existia uma parte dele, em algum lugar, que queria acreditar que os irmãos estavam errados em relação ao pai. Que ele era um homem melhor que aquilo.

Um *pai* melhor que aquilo.

Simon franziu as sobrancelhas ao olhar para Wells, entrelaçando as mãos na frente do corpo.

— O que foi, achou que outra pessoa tivesse amaldiçoado um anel para levar sofrimento aos nossos inimigos?

Ele soltou uma daquelas risadinhas abafadas, aquela que Wells já se ouvira fazer e prometera nunca mais repetir.

— Você… você me deu aquele anel para que eu drenasse o poder das Jones — disse ele, ainda sem querer acreditar, mesmo sabendo que claramente era verdade.

— Sim, mas não achei que você seria descoberto tão rápido. Era para ser um roubo lento, que levasse meses, quem sabe até anos.

— Levou algumas semanas — disse Wells, inanimado. — E só drenou o poder de uma delas.

Simon arqueou as sobrancelhas.

— Então você deve ter ficado bem próximo dessa aí. O feitiço funciona por proximidade, então, quanto mais tempo você passa perto dela, mais você rouba. Bem, *eu* roubo, para ser justo.

— Ele deu um tapinha no ombro de Wells. — Estou mais forte do que estive em anos, o que é bom, porque devolver nossa magia para aquela cidade vai dar trabalho.

— Você me usou — disse Wells. — Você sabia, na noite em que foi ao bar, que eu me ofereceria para ir. Foi por isso que apareceu lá. Tinha que me fazer achar que a ideia era minha, porque eu nunca, jamais faria parte de uma coisa dessas conscientemente. Mas o bom e obediente Llewellyn... não resistiria à oportunidade de te encher de orgulho.

— Não se faça de mártir, rapaz — disse Simon rispidamente. — Eu fiz o que precisava ser feito. Além disso, quem garante que aquelas bruxas de quinta categoria estavam falando a verdade? Gryffud Penhallow era um feiticeiro poderoso. Não precisaria roubar magia de uma mulher como Aelwyd Jones. Pelo que eu li, mal passava de uma bruxa da floresta. Não, tudo isso foi apenas um golpe que aquelas Jones armaram para roubar nosso poder e...

— Para com isso.

Wells não gritou. Nunca tinha sido do tipo que levantava a voz, muito menos para o pai, mas também nunca o interrompera antes, nunca olhara para Simon da maneira que devia estar olhando naquele momento.

E talvez tenha sido aquele olhar, ou talvez algo no tom de voz, que fez Simon ficar quieto, por mais que tivesse fechado a cara.

— O Rhys estava certo — prosseguiu Wells. — O espírito de Aelwyd Jones estava certo. Gryffud tinha magia, sim, mas ele também pegou a dela, e a família Jones tem tanto direito à cidade de Graves Glen quanto nós. Mais, até, já que fizeram da cidade o lar delas. O que você fez foi...

— Foi necessário — disse Simon, e Wells percebeu naquele momento que ele não ia voltar atrás.

Pensou outra vez no rosto de Gwyn à luz das velas, distante dele, os olhos severos.

Todas as vezes que estivera perto dela, que a tocara e a beijara, tinha tirado magia de suas veias.

A vergonha era tanta que quase chegava a sufocá-lo.

Ele sabia que nunca perdoaria o pai, mas, mais do que isso, não achava que um dia fosse conseguir se perdoar.

— Bem, deu errado — rebateu. — A Gwyn pode até ter perdido o poder, mas a mãe ainda tem o dela. E a Vivi também. E o Rhys nunca mais vai falar com você depois disso. Nem o Bowen. Isso... isso foi longe demais.

Simon dispensou o comentário com um gesto de mão.

— Todos vocês viraram homens tão dramáticos — disse ele. Se Wells não estivesse se sentindo tão devastado, talvez tivesse respondido que era uma declaração ousada vinda de um homem que, no momento, vestia um manto de feiticeiro. — Com o tempo — prosseguiu Simon —, você vai entender. Vai perceber o que precisa ser feito para preservar o legado da família.

— Nada nessa família merece ser preservado — retrucou Wells. Em seguida, deu meia-volta e se dirigiu para a porta.

— Aonde você vai? — questionou o pai, e Wells se deteve, virando-se para encarar o homem que, um dia, tanto desejara agradar.

— Sinceramente, não sei — respondeu ele. — Mas aqui eu não fico. Nem mais um segundo, nem fodendo.

Simon o fulminou com os olhos.

— Não se atreva a usar esse linguajar comigo, rapaz.

Mas Wells já estava de saída.

***

Fazia mais de uma semana que Wells tinha sumido do depósito da loja de Gwyn.

Mais de uma semana que ela havia descoberto que ele era o motivo da perda da sua magia.

Mais de uma semana que não sentia vontade de sorrir. Ou rir. Ou sair da cama.

Mas a questão era que o mundo não parava toda vez que o coração de alguém se partia. Ela sempre dissera aquilo a si mesma, sempre se recuperara rapidamente de términos, e disse a si mesma que não seria diferente dessa vez.

Então, ela *saía* da cama todo dia, fazia café da manhã, alimentava Seu Miaurício e cuidava da loja, enquanto tentava descobrir uma forma de desfazer o que Wells tinha feito sem saber.

E fazia tudo aquilo com a sensação de que havia um saco de cacos de vidro no peito.

Essa parte era novidade. No passado, voltar ao normal o mais rápido possível fazia parte da sua personalidade mágica, o que a livrava da dor do coração partido com muito mais eficiência do que qualquer feitiço.

Mas, dessa vez, não.

Por que ele ainda não tinha voltado? Ela podia admitir que o tratara com frieza aquela noite, mas, quando alguém descobria que o homem por quem achava que estava se apaixonando era o motivo da perda da própria magia, esse alguém tinha o direito de tirar um tempinho para processar a informação.

E, sim, Gwyn ficara irritada por Wells ter se apressado para defender o pai, mas ela sabia que ele era leal e, caramba, quem ia querer acreditar que o pai tinha passado de "meio que um babaca" direto para "monstro com sede de poder"?

Mesmo assim, doera. Naquele momento, ela queria que Wells tivesse acreditado nela, mas ele não acreditara.

Ou não tinha sido capaz de acreditar.

De qualquer maneira, ela ainda esperara que ele aparecesse à sua porta mais tarde, naquela mesma noite, mas Wells simplesmente... não apareceu.

Será que ele tinha voltado à sua terra, descoberto a verdade e presumido que Gwyn nunca mais ia querer vê-lo?

Será que o pai tinha sumido e Wells estava à procura dele?

Ou... — e esse era o tipo de coisa que só se insinuava na sua mente tarde da noite, falando baixinho quando ela não conseguia dormir — será que tinha sido tudo um plano? Será que, no fim das contas, Wells sabia o que estava fazendo e, cumprida a missão, tinha se mandado para casa?

Gwyn sabia, no fundo da alma, que não podia ser verdade. Mas, quanto mais tempo ele passava longe, mais escandalosa aquela voz ficava.

Era para sermos uma equipe, pensara ela milhões de vezes desde que ele tinha ido embora. *Era para resolvermos esse problema juntos.*

Esse era o ponto principal. Quando as coisas ficaram difíceis, ficaram complicadas, ele deu no pé. E agora, sentada atrás da barraquinha que tinha montado para o Festival de Outono, Gwyn não parava de olhar para o espaço vazio onde deveria estar a barraquinha da Penhallow's.

Ela ainda sentia os braços dele a envolvendo enquanto estavam no Templo das Tentações, fazendo piadinhas sobre vestes de feiticeiro; lembrava-se de como estava feliz, de como era bom ficar ali com ele, brincando, se beijando e fazendo planos.

Como parecia impossível que, num piscar de olhos, tudo mudaria.

A lembrança fez seus olhos arderem, então ela a afastou e se virou para atender um cliente que se aproximava de sua barraquinha com um sorriso.

Afinal de contas, aquele era seu lugar. Era aquilo que ela fazia, e fazia muito bem.

Wells Penhallow não ia estragar seu Festival de Outono.

Então, ela ajustou o chapéu de bruxa e vendeu cartas de tarô como nunca, enquanto a brisa do fim de tarde balançava as luzinhas penduradas lá no alto e o cheiro de outono preenchia o ar.

Quando houve uma pausa no movimento, ela deu uma olhada no celular — tentava não usá-lo em eventos como aquele, já que a tecnologia realmente estragava a Vibe Bruxa que ela tentava passar — e ficou surpresa ao ver uma chamada perdida de Sam, duas de Cait e uma de Parker.

Que estranho.

Mas talvez tivessem alguma notícia de Wells.

Gwyn estava prestes a retornar as ligações quando ouviu alguém chamar seu nome.

— Gwyn!

Ao levantar a cabeça, viu Morgan se aproximando — menos séria que de costume, com uma blusa laranja, saia-lápis preta e meia-calça laranja com listras pretas.

Gwyn sorriu e largou o celular.

— Pelo visto, você entrou no clima mesmo! — exclamou, e Morgan fez uma pose, levantando os braços.

— Quando em Graves Glen! — respondeu, e Gwyn lhe deu um joinha. — Na verdade — prosseguiu Morgan, chegando mais perto —, será que você poderia me dar uma ajudinha? Achei um quadro no meio de todas aquelas coisas no sótão que não era mágico *nem* aterrorizante, então pensei em de repente doá-lo para a barraca da minha amiga Charlotte.

Gwyn conhecia vagamente Charlotte, uma não bruxa da cidade que cuidava de uma pequena galeria perto do Café Caldeirão.

— Claro — disse Gwyn, saindo de trás da barraca. Aquele lado da feira estava mais tranquilo naquele momento, já que a maioria das pessoas fazia fila nas barracas de comida àquela hora da noite, e até que seria uma boa aproveitar para esticar as pernas.

Morgan andava rápido e, apesar de Gwyn ter pernas compridas, teve que apertar o passo para acompanhá-la. Lá em cima, o céu estava escuro, coberto de nuvens, e Gwyn estremeceu conforme os sons da feira iam ficando mais distantes.

— Você estacionou na Carolina do Norte, foi? — perguntou ela, e Morgan deu uma risada meio estridente.

— Desculpa, é logo ali.

Gwyn deu de ombros.

— Agora estou entendendo por que você queria ajuda — disse. — Seria um inferno sair arrastando um quadro nesse trajeto inteiro.

Morgan não respondeu, e Gwyn sentiu um arrepio no pescoço.

A grama era mais alta e úmida ali, e Gwyn parou de andar para olhar ao redor. Não era só o frio da noite que estava sentindo.

Era magia.

Muita magia.

— Morgan? — ela chamou outra vez, e Morgan se virou de braços cruzados e com um sorrisinho presunçoso.

— Sabe, é uma pena você não ter mais magia nenhuma, Gwyn — disse ela, e, pelo canto do olho, Gwyn viu uma figura sombria se aproximando.

Ao se virar, viu mais uma. Uma terceira. E uma quarta.

— Mas, para nossa sorte — prosseguiu Morgan, avançando com as mãos estendidas enquanto os dedos crepitavam de tanto poder —, não precisamos da sua magia. Só do seu sangue.

CAPÍTULO 33

Depois de uma semana hospedado na cabana de Bowen, lá no alto das montanhas, Wells estava começando a entender por que o irmão era como era.

Para começo de conversa, o lugar ficava a quilômetros de distância de qualquer tipo de civilização, além de ser absurdamente difícil de encontrar. Wells passara dias procurando o irmão, mesmo com a Pedra Viajante. No fim das contas, Bowen tinha tantos feitiços ao redor da casa que qualquer bruxo rodaria em círculos. Mas Wells tinha sido determinado.

Se havia alguém que saberia como desfazer o que o pai tinha feito, esse alguém seria Bowen, no alto da sua cabana, fazendo sabe-se lá que tipo de magia estranha e esotérica, e Wells não pensava mais em outra coisa: ele ia desfazer aquilo.

E se isso significava subir a montanha errada por três malditos dias, que assim fosse.

Quando achou o irmão, sentia-se praticamente selvagem de tanta raiva e preocupação, e com certeza estava na cara, porque Bowen o deixou entrar apenas com um grunhido e um:

— Que merda aconteceu com você?

Quando terminou de contar toda a história ao irmão mais novo, Bowen já estava de punhos cerrados, mandíbula contraída e mãos à obra.

A cabana era pequena, praticamente sem mobília, a não ser por duas camas de acampamento. Além disso, havia uma espécie de banheiro externo que Wells esperava um dia apagar da memória. Mas, o que faltava a Bowen em termos de conforto, ele compensava em magia.

Se houvesse um livro sobre um assunto, Bowen o tinha. Se um feitiço precisasse de um ingrediente, estava escondido numa estante de nichos que, até onde Wells sabia, continha uma infinidade de compartimentos. Tudo naquela cabana era reduzido ao essencial e a serviço da magia e, em poucos dias, Wells mal se importava mais com a falta de água encanada.

Ele quase não comia, praticamente não pregava os olhos, e Bowen não saiu do seu lado em momento algum. Os dois folheavam livros, testavam outros anéis, outras pedras, qualquer coisa que pudesse funcionar.

Bowen começou a achar que estivessem chegando perto de uma solução. Agora que sabiam que o feitiço de Simon era uma combinação de dois feitiços, ele chegou à conclusão de que provavelmente seria necessário fazer o mesmo para revertê-lo.

— É complicado — disse ele para Wells enquanto os dois encaravam o único móvel maciço daquela cabana, uma mesa enorme e cheia de feitiços, livros e papéis. — Só que magia é isso, né?

— Isso aqui também parece exigir... meu sangue? — disse Wells ao ler o que Bowen tinha esboçado, e o irmão lhe deu um tapinha no ombro, abrindo um leve sorriso em meio à barba espessa.

— Amor e dor andam juntos — disse, e Wells grunhiu em resposta.

Caramba, claramente já tinha passado tempo demais na companhia de Bowen.

Mesmo assim, estendeu a mão e deixou Bowen fazer um corte rápido na sua palma com uma lâmina prateada, encolhendo-se enquanto o sangue pingava em um pratinho de madrepérola.

— Onde é que você arruma essas coisas? — perguntou ao irmão, tentando se distrair do sangue.

— Por aí — respondeu Bowen, em seu típico jeito de ser.
— Obrigado. Como sempre, você é uma fonte inesgotável de informações.

Bowen esboçou um sorriso bem discreto.

— Lojas — esclareceu. — Outros bruxos. Alguns humanos negociam artefatos mágicos, e conheço um deles.

— Isso parece perigos... ai!

Wells olhou feio para o irmão enquanto Bowen passava uma espécie de pomada no corte. Ardia absurdamente, mas, o que quer que fosse, curou o ferimento quase na mesma hora. Wells observou a própria mão, relutantemente impressionado.

— Quanto tempo você acha que vai levar para ficar pronto? — perguntou ele, e seu irmão deu de ombros enquanto se afastava.

— Com esse tipo de coisa, nunca se sabe — respondeu Bowen, indo até o armário e guardando o prato com sangue lá dentro. — Quando você disse para ela que ia voltar?

— Não disse.

Bowen ficou imóvel.

— O quê?

— Quando fui embora — disse Wells, distraído enquanto lia o feitiço —, simplesmente fui. E, assim que Simon me contou a verdade, eu soube que tinha que resolver isso, então vim direto atrás de você.

— Então você... caiu fora. Depois de ela ter descoberto que foi por causa do nosso pai que ela perdeu a magia.

— Se você quer chegar a algum lugar, Bowen, agora é a hora de dizer logo.

— Já passou pela sua cabeça que talvez ela esteja achando que você estava por dentro do plano? Que você voltou para a casa do pai depois de ter cumprido a missão?

Agora foi a vez de Wells congelar.

— Eu... eu não podia voltar sem uma solução — disse ele, porque esse vinha sendo o pensamento dominante na sua cabeça. Ele tinha causado aquilo e não ia voltar enquanto não achasse um jeito de recuperar a magia dela.

— Mesmo assim, que tal um telefonema? — sugeriu Bowen.

— Uma mensagem? "Oi, desculpa ter uma família tão fodida, volto assim que desfoder as coisas"?

— Merda — murmurou Wells, passando a mão na barba. Ainda não estava tão desgrenhada quanto a de Bowen, mas definitivamente estava chegando lá. — Eu deveria ter feito isso.

— É, deveria — retrucou Bowen, e então balançou a cabeça. — Como pode eu, que vivo trancado aqui em cima o tempo todo, sem nenhuma mulher por perto, ainda ser mais esperto com essas merdas do que você e o Rhys? Me explica essa porra, cara.

— Acho que é porque, quando nos apaixonamos, ficamos malucos e também muito burros — disse Wells, sentindo o estômago afundar.

Será que Gwyn achava que ele a abandonara para sempre? Ou, pior ainda, que tudo aquilo fazia parte do plano do pai?

— Olha, precisamos fazer esse feitiço funcionar o mais rápido possível — disse ele, virando-se para Bowen. — Tenho que voltar para ela, tenho que...

Em um minuto, ele estava olhando para o irmão.

No seguinte, Sam, Cait e Parker estavam ali entre os dois, boquiabertos e de olhos arregalados.

— *Meudeusdocéu isso foi mega assustador* — disse Sam e, atrás deles, Bowen fez cara feia.

— Quem raios são vocês e como vieram parar na minha montanha?

— Lobisomem — sussurrou Cait, olhando fixamente para ele, e Sam desviou rapidamente os olhos até encontrar Wells.

— Ah, graças à deusa! — gritou ela, e então os três correram até ele, balbuciando ao mesmo tempo. Wells estava tão surpreso por vê-los ali que nem conseguia processar o que estavam falando, até ouvir:

— Ela levou a Gwyn!

— Chega! — vociferou ele, e os três ficaram em silêncio, empalidecidos. — O que está acontecendo? — perguntou, fazendo um grande esforço para manter a calma, embora o coração ameaçasse saltar do peito.

— A Morgan levou a Gwyn! — disparou Parker, e Wells recuou um passo, confuso.

— A Morgan? — perguntou ele. — Como assim?

Wells sentiu que os três iam começar a falar ao mesmo tempo de novo, então apontou para Parker, delegando-lhe a tarefa.

— Você. Me conta tudo.

Parker lançou olhares nervosos ao redor, mas por fim assentiu, lambendo os lábios.

— Então, depois que você foi embora, continuamos procurando maneiras de reverter o feitiço do seu pai. E, enquanto dávamos uma olhada nas coisas da Gwyn, encontramos o arquivo da Morgan.

— Aquele arquivo não nos disse nada — falou Wells, e Parker assentiu.

— Pois é. Mas usei isso aqui nele.

Parker mostrou aquela moeda do dia em que Wells pegara o arquivo. Ele se lembrava, a moeda continha um feitiço que absorveria o que estava escrito e o reescreveria em outro lugar. Só que Wells não a usara, simplesmente pegara o arquivo. Parker acrescentou:

— Eu estava de bobeira, esperando a Cait terminar o livro que estava lendo, e então lancei o feitiço no arquivo, só para ver se funcionava. Mas, quando transferi o conteúdo da pasta para outra folha de papel...

— O arquivo estava encantado — completou Sam, passando uma folha para Wells.

Ele pegou o papel e passou os olhos pelo conteúdo. E ali, onde no arquivo original de Morgan havia apenas uma descrição vaga sobre "magia imprópria", uma história bem diferente — muito mais sombria — se revelou.

— Puta que pariu — sussurrou Wells.

— Eles quase mataram uma aluna — disse Cait. — Tipo, sugaram o sangue dela, como se fossem vampiros, tudo porque, pelo que parece, um ancestral dela tinha sido um bruxo poderoso. A faculdade só não foi além porque a garota tinha se voluntariado.

— Aparentemente, ela achava que ia ficar toda poderosa também, mas esse pessoal só estava usando a garota — acrescentou Sam, e Wells teve certeza de que seu próprio sangue tinha sido substituído por água com gelo.

— E vocês acham que a Morgan pegou a Gwyn?

— A barraca dela no Festival de Outono estava vazia, e alguém disse que a viu sair com uma mulher de cabelo escuro e não voltar mais. E, quando fomos à casa da Morgan, estava rodeada por algum tipo de campo de força mágico poderosíssimo. Não conseguimos entrar — disse Parker.

— Ficamos sem saber o que fazer, porque a Vivi e a Elaine ainda não voltaram, e a gente não tem poder suficiente para enfrentar um bando de bruxos das trevas. Mas aí nos lembramos da Pedra Viajante que fica no depósito do Templo das Tentações — prosseguiu Sam.

— E, tipo, ainda estamos chateados com você e tudo mais, mas não sabíamos mais a quem recorrer, então pensamos em você e aí *puf*! — resumiu Cait.

— Espera, vocês simplesmente *pufaram* na minha montanha? De primeira? — Bowen encarava os três com um misto de suspeita e interesse, mas Wells já estava em ação, apontando para o feitiço na mesa de Bowen.

— Finaliza isso. O mais rápido possível. Depois me encontra em Graves Glen.

Bowen assentiu.

— Vai lá ajudar sua garota.

— Vocês três conseguem voltar em segurança? — perguntou ele a Sam, e ela pegou a Pedra Viajante.

— Acho que sim. Deve ser mais fácil voltar para casa do que vir para cá.

— Ótimo.

Wells pegou sua Pedra Viajante e tentou não pensar em Gwyn, sem magia, indefesa, à mercê de Morgan e de seu coven.

Concentrando-se no rosto dela, ele apertou a pedra com vontade e pensou em uma palavra.

Casa.

CAPÍTULO 34

Gwyn não era especialista em magia sombria, mas tinha quase certeza de nada de bom costumava sair de situações como a que ela se encontrava: no momento, estava amarrada em uma mesa de pedra preta, com um monte de gente com túnicas assustadoras à sua volta.

Ainda zonza por conta de qualquer que fosse o feitiço que tinham usado nela, Gwyn testou as amarras, mas, como eram correntes de prata, não se surpreendeu ao ver que não cediam. Em seguida, jogou-se de costas na mesa com um suspiro, lutando para controlar o pânico.

Se existe um momento digno de pânico, com certeza é este, pensou Gwyn. Mas, se entrasse em pânico, não conseguiria raciocinar, e se não conseguisse raciocinar, não daria para sair dali — e ela precisava muito sair dali.

— Então toda aquela história de expulsão por conta de uns feitiços de nada não passava de papo-furado, né? — disse Gwyn, e ouviu Morgan rir em algum lugar atrás dela.

— O castigo pelos feitiços foi trabalhar no refeitório — disse ela. — O que resultou na nossa expulsão foi a magia de sangue.

— É, eles são bem rigorosos com esse tipo de coisa — comentou Gwyn, sacudindo as correntes. — Nem imagino por quê. Se bem que, sinceramente, nunca vi a graça disso. Quer dizer, a gente pode conseguir um pouquinho mais de poder? Sim. Também é nojento e bem maligno? Mais um sim!

— Não esperaríamos que você compreendesse.

Era Harrison, perto dos pés dela. Naquele momento, ao ver a figura ameaçadora da dama de ferro atrás dele, Gwyn se deu conta de que estavam no sótão.

Que maravilha.

— Existem limites para o que a magia é capaz de fazer — prosseguiu ele —, mas, se você estiver disposto a ir além, a sangrar, esses limites somem. Tudo se torna possível. Construir cidades inteiras do nada, criar universos.

— Claro, mas não são vocês que vão sangrar, né? — perguntou Gwyn.

— Não — respondeu Rosa, dando um passo à frente e encarando Gwyn com olhos surpreendentemente compassivos.

— Mas é que nenhum de nós tem uma bruxa poderosa como Aelwyd Jones na nossa linhagem.

— Eu estava sendo sincera quando disse que queria te ajudar a recuperar sua magia, Gwyn — disse Morgan. — Seria melhor se você a tivesse.

— E foi por isso que você me convidou para vir passar um tempo na merda desse sótão — comentou Gwyn, lembrando-se da conversa que tiveram ao saírem da prefeitura.

— Sim. Mas aí o Harrison se deu conta de que precisaríamos fazer o ritual antes do Samhain, e nosso tempo estava acabando. Precisava ser agora, durante a lua nova.

Morgan apontou para o céu escuro do outro lado da janela.

— E, apesar de sua magia ter ido embora, o sangue de Aelwyd ainda corre nas suas veias. Quando o derramarmos, o poder dela será nosso. Graves Glen também será nossa, e, com uma cidade inteira como fonte de poder... — disse ela, abrindo bem os braços. — Nada vai nos deter.

— Eu realmente acho que não é assim que funciona — comentou Gwyn, e Morgan franziu a testa, semicerrando os olhos.

— Acho que entendemos mais do assunto do que você, Gwyn. Todos nós passamos os últimos dez anos imersos em magia, enquanto você esteve aqui, empurrando brinquedos para os turistas. Coletei alguns dos talismãs mais poderosos do mundo, tudo para isso.

Gwyn levantou a cabeça o suficiente para olhar ao redor, observando os quadros, os instrumentos de tortura e todas as tralhas assustadoras que ela e Wells já tinham visto. Então era isso que havia por trás dessa história. Esses itens estavam infundidos com magia sombria, fortalecendo os poderes malignos de Morgan.

— Se quiser, podemos lançar um feitiço em você antes — propôs Rosa. — Para não doer.

Gwyn quase riu daquilo. Ou talvez tenha soluçado.

— Entendi. Como se eu estivesse no dentista e não... seja lá o que for isso.

Morgan pôs a mão na testa dela, a pele pegajosa e fria.

— Vai acabar rapidinho, eu prometo — disse. — Não sentimos nenhum prazer em causar dor. Mas aprendemos da última vez que tirar pouco sangue é o mesmo que nada. Então, vamos precisar de todo o seu sangue.

O medo que Gwyn vinha tentando suprimir com tanto esforço se libertou, fazendo-a tremer um pouco. Se ela ainda possuísse magia, aquele grupo talvez fosse poderoso demais para ela, mas sem?

Gwyn fechou os olhos e respirou fundo enquanto Morgan e os outros se aproximavam. Fosse qual fosse o feitiço que Rosa tinha lhe prometido, claramente já estava começando a funcionar, porque ela sentia uma espécie de peso tomando seus membros, a mente ia ficando turva.

Ela pensou em Vivi e Elaine, em Seu Miaurício e nos Bruxinhos.

Pensou até em Wells, nele atrás do balcão da Penhallow's, na cama dela, a seu lado, e então cerrou os punhos e rangeu os dentes.

No momento, Morgan estava entoando alguma coisa enquanto os demais se juntavam a ela, e Gwyn sentiu a magia no recinto ficar mais forte.

Mais sombria.

Ela ia morrer para que meia dúzia de bruxos alterados pudessem brincar de ser deuses usando túnicas ridículas.

Nem ferrando.

Aquele pensamento foi tão intenso que a fez abrir os olhos de supetão e a prostração causada pelo feitiço de Rosa de repente começou a se esvair.

Gwynnevere Jones não ia partir assim.

Enquanto o cântico prosseguia, Gwyn se concentrou com todas as forças, agitando os dedos.

Uma faísca surgiu como resposta.

Pequenininha, quase insignificante, mas *estava ali*, e Gwyn conteve um sorriso enquanto uma alegria intensa a invadia.

Minha magia não é algo que possam tirar de mim, pensou ela, com a mente lúcida. *É minha. E ainda está aqui.*

E estava mesmo. Dava para senti-la naquele momento, percorrendo o corpo inteiro, invocada por seu próprio sangue. Dessa vez, ao agitar os dedos, não houve só uma faísca.

Houve fogo.

Quando Wells surgiu de repente no campo fora da casa de Morgan, sentiu embrulho no estômago.

Dessa vez, não foi por causa da Pedra Viajante.

Aquela sensação de magia errada que ele tinha sentido antes estava ainda mais forte no momento. Era uma podridão que parecia pulsar, fazendo-o ranger os dentes conforme avançava com passos cambaleantes.

Estava escuro e, ao olhar para o relógio, ele viu que já eram quase três da manhã.

A hora dos bruxos.

Apesar da dor de cabeça, Wells se obrigou a seguir em frente e, pelo canto do olho, avistou Sam, Cait e Parker, tropeçando no chão.

— Fiquem aí! — gritou.

Eles tinham falado sério a respeito da barreira mágica que rodeava a casa. Era forte, e Wells tentou se concentrar, testando mentalmente pontos fracos e reunindo uma explosão de magia que fosse forte o suficiente para abrir um buraco nela, enquanto seu cérebro repetia: *Rápido, rápido, rápido, ela está lá dentro, rápido.*

Tinha acabado de reunir poder suficiente para uma boa explosão na barreira quando houve um estrondo retumbante e um som de vidro quebrando. Ao olhar para cima, horrorizado, viu uma labareda saindo por uma janela na parte de cima da casa.

Wells não tinha nenhuma lembrança de como atravessou a barreira e nem de como entrou na casa. Em um momento, estava encarando as chamas; no seguinte, estava do lado de dentro, subindo a escada do sótão às pressas e arrombando a porta.

A primeira coisa que viu foi Gwyn, a bela e gloriosa Gwyn, felizmente viva e de pé em cima de uma de mesa de pedra preta, as mãos estendidas brilhando à sua frente. Wells quase caiu de joelhos de tanto alívio.

Em seguida, se deu conta de que ela estava enfrentando aquele babaca do Harrison, que, no momento, brandia uma maça na direção dela.

A explosão que Wells tinha preparado para destruir o campo de força não era nada se comparada à que ele lançou na direção daquele homem. Enquanto Harrison voava até a parede, Gwyn se virou e o viu.

E sorriu.

Wells sentiu aquele sorriso no corpo inteiro. Nenhum nascer do sol poderia ser mais radiante do que aquele sorriso.

Mas ele não teve tempo de admirá-lo, porque Rosa já vinha em sua direção, empunhando uma terrível espada medieval. Wells se esquivou e tentou reunir magia suficiente para afastá-la.

Estava exausto. O tempo que passara longe pesava mais do que ele tinha imaginado e o alívio ao ver Gwyn sã e salva o distraía. Estava tão concentrado em Rosa que só reparou em Morgan atrás dele quando Gwyn gritou:

— Wells!

Tudo pareceu acontecer em câmera lenta. Morgan se aproximava mostrando os dentes, com olhos furiosos e uma adaga de prata na mão.

Acho que ela realmente vai me esfaquear, pensou ele, quase como se estivesse acontecendo com outra pessoa, e então surgiu um clarão de luz que fez Morgan recuar, segurando o braço enquanto a faca caía no chão.

Gwyn estava ao lado dele, os braços ainda estendidos, e Wells notou que a barra da manga de Morgan estava chamuscada, a pele da mão vermelha e rachada, e ela olhou feio para Gwyn, cambaleando para trás.

Enquanto recuava, bateu num dos baús alinhados no chão do sótão e caiu com tudo em cima dele. A fechadura enferrujada cedeu e caiu no chão com um baque.

Por um instante, tudo ficou parado, sendo a respiração ofegante de Morgan o único som audível. Em seguida, a tampa do baú se abriu de repente com um uivo.

Wells ouviu Morgan gritar e foi como se, sem mais nem menos, um furacão tivesse invadido o sótão, um vento tão feroz que o fez fechar os olhos, puxando Gwyn para perto de si. Aquele som continuou sem parar e seus ossos quase chacoalhavam com toda aquela força.

E, então, a tampa do baú se fechou, como se fosse uma mandíbula enorme.

O sótão ficou em silêncio. Imóvel.

E Morgan e os outros desapareceram.

CAPÍTULO 35

— **Sinceramente,** tudo isso é uma valiosíssima lição sobre não guardar objetos mágicos bizarros em casa — disse Gwyn ao sair da casa de Morgan, acompanhada por Wells, Sam, Cait e Parker.
— Espero que vocês três valorizem esse aprendizado.
— Então aquele negócio simplesmente... os comeu? — perguntou Parker, estremecendo, e Wells suspirou, enfiando as mãos nos bolsos.
— Não exatamente. Acho que o que a Morgan tinha lá no sótão era conhecido como Apanhador de Almas. Suga as pessoas para outras dimensões e as mantém presas por lá. Um negócio bem desagradável.
— Não tão desagradável quanto ser comido — disse Sam, e Gwyn teve que concordar.
— Por que não levou vocês dois? — perguntou Parker, e Wells deu de ombros.
— Que eu me lembre, os Apanhadores de Almas costumam se alimentar de energia negativa, e havia energia negativa de sobra nas almas daquele coven. Assim que capturou todos eles, imagino que tenha ficado... satisfeito.
Gwyn não conseguiu segurar o arrepio ao ouvir aquilo, mesmo depois de tudo que Morgan e seu coven tinham tentado fazer.
— Bem — disse, tentando brincar —, bom saber que minha alma ainda está relativamente intacta, apesar daquele ano em

que eu fui ao Burning Man. Ah, e do ano em que cortei minha própria franja. Na verdade, todos os anos entre 2011 e 2014.

— Mas a grande notícia — disse Cait, praticamente saltitando pela grama úmida — é que sua magia voltou! — Virando-se para Wells, perguntou: — Seu irmão conseguiu te mandar o feitiço a tempo?

Gwyn parou, olhando para ele.

Wells estava...bem, bonito ele sempre era, independentemente das circunstâncias, não havia como fugir daquela estrutura óssea, mas estava claramente exausto, com olheiras profundas e a barba desgrenhada. Ele olhou nos olhos dela com um sorriso fraco.

— Não — Wells respondeu Cait. — Ela fez aquilo sozinha.

— Caramba, Glinda, você é a maioral — comentou Cait, e Sam e Parker assentiram. Por fim, Sam deu o braço para Gwyn.

— Melhor mãe bruxa de todos os tempos — disse, e Gwyn riu, cansada, mas feliz, apoiando a bochecha no cabelo brilhoso de Sam.

— Eu ainda deveria botar vocês de castigo por se meterem num perigo desse tipo. A Morgan e os amigos dela não estavam de brincadeira. Prometam que não vão fazer algo assim de novo.

— Prometemos — eles responderam em coro, mas então Sam lançou um olhar furtivo para Wells.

— Nós também fomos ao País de Gales. Com *magia*.

— E conhecemos o irmão assustador do Wells.

— E ele não admitiu, mas acho que ficou bem impressionado por termos chegado lá com magia.

Os três continuaram falando um por cima do outro, inteirando Gwyn das aventuras em que se meteram, e ela prestava atenção e sorria nos momentos certos, mas não parava de olhar para Wells, que a olhava de volta. Ela queria bater nele, beijá-lo e perguntar onde raios tinha estado, e jurou que faria exatamente isso assim que ficassem a sós.

Mas quando, graças à Pedra Viajante, eles apareceram na varanda da casa de Gwyn, ela percebeu que teria que adiar os planos.

— Gwyn!

Vivi saiu correndo pela porta da frente, seguida por Elaine, e ela achou que seu coração fosse saltar do peito enquanto subia os degraus às pressas e se jogava nos braços delas.

— O que vocês duas estão fazendo aqui?

— A gente sacou que tinha alguma coisa errada — disse Vivi.

— Nós duas. Praticamente ao mesmo tempo — confirmou Elaine, esticando a mão para acariciar o cabelo de Gwyn, que se entregou ao toque enquanto os olhos começavam a arder de lágrimas.

Quando Gwyn pensou nelas naquela mesa horrível, elas a sentiram. Souberam que ela precisava de ajuda e voltaram por ela.

— Foi uma longa noite — comentou Gwyn —, e a história é ainda mais longa, mas posso contar um pouco, e o Wells...

Mas, quando olhou para trás, Wells não estava mais ali.

Dar a Gwyn um tempo a sós com a família era a coisa certa a se fazer, pensou Wells, sentado em sua sala de estar escura, sozinho.

Ela estava com saudade das duas e tinha muita coisa a contar, e ele não queria ser a presença constrangedora no meio da conversa enquanto ela explicava o que seu pai tinha feito.

Então, sim. Ele estava sendo um cavalheiro.

Nobre.

— Você está sendo um idiota de merda.

Com um suspiro, Wells se virou para a porta da frente. As luzes da varanda estavam acesas e dava para ver uma figura ali, uma figura que, no momento, sacudia a maçaneta e gritava:

— Eu sei que você está aí se sentindo um pobre-coitado, seu fresco. Agora me deixa entrar.

Wells sabia, por experiência própria, que Rhys não iria embora até dizer o que queria, então ele se levantou para destrancar a porta.

O irmão mais novo entrou em um rompante, com um ar irritantemente descansado e feliz, e Wells olhou feio para ele.

— Não estou me sentindo um pobre-coitado. Estou dando um espaço para a Gwyn.

— Ela disse, com todas as letras, "eu quero um espaço"? Ou você está agindo como sempre age e simplesmente presumindo que sabe mais do que *todo mundo* o tempo todo para sempre?

— Não senti a menor saudade sua, só pra constar. Para dizer a verdade, eu acho que você e a Vivienne deveriam tirar uma segunda lua de mel, bem mais demorada. Possivelmente para *a própria lua*.

Rhys sorriu em resposta e lhe deu um tapa no braço.

— E perder esse tipo de emoção outra vez? Jamais.

Ao ouvirem um barulho na sala de jantar, tanto ele quanto Rhys se viraram e viram Bowen ali — meio cambaleante, mas, fora isso, rabugento como sempre.

— Rhys — disse Bowen, e Rhys fez uma careta, inclinando-se sobre os calcanhares.

— O que raios você está fazendo aqui? Espera, isso é algum tipo de intervenção? A gente vai fazer uma intervenção para o Wells por ele ser o rei dos coitadinhos e ninguém me avisou?

— Cala a boca, Rhys — disseram Wells e Bowen em uníssono. Logo em seguida, se entreolharam antes de voltarem a encarar o irmão mais novo.

— Acho que faz uns cinco anos desde a última vez em que estivemos os três juntos no mesmo recinto — disse Wells, sem saber se lamentava ou não estarem interrompendo aquele intervalo.

— Isso pede uma bebida — murmurou Bowen.

No fim das contas, foram várias bebidas. Além de terem tido que conversar sobre o pai, Wells precisou atualizar Rhys sobre tudo o que tinha acontecido na ausência dele, do aparecimento de Morgan até uma explicação (muito editada) de como estava sua situação com Gwyn. Quando terminou de falar, a última garrafa de uísque bom do pai estava quase no fim.

— Eu já sabia que o pai era um imbecil — disse Rhys com um suspiro —, mas não achei que ele fosse capaz de fazer uma coisa dessas.

— Acho que perder a cidade o afetou mais do que a gente imaginava — comentou Wells, girando o copo nas mãos, e Rhys lhe deu um tapinha no joelho.

— Sinto muito, cara. Eu e o Bowen nunca nos demos bem com ele. Mas vocês dois eram próximos. Deve ter doído.

— Hum — foi a única resposta de Wells, mas ele retribuiu o tapinha na perna de Rhys e o irmão sorriu.

— E agora? — perguntou Rhys. — Será que filhos podem deserdar o pai?

— Talvez não perante a lei, mas com certeza em espírito — disse Wells em um tom sombrio.

Ele amava o pai. Talvez parte dele sempre amasse. Se fosse possível deixar de amar as pessoas, a vida seria muito mais simples, mas Wells sabia que não era assim que funcionava.

No entanto, não havia espaço para um homem como Simon na vida de Wells, e ele tinha aceitado essa realidade durante a longa semana que passara na montanha de Bowen. Ele tinha os irmãos, por mais ridículos que fossem, e isso era suficiente.

Bem, quase suficiente.

Mas ele podia lidar com isso mais tarde. Naquele momento, o problema era o pai.

— O pai, *Simon*, está mais poderoso do que nunca agora — lembrou Wells. — E, por mais que ele não consiga recuperar a cidade, tenho certeza de que tem outro plano em mente. O bar, talvez. A magia ancestral dos Penhallow ainda está lá.

— Vou precisar, no mínimo dos mínimos, de um cochilo e outra bebida forte antes de declarar guerra ao pai — disse Rhys —, mas estou disposto, se vocês estiverem.

Wells assentiu, mas, para sua surpresa, Bowen terminou sua bebida e se levantou.

— Vocês dois têm muita merda para resolver por aqui — comentou, e então apontou para Wells. — Especialmente você.

— Caramba, eu estou adorando esse novo mundo em que o Wells é o cara que todo mundo quer que se recomponha, enquanto *eu*...

— Cala a boca, Rhys — disseram Bowen e Wells de novo, e então Bowen bateu o copo na mesa de centro.

— Eu lido com o pai — avisou, e Wells não fazia ideia do que exatamente ele queria dizer com aquilo, mas, depois de ter visto a cabana de Bowen, não tinha a menor dúvida de que o irmão estava preparado para qualquer tipo de batalha mágica.

— Que bom — respondeu ele, e Rhys fez um som de incredulidade.

— Ué, nenhum sermão? Nenhum lembrete do que o Bowen deveria ou não fazer? Nenhum insulto aleatório direcionado a mim só por diversão? Você mudou *mesmo*.

Wells deu o dedo do meio para o irmão mais novo, mas estava sorrindo, assim como Rhys.

Até Bowen poderia estar sorrindo por baixo daquele monte de barba.

— Então, o lance com o pai está resolvido — prosseguiu Rhys. — E, pela primeira vez, não tenho nenhuma cagada para consertar, tirando o fato de que voltamos com tanta pressa que *talvez* eu tenha enviado magicamente nossa bagagem para o *país* Geórgia, não para o *estado*, mas Vivienne vai entender. E, quanto a você...

Ele deu outro tapinha na perna de Wells, que suspirou.

Sim, e quanto a ele.

Lendo seus pensamentos, Bowen fez um gesto de cabeça em direção à porta e, Wells presumiu, ao chalé de Gwyn.

— Então ela conseguiu recuperar a magia por conta própria. Sem a necessidade de feitiço.

Quando Wells fez que sim, Bowen grunhiu.

— Nunca ouvi falar de algo assim.

— É porque você não conheceu Gwyn Jones — disse Wells com um sorriso tímido, e Rhys riu, recostando-se.

— Ah, o som de um homem completamente fisgado. Conheço bem o sentimento.

Wells nem se deu ao trabalho de argumentar. Ele a amava, era completamente louco por ela e, àquela altura, com certeza já estava na cara para todo mundo.

Para todo mundo, percebeu ele de repente, menos para a pessoa que mais importava.

CAPÍTULO 36

Gwyn concluiu que quase ter sido sacrificada num ritual era uma desculpa boa o suficiente para dormir até mais tarde, então já era quase meio-dia quando chegou ao Templo das Tentações no dia seguinte. Elaine lhe dissera que ela nem precisava se preocupar em ir, mas ficar em casa só a deixaria inquieta, e isso não era bom.

O que Gwyn precisava era de um retorno à normalidade, e nada parecia mais normal do que sua loja.

O centro da cidade estava relativamente tranquilo, já que era uma tarde de dia de semana, e ela olhou de relance para a Penhallow's enquanto destrancava a porta.

A plaquinha de "Aberto" estava pendurada na janela.

Então, ele ainda estava por ali.

Depois de Wells ter desaparecido na noite anterior, Rhys fora atrás dele e, ao voltar para o chalé, confirmara que Wells ainda estava lá, na casa dele, no alto da montanha.

Já era alguma coisa, pelo menos.

Além disso, ele tinha voltado por ela. E, segundo Cait, estivera trabalhando em algum tipo de feitiço de reversão com o irmão. Então ela estava certa de que ele não queria voltar para Graves Glen antes de consertar as coisas.

O que era... irritantemente Excelentíssimo da parte dele.

Agora, sem dúvida ele ia se manter afastado, presumindo que ela não ia querer vê-lo, o que também era irritantemente

Excelentíssimo. Esperaria que ela tomasse a iniciativa, sendo um cavalheiro até o fim.

Pois bem.

Gwyn era boa em tomar a iniciativa.

Afastando-se do Templo das Tentações, ela atravessou a rua rumo à Penhallow's, já planejando o que ia dizer a ele. Diria que sentira saudade, mas que ficara magoada quando ele fora embora, que esse lance de autoflagelação não ia dar certo para ela e que não era ele quem decidia se ela deveria ou não ficar brava com ele.

Era um trajeto curto, mas Gwyn tivera tempo de sobra para reunir bastante ímpeto, então escancarou a porta da Penhallow's, fazendo o sino tocar bem alto.

— Então tá, vamos acabar com essa história… — ela começou a dizer, mas todo o maravilhoso discurso inflamado que tinha elaborado na cabeça se dissolveu como névoa.

Wells estava em frente ao balcão, com um manto preto e comprido. Um manto formal de bruxo, do tipo que Gwyn zombava.

Era formal e tradicional, ao contrário do chapéu em sua mão: um acessório pontudo e azul-escuro com estrelas prateadas, o tipo de coisa que de vez em quando ela vendia no Templo das Tentações.

Wells arregalou os olhos avermelhados ao vê-la ali. Os dois ficaram em silêncio, se encarando.

— Você está de manto — disse Gwyn finalmente, franzindo a testa. Wells, por sua vez, olhou para baixo, sem soltar o chapéu pontudo.

— Estou. Eu… percebi que perdi o Festival de Outono, e nós tínhamos falado… de *brincadeira*, acho… sobre eu usar um manto, e o Rhys disse que talvez fosse necessário fazer um grande gesto, então eu ia aparecer lá na sua loja assim. O chapéu era… bem, era pra ser engraçado? E levemente humilhante, o que imaginei que você fosse gostar, já que debochar de mim parece ser uma das grandes alegrias da sua vida... não que eu me importe... e, ah! Eu... também comprei isso.

Esticando o braço para o balcão atrás dele, Wells pegou um saquinho de veludo bem familiar, e Gwyn sentiu as bochechas doerem de tanta vontade de sorrir.

— Então, eu ia aparecer lá na sua loja com o manto, o chapéu ridículo e a purpurina comestível. Depois, pediria mil desculpas por ter um monstro de pai e por não ter acreditado nisso de cara, e *também* por ter dado no pé sem avisar que voltaria... A parte do pedido de desculpas ia demorar um tempão, posso garantir. *Depois*, eu ia te oferecer esse saquinho de Lambidas de Fada e fazer um comentário engraçadinho e devastador sobre como, por mais que talvez você ainda estivesse furiosa comigo, caso precisasse de uma desculpa para me beijar de novo, eu poderia providenciar uma.

No momento, ele estava respirando com um pouco mais de dificuldade, e as pontas das orelhas iam ficando cada vez mais vermelhas.

Gwyn se esforçou para manter um semblante muito solene enquanto ele continuava:

— Só que, quando vesti o manto, percebi que estava *um pouquinho* ridículo, e aí comecei a pensar que um plano formulado depois de passar vinte e quatro horas sem dormir, movido à base de chá e do alívio avassalador de descobrir que você está viva e bem, talvez não fosse o mais inteligente dos esquemas. Depois, me dei conta de que nunca dei ouvidos ao Rhys, então por que estava seguindo dicas dele num dos momentos mais importantes da minha vida, enquanto tento reconquistar a mulher que eu amo? Foi mais ou menos três segundos depois dessa epifania que você chegou — concluiu ele, e pontuou esse discurso incrível jogando o chapéu pontudo em uma das poltronas.

Gwyn piscou, surpresa, e Wells a encarava, ofegante, um punho apoiado no quadril, o cabelo bagunçado. Então, ela notou que ele estava usando um sapato preto e o outro azul-marinho, e se já não tivesse se apaixonado por Wells em algum momento entre a noite em que ele encontrara Seu Miaurício e o instante em que ela entrara na loja dele, no dia do Encontro, e o vira preparando xícaras de chá freneticamente, aqueles sapatos descombinados teriam dado conta do recado.

— Você é um desastre — disse ela. — Tipo, não só agora, mas talvez em um nível fundamental.

Wells assentiu.

— Sou mesmo. No geral, acho que até disfarço bem, mas sim, Gwynnevere, sou um desastre ambulante.

Com o coração batendo forte, Gwyn chegou um pouco mais perto.

— E eu achando que você era o responsável.

— Uma farsa. Um disfarce de grandes proporções.

Gwyn riu enquanto observava seus olhos ficando cada vez mais calorosos e cheios de desejo à medida que ela se aproximava.

— É esquisito eu meio que gostar dessa versão sua? Não consigo nem te chamar de Excelentíssimo quando você fica nesse estado.

— Pode me chamar do que quiser — disse ele, e havia tanto desejo exposto no rosto dele que ela sentiu um aperto na garganta. — Wells, Excelentíssimo, Aquele Babaca Que Trabalha do Outro Lado da Rua. Qualquer coisa — prosseguiu Wells, e Gwyn engoliu em seco, roçando levemente a mão na dele e entrelaçando os dedos por um breve instante.

— E se eu quisesse te chamar de meu? — perguntou Gwyn, bem baixinho, e Wells apertou a mão dela.

— Vou ser isso até o dia que eu morrer.

Gwyn levantou a cabeça e olhou nos olhos dele.

— Então, acho que você estava falando sério. Naquela parte sobre eu ser a mulher que você ama.

Wells se encolheu.

— Eu mencionei isso no meio do meu discurso completamente desequilibrado, né? Consegui estragar o pedido de desculpas e a declaração de amor, parabéns para mim.

Mas Gwyn balançou a cabeça.

— Não, foi melhor assim — disse ela, e então abriu um sorriso. — Quer dizer, vou querer o pedido de desculpas completo depois, porque que garota não gosta de ver um cara se rastejar por ela? Acho até que vou filmar no celular.

Wells fez um som que poderia ter sido uma risada, e Gwyn respirou fundo, aproximando as mãos entrelaçadas.

— Já faz um tempo que não ouço alguém dizer que está apaixonado por mim. Mais tempo ainda que não retribuo o sentimento.

Wells ficou imóvel, olhando fixamente para ela, e de alguma forma aquilo transformou o ato de dizer algo que antes Gwyn achava tão difícil em uma reação tão fácil quanto respirar.

— Mas eu te amo, Wells.

Ele apertou os dedos dela e engoliu em seco, enquanto Gwyn estendia a mão livre para puxar de leve sua barba.

— E é isso que eu quero — disse ela. — Nada de grandes gestos. Só você. Você por completo. As partes desastrosas e as que dizem coisas como "doravante".

— Eu nunca disse isso... — protestou ele e, diante do olhar dela, emendou: — para você.

Ainda sorrindo, Gwyn baixou a cabeça e beijou os nós dos dedos de Wells.

— Eu quero o homem que encontra bichinhos de estimação perdidos, prepara sopa para mim e pode até parecer estar participando de um teste para a série *Masterpiece Theatre*, mas que também transa comigo na caçamba de uma caminhonete.

Wells usou a mão livre para afastar o cabelo do rosto dela.

— Eu quero você por completo também — disse ele. — A bruxa poderosa e a mulher que ama mais do que qualquer coisa debochar de mim quando eu mereço. A mulher que inspira lealdade em gatos falantes, em Bruxinhos e em todo mundo que cruza seu caminho, porque seu coração é a única coisa mais impressionante que sua magia. Eu quero você, Gwyn Jones.

— Então, é só isso que importa — disse ela, sentindo a luz do sol percorrendo suas veias, seu coração, fluindo tão forte quanto sua magia.

O beijo dele também era mágico, lento e completo, uma promessa, uma declaração e um pedido de desculpas, e Gwyn aceitou tudo, abraçando-o e sentindo o corpo se fundir ao dele, porque nada fazia mais sentido do que aquilo.

Um barulho repentino os fez interromper o beijo e olhar em direção à vitrine. E ali estavam Sam, Cait e Parker, com os rostos praticamente colados no vidro, enquanto Parker batia o punho ao lado das letras pintadas, Sam gritava alegremente e Cait suspirava.

— Pestes — resmungou Wells, mas estava sorrindo, e Gwyn riu enquanto os enxotava com um aceno.

— Se for me amar, tem que amar meus Bruxinhos também — disse ela, e ele olhou para Gwyn com um sorriso.

— A primeira parte é a coisa mais fácil que eu já fiz na vida. A segunda pode exigir um tempinho de prática.

— É bom começar a praticar agora, então — retrucou Gwyn. — Eu tenho a sensação de que aqueles três vão ser uma parte vital do Império Jones e Excelentíssimo.

Sem deixar de sorrir, Wells roçou os lábios nos dela outra vez.

— Penhallow e Jones.

Gwyn retribuiu o beijo.

— Jones e Penhallow, última oferta.

— A gente fala disso em casa — respondeu Wells e, enquanto ele a beijava de novo, Gwyn percebeu que não sabia se ele se referia ao chalé dela ou à mansão mal-assombrada dele, mas não importava.

Casa era onde os dois estivessem juntos.

AGRADECIMENTOS

Já estou nessa vida de escritora há tanto tempo que seria de se imaginar que eu me lembraria do velho ditado: segundos livros são sempre espinhosos. Mas, levando em conta o grau de teimosia de Wells e Gwyn, acho que não deveria ficar tão surpresa com a luta que foi a trajetória dos dois até chegarem ao Felizes para Sempre.

Sorte a minha ter tido duas potências do meu lado: minha editora genial, Tessa Woodward, e minha agente maravilhosa, Holly Root. Tessa, sua paciência e seu apoio durante a produção deste livro foram tudo para mim. Holly, se existisse uma medalha de ouro por Impedir Autores de Cometerem Imprudências, você provavelmente já teria uma sala cheia delas. Boa parte da publicação de um livro envolve trabalhar com boas pessoas, e eu tenho muita sorte de poder trabalhar com As Melhores!

Obrigada a todos da Avon/HarperCollins, tanto pelo apoio nesses livros quanto pela Excelência geral.

Como sempre, nada disso seria possível sem o apoio da minha família e dos meus amigos, um coven de fato poderoso.

Por último, foi uma delícia ver Seu Miaurício se transformar na Estrela desses livros (COMO ERA PARA SER!). Ele é inspirado nos meus dois gatos pretos, dois irmãos que eu adotei no abrigo local em 2018. Esses carinhas são realmente mágicos, mas gatos pretos ainda enfrentam dificuldades para serem adotados, por motivos que vão desde superstições até o medo de não serem fotogênicos (embora uma rápida olhada no meu Instagram já prove o contrário!). Por isso, caso você esteja pensando em adotar um gato, espero que se lembre do Seu Miaurício quando passar no abrigo mais próximo e leve para casa o seu próprio Gatinho Bruxo!

Este livro, composto na fonte Fairfield,
foi impresso em papel Ivory Slim 65g/m² na gráfica Coan.
Tubarão, Brasil, março de 2025.